JOSÉ FRÈCHES

Né en 1950, José Frèches, ancien élève de l'ENA, est également diplômé d'histoire, d'histoire de l'art et de chinois. Conservateur des Musées nationaux au Louvre, au musée des Beaux-Arts de Grenoble et au musée Guimet, il crée en 1985 la Vidéothèque de Paris, puis devient président-directeur général du *Midi Libre* et membre du conseil artistique de la Réunion des Musées nationaux. Il anime aujourd'hui une agence de communication et dirige une galerie d'art. En 2010, il a été le commissaire général du Pavillon de la France à l'Exposition universelle de Shanghai. Ses sagas romanesques – *Le Disque de jade*, *L'Impératrice de la soie* et *L'Empire des larmes* –, grandes biographies – *Moi, Bouddha ; Gandhi* – et essais sur la Chine connaissent d'immenses succès et sont traduits dans de nombreux pays.

Retrouvez l'actualité de l'auteur sur
www.josefreches.com

LES DIX MILLE DÉSIRS DE L'EMPEREUR

DU MÊME AUTEUR
CHEZ POCKET

MOI, BOUDDHA
LES DIX MILLE DÉSIRS DE L'EMPEREUR

L'IMPÉRATRICE DE LA SOIE

1. LE TOIT DU MONDE
2. LES YEUX DE BOUDDHA
3. L'USURPATRICE

L'EMPIRE DES LARMES

1. LA GUERRE DE L'OPIUM
2. LE SAC DU PALAIS D'ÉTÉ

JOSÉ FRÈCHES

LES DIX MILLE DÉSIRS DE L'EMPEREUR

XO ÉDITIONS

Le papier de cet ouvrage est composé de fibres naturelles, renouvelables, recyclables et fabriquées à partir de bois provenant de forêts plantées et cultivées durablement pour la fabrication du papier.

ISBN : 978-2-266-20447-7

Pour tendre vers l'harmonie parfaite, pour réconcilier ce qu'on est au plus profond de soi avec ce qu'on voudrait être, il faut faire fi des idées reçues et suivre ses instincts profonds. Cela s'appelle « trouver sa musique intérieure ».

Philosophe chinois inconnu
de l'époque des Royaumes Combattants

Introduction

Il n'est rien de plus délectable que d'attendre la venue d'un plaisir qu'on a déjà éprouvé.

Quand ils pratiquent avec leur partenaire la fusion du Yin *et du* Yang, *ceux qui ont la chance de connaître à la ligne près* Les Trente Positions de l'empereur Yangdi, *ce sulfureux bréviaire du plaisir, connaissent déjà le moindre caillou du chemin où ils marchent et ressentent la douce euphorie du voyageur savourant à l'avance le délicieux goût du thé vert qu'on lui servira à l'auberge à l'issue de son long périple…*

Mais les Trente Positions en question n'étant connues que des seuls initiés, fort peu de gens se doutent qu'il y a mille façons de prendre une femme pour lui donner du plaisir et en prendre soi-même. La plupart des couples se contentent de la position dite du « missionnaire », si peu efficace qu'elle n'a même pas été répertoriée par Yangdi…

*

*   *

Quel homme, faute d'un apprentissage adéquat, n'a pas usé de circonvolutions parfois si obscures qu'elles produisent l'exact contraire de l'effet recherché ou encore d'adjuvants divers, le tout pour essayer de bien faire l'amour à une femme ?

Car l'obsession de plaire et de briller prend parfois des chemins de traverse.

Le Mianling *est l'un d'entre eux.*

Pour les lecteurs qui l'ignoreraient, un Mianling[1] *ou « Clochette birmane », ou « Clochette de l'Oiseau Lascif de Birmanie », ou encore « Clochette des Efforts subtils », est un minuscule grelot d'argent de forme conique censé être rempli de la précieuse semence de l'Oiseau Lascif de Birmanie, un volatile dont le mâle, selon la légende, est capable d'enivrer de désir la femelle d'un simple battement d'ailes.*

Il suffit donc à l'heureux possesseur d'une Clochette des Efforts subtils d'introduire celle-ci dans la Caverne Azurée de sa partenaire pour que sa Tige de Jade y déclenche le Grand Tremblement de la Montagne, ce sublime bouleversement que trop peu de femmes, mille fois hélas pour elles !, ressentent quand elles sont dans les bras d'un homme.

On comprend aisément la raison pour laquelle il fut un temps en Chine où ces Clochettes valaient de véritables fortunes…

Le récit qui va suivre, où l'un de ces petits ustensiles aux vertus magiques est au cœur de l'intrigue, fut rédigé par un éminent ministre du dernier empereur de

1. Mianling signifie à la fois « effort » et « Birmanie ».

la dynastie des Ming qui signait ses livres sous le pseudonyme de « La Pierre Angulaire ».

Ce roman, assurément le meilleur de ceux écrits par cet écrivain hors normes et féministe avant l'heure, fut découvert par l'auteur de ces lignes, alors jeune conservateur des musées de France, au milieu d'une caisse de livres oubliée dans la cave du musée Guimet, l'un des plus beaux et des plus complets du monde en matière d'arts asiatiques.

Dans son étui de soie parfaitement conservé, ce manuscrit inédit attendait sagement un lecteur qui l'ouvrît.

Un feuillet avait été glissé à l'intérieur par son dernier propriétaire, un certain Frèrejean de La Bâtisse, fin connaisseur de la Chine qu'il sillonna en tant que reporter-photographe à la charnière du XIX*e* *et du* XX*e* *siècle.*

Le feuillet en question portait la mention manuscrite suivante : « Le Mianling*, manuscrit érotique de La Pierre Angulaire, inédit acheté chez un libraire de Shanghai en 1904. »*

C'était trop beau pour être vrai.

Avec l'excitation du fouilleur qui a exhumé une rareté, je me plongeai le soir même dans les fichiers de la belle bibliothèque en rotonde du musée Guimet afin d'y glaner des renseignements sur ce fameux Pierre Angulaire.

J'avais de la chance. Une thèse publiée en 1954 lui avait été consacrée par un sinologue japonais. Heureusement pour moi – je ne parle pas le japonais – une traduction en américain avait été publiée en 1962 par les Presses de l'université de Harvard.

Le cœur battant, je parcourus la bibliographie de La Pierre Angulaire établie par mon Japonais et constatai non sans un certain ravissement que La Clochette birmane *n'y figurait pas, ce qui signifiait que Frèrejean de La Bâtie avait réellement mis la main sur un texte qui n'avait jamais été publié.*

L'œuvre littéraire de La Pierre est diverse – et pour tout dire assez déconcertante – puisqu'on y trouve à la fois des histoires édifiantes purement inventées ou à moitié réelles, des récits où la vérité historique est scrupuleusement respectée, mais également des nouvelles et des romans fort lestes qui eussent coûté son poste à leur auteur si son identité avait été dévoilée.

On ignore les motivations exactes de ce politicien de haut vol, ministre des Rites et de la Justice, le seul de son espèce, à ma connaissance, à s'être mis en danger en enfreignant les codes moraux dont il était censé, au contraire, assurer l'application.

Chacun a son jardin secret.

Celui de La Pierre Angulaire était rempli par l'imagination foisonnante de son étonnant propriétaire.

Dès que je commençai la lecture de La Clochette birmane, *je fus incapable de m'en détacher tant ce texte rend formidablement compte de la liberté des mœurs qui existait en Chine à la fin du XVII*[e] *siècle, époque où régnait pourtant une idéologie confucéenne particulièrement stricte sur le plan des mœurs collectives.*

Que je sache, il faut attendre Sade, c'est-à-dire le siècle suivant, pour trouver un récit aussi audacieux dans la littérature française et dans un contexte moral beaucoup moins rigide que ne l'était la société chinoise de l'époque.

Entre Sade et La Pierre Angulaire, il y a néanmoins un point commun : autour d'eux, tout s'effondrait. La dynastie des Ming vivait ses derniers jours et la France était à la veille de la Révolution.

Incapables de maintenir l'unité nationale, les Ming avaient mis en place un système dictatorial ubuesque qui fixait la paysannerie sur des terres ne lui appartenant pas. Résultat : les famines récurrentes contraignaient des millions de pauvres à errer sur les routes où ils finissaient enrôlés dans des armées parallèles qui entraient en rébellion contre le pouvoir central.

En proie à ses vieux démons comme toujours en temps de crise, la Chine se morcelait, le pouvoir central se dissolvait, les Seigneurs de la Guerre relevaient la tête et faisaient sécession.

Bref, un beau jour, le peuple considéra que le Mandat du Ciel faisait défaut à l'Empereur et l'inéluctable finit par se produire : en quelques mois à peine, les envahisseurs mongols, après avoir chassé le dernier empereur Ming, fondèrent la dynastie des Qing.

*
* *

Lorsque les sociétés traversent des périodes dramatiques, lorsque le bonheur collectif et l'harmonie sociale sont devenus inaccessibles, les êtres se rabattent sur la recherche éperdue du bonheur individuel. Quand on ne sait pas de quoi demain sera fait, la quête du plaisir « hic et nunc », *ici et maintenant, devient l'unique façon de survivre et l'érotisation – je veux jouir de tout et tout de suite – s'exacerbe.*

Mais cette volonté forcenée de jouir de l'instant, qui fait privilégier le principe de spéculation au détriment de celui de précaution, va si loin qu'elle remodèle la société tout entière, y compris dans ses dimensions non sexuelles, laquelle n'est plus qu'un gigantesque marché gouverné par la seule voracité.

Sans se douter qu'elles sont entrées dans une spirale suicidaire, les sociétés où le principe de plaisir a été érigé en vertu cardinale se peuplent de cigales alors même qu'elles auraient besoin de fourmis.

C'est la raison pour laquelle les héros du roman de La Pierre Angulaire n'ont rien à envier à la façon dont on envisage de nos jours – qu'on soit homme ou femme – le sexe, soit comme une exacerbation du rapport à l'autre où chacun se croit obligé de puiser le maximum de ce qu'il peut. Hommes et femmes se livrent à un jeu qui attire les êtres comme le miel attire les mouches. Ils n'hésitent pas à échanger leurs rôles. Parfois, ils s'y brûlent, mais peu importe, car lorsqu'on perd ses repères les uns après les autres, il ne reste plus que le sexe.

Et à cet égard, les hommes (et les femmes !) étant toujours les mêmes, rien n'a changé depuis la nuit des temps.

Bref, ce que nous vivons en 2009, certains Chinois le vivaient déjà en 1660, époque à laquelle La Pierre Angulaire écrivit La Clochette birmane.

La Clochette birmane

Manuscrit original
de La Pierre Angulaire

Avant-propos

Les taoïstes et les confucéens sont comme l'eau et le feu. Entre eux, ce sera toujours la guerre.

Pour les premiers, l'harmonie universelle doit guider la conduite des êtres ; pour les seconds, les êtres n'existent que pour respecter les rites.

Or, entre l'harmonie universelle et les rites, il y a un fossé difficile à franchir pour les individus prisonniers des idées toutes faites.

Aujourd'hui, ce fossé est devenu un abîme.

Eh oui ! Un véritable abîme qui a pour conséquence de priver les êtres du bonheur auquel chacun, pourtant, a droit.

Au chapitre « Sexe et Vie saine » des *Recettes importantes qui valent plus d'un millier de pièces d'or* de Sun Sima[1], le grand médecin taoïste de la dynastie des illustres Tang, il est spécifié que si un homme commerce toujours avec la même femme, l'essence *Yin* de celle-ci s'affaiblit dangereusement, ce qui signifie

1. Il vécut de 601 à 682.

qu'un époux ne tire de son mariage que fort peu d'avantages et beaucoup d'inconvénients. Sun Sima n'y va pas par quatre chemins. Pour ce praticien hors pair, si un individu s'accouple avec douze femmes différentes sans répandre sa semence, il demeurera jeune et beau à jamais ; s'il s'accouple dans les mêmes conditions avec quatre-vingt-treize femmes à la file, il gagnera l'immortalité.

Le chiffre en question est somme toute plus accessible que celui des fameuses douze cents femmes auxquelles l'Empereur Jaune est censé avoir accordé ses divines faveurs pour atteindre les Dix Mille Années.

Ceux qui, à l'instar de maître Kong[1], exhortent les hommes et les femmes à demeurer fidèles, se gardent bien de dire aux intéressés qu'ils n'ont aucune chance d'atteindre l'immortalité. Il en va de même pour ceux qui se marient trop tôt, à moins qu'ils ne trompent leur épouse.

Les murailles des conventions morales sont aussi dures que le jade et empêchent les êtres d'atteindre le bonheur.

Lorsque maître Kong, il est vrai animé par de très nobles intentions, édicta ses préceptes moraux, le pauvre homme ne se doutait pas de la somme des ravages qu'ils allaient provoquer dans le commerce entre les hommes et les femmes !

Persévérer dans l'erreur étant – mille fois hélas ! – le propre de l'homme, on peut parier que s'il revenait en ce bas monde, maître Kong s'empresserait de dicter au

1. C'est ainsi que les Chinois désignent Confucius.

Fils du Ciel une loi scélérate qui interdirait la prostitution dans l'empire du Milieu et y fermerait toutes les maisons de tolérance.

Quant au triolisme ou à l'homosexualité, ce parangon de vertu les ferait certainement punir de la peine de mort…

Mais il est un autre fléau bien plus redoutable encore, que les confucéens, dans le sillage de leur gourou, continuent à répandre sur terre avec une opiniâtreté confondante : à force d'assener que la femme est inférieure à l'homme, ils ont fini par le faire croire.

Eh oui, Confucius a œuvré pour le malheur de la femme.

Quand on l'écoute, la femme n'est bonne qu'à enfanter, n'a évidemment pas droit au plaisir et doit se soumettre au bon vouloir de l'homme.

Or – et n'en déplaise à maître Kong ! – les femmes méritent mieux, du moins me semble-t-il.

Contrairement à ce qui est écrit dans le *Livre des Rites* où il est prôné une séparation des plus strictes entre l'homme et la femme, lesquels ne sont autorisés à vivre côte à côte qu'à condition de se toucher le moins possible – il leur est interdit, par exemple, d'utiliser le même portemanteau ou de coucher dans la même chambre – c'est en accomplissant l'acte sexuel, et ce dans toute sa plénitude, que les hommes et les femmes trouvent le meilleur accord entre eux.

Mais cette évidence n'est partagée que par un tout petit nombre de personnes, une poignée de privilégiés.

Force est de constater que la soumission aux rites est l'une des causes principales des malheurs des hommes qui sont contraints d'aller chercher auprès des courtisanes ce que leur femme est incapable d'offrir à la maison.

C'est pourquoi, et pour le plus grand malheur des hommes, la plupart des femmes n'ont même pas conscience de Nuage et Pluie.

Nuage et Pluie est ce moment rare où la Tige déverse sa Liqueur Sacrée dans la Ravine Sombre, juste avant la fusion du *Yin* et du *Yang*... Le nuage se transforme en pluie. Le souffle *Qi* de la femme, parce qu'il est *Yin*, froid et lunaire, va de pair avec le souffle *Yang*, chaud et solaire.

L'homme et la femme sont donc parfaitement égaux en droits et en devoirs, ce qui n'empêche pas que les hommes s'ingénient à faire en sorte qu'une telle évidence ne prête aucunement à conséquence...

*

* *

À cet égard et n'en déplaise à beaucoup de bons esprits, les prostituées ne sont pas des femmes comme les autres.

De fait, les filles de joie possèdent de nombreux atouts dont sont dépourvues les autres femmes. En raison de la fréquence de leurs rapports sexuels, elles disposent de réserves particulièrement abondantes de *Qi* et accumulent énormément d'énergie vitale sous forme d'essence *Yin*. Pour leurs partenaires masculins, elles constituent par conséquent l'assurance de recevoir plus qu'ils ne donnent lorsqu'ils s'accouplent avec elles.

Ce fait unanimement établi parce que scientifiquement avéré explique le succès du plus vieux métier du monde.

À la fréquentation des prostituées on peut certes substituer les techniques enseignées par la Voie du Tao et qui permettent à un individu de prendre à son partenaire sexuel – homme ou femme ! – plus qu'il ne lui donne au moment de la fusion du *Yin* et du *Yang*. Mais comme on ne compte qu'un taoïste pour dix mille confucéens, ce privilège reste réservé à un tout petit nombre d'initiés.

C'est pourquoi, pour faire court et au risque de choquer, l'auteur de ces lignes a tendance à considérer que les filles de joie sont le dernier rempart contre l'omnipotence de l'homme dans la sphère familiale.

Une prostituée ne possède rien si ce n'est son propre corps. Mais c'est déjà mieux qu'une épouse, dont le corps appartient à son mari et qui en est l'esclave.

Il n'en demeure pas moins que vendre ses charmes aux hommes est un métier particulièrement difficile et qui requiert non seulement un long apprentissage mais aussi des trésors d'abnégation, sans compter un solide sens de l'observation et une forte capacité à faire abstraction de ses goûts personnels pour faire plaisir au client et le satisfaire en tous points.

Quand on essaie de se mettre à la place de ces femmes, on comprend aisément qu'elles doivent aussi être capables de regarder sans voir et d'apprécier comme s'il s'agissait d'un ineffable nectar ce qui ne leur fait ni chaud ni froid voire même les révulse. Il leur faut donner le change et prendre un air satisfait, y compris lorsqu'elles sont en proie à des assauts inefficaces et fort peu ragoûtants. Quelles que soient les circonstances, elles ne doivent jamais laisser percer la moindre lassitude ni le moindre dégoût vis-à-vis de leurs clients-amants. Quand l'un d'entre eux, dépassant les bornes de la convenance, essaie de leur extorquer plus que ce qui est initialement prévu, il leur appartient de l'éconduire gentiment, avec tact mais aussi avec fermeté. Le maniement alterné du bâton et de la sucrerie ou celui de la poigne de fer dans le gant de soie sont des arts que ces femmes bien souvent admirables et fort intelligentes ont intérêt à pratiquer à merveille.

Pour toutes ces raisons, le métier de courtisane, comme d'ailleurs celui de soldat ou de musicien, n'est pas un métier facile.

*

* *

En réalité, donc, les hommes ne sont pas plus supérieurs aux femmes que le *Yang* ne l'est au *Yin*.

Les femmes étant plus faibles que les hommes se voient contraintes d'opposer leur ruse, leur finesse et leur intelligence à la coercition brutale et purement physique naturellement exercée par le mâle.

Dans un monde dominé par la gent masculine, si les femmes n'avaient pas appris à user de leurs atouts spirituels, elles n'auraient pas survécu en tant que telles. C'est pourquoi celles qui ont pris conscience des atouts que leur confèrent leur énergie *Yin* et leur souffle *Qi* disposent d'avantages efficaces sur les hommes.

Aussi me paraît-il injuste de dénier aux femmes le droit d'agir à la façon des hommes, dont la fidélité n'est jamais acquise puisqu'ils ont tendance à voleter de fleur en fleur à la façon des abeilles lorsqu'elles butinent.

Messieurs, je vous annonce donc que l'émancipation des femmes est en marche et que rien ne l'arrêtera.

Et je vous prierai, à cet égard, de me croire sur parole !

Heureusement, mes chers messieurs, que les dames émancipées ne courent pas trop les rues, faute de quoi vous seriez tous dans de beaux draps !

Amoureuse un jour, oublieuse le lendemain, la dame émancipée se laissera guider par son seul instinct et par sa seule quête du plaisir. Capable de manipuler l'homme comme un vulgaire hochet, elle l'aura à ses pieds et obtiendra de lui très exactement ce qu'elle veut.

Et pourtant, une fois qu'on a goûté à la femme émancipée, on n'a de cesse, tellement c'est bon, qu'on y soit revenu…

D'où le conseil d'ami que je voudrais prodiguer ici aux jeunes hommes ; ils doivent absolument changer de partenaire et ne pas se contenter des attraits de la première jeune fille prude, fût-elle la mieux élevée du monde et la plus riche, dans les bras de laquelle leurs parents les ont poussés.

*
* *

Nourri par sa propre expérience, l'auteur de ces lignes a la faiblesse de penser qu'il n'existe pas deux femmes identiques.

Chaque femme est unique.

C'est pourquoi, pour opérer valablement le bon choix de celle qu'on prendra comme épouse, il convient de pouvoir comparer les mérites respectifs du plus grand nombre de prétendantes possible.

Cela étant précisé, voici un autre conseil d'ami : si on rencontre la femme de sa vie, il faut absolument saisir cette chance inouïe sans la moindre hésitation, car ce genre d'occasion ne passe jamais deux fois.

Alors, me direz-vous, quel sens donner à l'expression la « femme de sa vie » ?

À cette question dont on pourrait penser qu'elle appelle des réponses à tout le moins circonstanciées et qui varient selon les caractéristiques respectives des intéressées, on se contentera de donner celle-ci : est la « femme de sa vie » celle qu'un homme considère comme telle à l'instant où il en est persuadé…

Car une précision s'impose : la « femme de sa vie » n'est pas forcément éternelle aux yeux de cet homme et il serait profondément injuste d'affirmer que l'homme s'est menti à lui-même quand il trouve une nouvelle « femme de sa vie » pour remplacer l'ancienne…

L'amour est un sentiment éternel mais également un sentiment humain. Il n'est donc pas anormal qu'un homme puisse être sincèrement amoureux de plusieurs femmes, à condition que ce soit de façon successive, car chacun sait que les passions successives n'en sont pas moins sincères et dévorantes.

D'aucuns vont jusqu'à affirmer que l'amour peut être alternativement éprouvé pour plusieurs femmes en même temps.

Je n'oserai pas les suivre sur ce terrain, même si je crois que tout est possible, y compris les configurations *a priori* les plus bizarres, en ce qui concerne les relations entre les êtres.

L'important est de trouver sa voie.

Il n'est pas, hélas ! de voie unique pour aller vers son bonheur.

Tous les êtres me semblent avoir droit et vocation au bonheur.

C'est pourquoi tous ceux qui se permettent de jeter l'anathème sur leurs semblables au prétexte qu'ils doivent emprunter des chemins de traverse pour y accéder, ceux-là ont profondément tort.

Rares étant les juges, on en conviendra, qui approuvent et félicitent le justiciable, juger autrui c'est toujours condamner et exclure. Parfois même, plus grave encore, c'est éliminer.

Mais celui qui condamne ou élimine sera forcément condamné ou éliminé lui-même un jour, quand la vérité au nom de laquelle il a jugé aura changé…

Les gens auraient intérêt à comprendre que la vérité intangible est en réalité aussi changeante que la mer et que ce qu'ils croient être la vérité intangible varie selon le temps et l'espace.

Vérité en deçà du fleuve Bleu et erreur au-delà… Même si c'est absurde, c'est bel et bien une évidence !

*

* *

Pour autant, l'on ne doit pas nier l'existence de repères invariants et de principes universels qu'il faut respecter, en particulier dans sa conduite vis-à-vis des autres.

Ce qui est sûr, en revanche, c'est que ces mêmes principes font rarement bon ménage avec les conventions sociales et les critères officiels de la morale bourgeoise.

Les héroïnes de l'histoire qui va suivre se situent précisément hors de ce champ moral ainsi que du théâtre des apparences et des relations superficielles.

Ayant pour seule arme leur capacité à séduire – mais la séduction est une arme redoutable, une arme aussi terrible que la lance la plus pointue ou la lame la plus tranchante – ces survivantes – car c'est bel et bien de survivantes qu'il s'agit, de femmes qui ont traversé un rideau de flammes sans y laisser trop de plumes – vont obliger les héros mâles à sortir du champ de la superficialité.

À l'aide de leurs seules mains et de leur seule bouche, ces héroïnes, ces femmes qui connaissent parfaitement le prix de leur liberté pour l'avoir conquise de haute lutte, vont obliger leurs partenaires à dire leur vérité. Elles vont transformer l'homme le plus rétif et le plus indomptable en une bête soumise.

Mieux que quiconque, elles vont témoigner du fait que l'être humain ne peut pas être heureux sans un minimum de liberté.

*

* *

Pour conclure, si l'histoire qui va suivre pouvait ouvrir les yeux au lecteur qui, pour des raisons fort compréhensibles, n'a pas encore osé aller jusqu'au bout de ses rêves parce qu'il n'a pas eu la chance de prendre conscience d'un certain nombre d'évidences, l'auteur de ces lignes en serait fort satisfait, car il aurait rempli sa tâche d'écrivain et rendu quelqu'un un peu plus heureux.

Signé : le lettré La Pierre Angulaire

1

Les affres de Droit Devant

L'année du Rat venait de succéder à celle du Cochon et les feux des dix mille lampions de la fête du Nouvel An n'allaient pas tarder à s'éteindre au moment où cette histoire commence.

Comme si la main néfaste du destin l'avait soudain propulsé au bord d'un gouffre de dix mille pieds de profondeur, le jeune Droit Devant fut pris de panique et perdit toute contenance lorsqu'il découvrit le corps nu, d'une nudité si crue qu'elle en était obscène, de la jeune femme avec laquelle il avait rendez-vous à la *Maison des Douceurs Nocturnes*.

Étendue sur le lit de la minuscule alcôve tapissée de velours rose de ce lupanar où les pères avaient coutume d'amener leurs garçons afin qu'ils y fussent déniaisés, la courtisane, bras croisés derrière la tête, le regardait en souriant.

Après avoir heurté par mégarde le pied d'une chaise bancale, le jeune homme trébucha et laissa choir le bonnet viril qui lui avait été remis en grande pompe trois mois plus tôt au cours de la cérémonie familiale où son père Rocher Impérissable avait, comme il se doit quand on appartient à un milieu aisé, convié tous les voisins. Il se baissa pour le ramasser sans toutefois réussir à quitter la fille du regard. Ce petit calot noir lui rappelait les effluves d'encens échappés de la gueule et des yeux du dragon de bronze ventru qui trônait devant l'autel des ancêtres. Après y avoir jeté une pincée de graines de résine aromatique, le maître de cérémonie lui avait fait aspirer à pleins poumons ce souffle âcre et brûlant de dragon qui, selon les anciens, avait pour effet de renforcer « l'énergie vitale et l'autorité naturelle ».

Une énergie et une autorité dont notre héros, à cet instant précis et non sans une certaine dose d'amertume, constatait qu'elles lui faisaient singulièrement défaut…

Les anciens ont beau être des anciens, ils profèrent parfois des énormités comme s'il s'agissait d'évidences.

Droit Devant ferma les yeux.

Pour se donner du courage, il repassa en pensée ce moment crucial où, sous les applaudissements nourris de l'assistance, il s'était mis à genoux. Le prêtre, après avoir psalmodié les formules rituelles, avait alors vissé ledit bonnet de feutre sur son crâne soigneusement rasé avant d'en étaler les deux languettes arrière sur ses épaules.

Droit Devant n'était pas peu fier. Il faut dire qu'il y avait de quoi. D'ordinaire, on ne reçoit le bonnet viril qu'une fois dix-huit ans accomplis. Or il en avait à peine dix-sept. Son père lui avait accordé le droit d'être un homme avec un an d'avance.

Le bonnet viril !

C'était peu dire que, pour cette circonstance exceptionnelle, Rocher Impérissable n'avait pas lésiné sur la dépense.

Une bonne semaine avant l'heure, il avait conduit son fils chez le meilleur tailleur du quartier pour lui faire couper des vêtements d'homme : une tunique de soie noire boutonnée jusqu'au cou ainsi que deux amples vestes rouge vif ornées d'animaux bénéfiques, l'une matelassée, à revêtir quand le vent d'hiver souffle, et l'autre, sans doublure, pour la saison chaude lorsque le soleil est si fort qu'il semble peser des tonnes sur les crânes. Plusieurs essayages avaient été nécessaires pour ajuster leurs manches et rembourrer leurs épaules, car Rocher Impérissable tenait à ce que son fils fût élégant.

Il est vrai que Droit Devant avait reçu du Ciel ce qui s'appelle un physique avenant. Ni trop gros ni trop maigre, ni trop grand ni trop menu, il était de proportions harmonieuses et on eût été bien en peine de déceler chez lui la moindre tare, que ce fût dans son visage, recouvert d'une peau mordorée parfaitement glabre, dans ses yeux noirs à peine bridés que soulignaient de longs cils recourbés ou encore dans son nez fin et légèrement aquilin, sans compter sa longue chevelure noire et luisante, retenue, comme il se doit, grâce à un stylet d'argent passé au travers d'un chignon impeccable. Le tailleur n'avait donc pas eu trop de difficulté à mener sa mission à bien.

Afin de marquer le coup, son père avait également sorti de l'armoire aux « trésors familiaux » un objet extraordinaire dont son fils ne soupçonnait pas l'existence : un vase Dragon cracheur de feu.

Lorsque Droit Devant avait découvert, campé sur ses pattes griffues, ce gros brûle-parfum en bronze niellé d'or et d'argent, si lourd qu'il fallait être deux pour le transporter, il en était resté pantois. N'ayant jamais rien vu de tel, il avait pressé son père de questions au sujet de ce vase dont le corps d'oiseau supportait la tête d'un dragon cornu aux yeux globuleux et à la gueule ouverte crachant des flammes.

Plutôt fier de montrer son trésor à son fils, Rocher Impérissable lui avait expliqué qu'il s'agissait d'un objet rituel unique, et plus précisément d'un vase Ding datant de la période des Royaumes Combattants…

Droit Devant avait suffisamment appris l'histoire pour savoir que, à cette époque où la grande Chine était encore une collection de principautés disparates en lutte les unes contre les autres, des maîtres bronziers vénérés comme des dieux rivalisaient d'adresse pour réaliser des vases rituels de taille gigantesque. Les roitelets se les disputaient férocement au cours de batailles à l'issue desquelles plusieurs dizaines de milliers de soldats pouvaient fort bien joncher le sol…

Droit Devant semblait tellement impressionné par le Dragon cracheur de feu que Rocher Impérissable, après avoir fait mine de remplir le foyer de braises avec des granules aromatiques, avait posé la main sur l'épaule de son fils.

— Quand il crachera ses fumées, n'aie pas peur de t'approcher. Tu devras respirer à fond. C'est comme ça que tu deviendras plus fort…

Droit Devant avait ouvert de grands yeux étonnés.

— Plus fort ?

— Oui… plus viril…

— Viril ? Mais qu'est-ce à dire, père ?

À ces mots, les deux domestiques qui venaient de sortir avec peine le vase de son armoire s'étaient touché les cuisses avec un sourire en coin.

Rocher Impérissable ne s'était pas aperçu de leur geste, lequel n'avait pas en revanche échappé à son fils, et avait poursuivi au creux de son oreille :

— Ce vase possède des vertus miraculeuses… La fumée qui s'en échappe sert à plein de choses ; elle guérit de la toux et de l'insomnie. Elle sait même redresser les Tiges de Jade défaillantes…

Droit Devant s'était exécuté tant bien que mal.

Après avoir fermé les yeux et ouvert tout grand la bouche, il avait laissé s'engouffrer dans ses poumons la fumée âcre, issue de la combustion de ces petits grains noirâtres qui grésillaient sur les braises tapies dans le ventre de l'animal. Aussitôt, il avait été saisi par un immense vertige avant d'être pris d'une quinte de toux puis d'une rafale de hoquets irrépressibles. Mort de honte, il avait jeté à Rocher Impérissable une œillade apeurée à laquelle son père avait répondu, l'air satisfait, par un petit hochement de tête. Au bord de l'étouffement, il avait levé les yeux au ciel et y avait vu tournoyer les nuages. Persuadé que l'oiseau Feilian, appelé aussi Comte du Vent qui Fend les Nuées, allait débouler avec sa cohorte de Princesses Divines, il avait ressenti une sorte d'ivresse. Mais cette agréable sensation s'était vite éteinte. Un voile noir était tombé sur ses yeux en même temps qu'il avait senti le sol se dérober brusquement sous ses pieds. Comme il était sur le point de perdre connaissance, son père l'avait écarté du brûle-parfum.

C'est alors que le maître de cérémonie, un vieillard squelettique dont la barbiche s'effilochait en longs filaments, lui avait posé le bonnet viril sur le crâne. Puis il lui avait tendu une coupe remplie d'un trait d'alcool de riz que Droit Devant s'était risqué à avaler cul sec, tout heureux de prouver qu'il était bel et bien devenu un adulte. Malheur ! À peine le liquide entré en contact avec sa gorge, un terrible haut-le-cœur l'avait contraint à déployer d'immenses efforts pour ne pas se mettre à vomir.

Après les congratulations d'usage, on était passé à table.

Il ne saurait y avoir de prise de bonnet viril sans festin approprié.

Pour l'occasion, Rocher Impérissable avait sollicité un des meilleurs chefs cuisiniers de la capitale. L'homme, joufflu à souhait et au ventre particulièrement proéminent, avait préparé dans les règles les trente-huit plats du « repas solennel » auxquels la plupart des convives n'avaient touché qu'avec parcimonie, car si l'on veut être poli avec son hôte, il importe de lui montrer qu'il vous a suffisamment rassasié, ce qui suppose de ne jamais manger l'intégralité du contenu de son assiette.

À l'issue du festin, une vieille voisine était venue féliciter Droit Devant par ces mots :

— À présent, tu peux te marier !

Il avait préféré ne pas répondre à une telle ineptie. Malgré son jeune âge et son absence de pratique en matière de Nuage et Pluie, il percevait déjà tout ce qu'un mariage pouvait avoir de factice. Selon lui, les épousailles au cours desquelles les mariés se juraient fidélité pour la vie étaient le comble de l'hypocrisie. Sinon, pourquoi tant d'hommes mariés fréquentaient-ils les maisons de plaisir ? De surcroît, et les manuels de l'Art de la Chambre à Coucher étaient formels à cet égard, la longévité d'un individu reposait sur la multiplication de ses partenaires en amour ce qui, en d'autres termes, signifiait que stabilité conjugale ne pouvait pas rimer avec les « Trois Joyaux » que sont la Santé, la Prospérité et le Bonheur.

Certains objecteront que rien n'empêche un homme marié d'aller batifoler avec d'autres femmes que son épouse. Mais toute cette hypocrisie crée des situations profondément nuisibles entre le mari et la femme.

Revenons au héros de ce chapitre dont le désarroi, devant l'alcôve minuscule d'où l'appelait la fille nue, était tel qu'il avait l'impression que la cérémonie remontait à plus d'un siècle…

Où était donc passé son *Qi* ? se demandait Droit Devant avec angoisse.

Sans énergie vitale, les êtres vivants ne pourraient pas se différencier des pierres. Comme les humains, les animaux ont un *Qi*. Quand on serre un chat ou un lapin dans ses bras, la tiédeur qu'ils exhalent témoigne, s'il en était besoin, de l'existence de leur *Qi*.

Source de chaleur des êtres vivants, le *Qi* n'est pas inextinguible. Si on ne le nourrit pas, il s'éteint.

À cet instant, le *Qi* de Droit Devant n'était même pas celui d'une fleur, ni celui d'un légume, voire d'un minuscule brin d'herbe.

Il se sentait inerte comme une pierre, comme s'il n'était plus en vie.

D'ailleurs, preuve que son *Qi* l'avait abandonné, il était transi et claquait des dents.

Adossé aux capitons de velours qui tapissaient le mur, il caressait le fol espoir qu'il pourrait s'y enfoncer pour y disparaître à jamais, lorsque la fille le fit sortir de sa sidération en lui décochant un clin d'œil appuyé avant de pointer vers lui son index qui s'achevait par un ongle laqué de carmin.

Lorsqu'elle recourba à deux reprises cette terminaison, elle le fit penser au dard ensanglanté d'une guêpe hargneuse et prête à lui infliger une terrible piqûre.

— Approche un peu, mon bel oiseau…

Pour se donner une contenance, notre jeune homme, après avoir inspiré longuement une goulée d'air, fit un pas vers elle.

Il avait beau s'être préparé le mieux possible à ce moment fatidique en feuilletant pendant trois nuits entières le *Manuel de la Fille sans Complexes* que son père, mine de rien, avait déposé sur sa table de nuit, il mesurait à quel point, dans ce domaine, la théorie ne sert pas à grand-chose.

Pour ceux des lecteurs qui l'ignoreraient, l'album de la *Fille sans Complexes* est un dictionnaire sexuel en tous points semblable à un épais livre de recettes de cuisine, à ceci près qu'il s'agit non pas d'apprendre le bien manger, mais plutôt le bien coucher.

Il est divisé en chapitres dûment illustrés de gravures précises, et son auteur, dont la tradition prétend qu'il s'agit de l'Auguste Empereur Jaune en personne, le Grand Bienfaiteur de l'humanité à laquelle il enseigna l'écriture, le calcul, le labour et l'élevage du ver à soie, y recense tous les gestes que l'homme doit connaître pour être à la hauteur de la femme.

Droit Devant s'épongea rapidement le front, en pestant.

Était-ce donc cela l'âge adulte ? Cet état d'angoisse et de décomposition de l'âme qu'on subit sans l'avoir demandé, ce présent étouffant, écrasant même, et qui ravale au rang des accessoires oubliés le doux temps de l'enfance, celui de l'insouciance où l'on part avec des copains dans les collines pour y chasser le merle à coiffe blanche ?

Le jeune homme bouillait intérieurement. C'était un comble ! Il avait beau avoir appris par cœur les expressions de « Ravine Enchantée », de « Caverne en Forme de Grain », d'« Éclosion de la Fleur » ou encore de « Divin Tremblement de terre de la Montagne sacrée », face à cette jeune fille nue, il se sentait aussi démuni que le poulet tombé sur un couteau dans la basse-cour. Il est vrai que les illustrations ne l'avaient pas toujours édifié. Il fallait déjà avoir sérieusement tâté de Nuage et Pluie pour voir des « Canards Mandarins » ou un « Poisson Quatre-Yeux » dans un homme allongé sur une femme elle-même couchée sur le ventre ou un « Phénix tenant son Poussin » dans une femme obèse à laquelle un homme très menu rendait un hommage appuyé ; ou encore un « Coursier au Galop » dans une femme chevauchant un homme allongé sur le dos. Quant au « Tigre Blanc qui Bondit », comment notre jeune puceau aurait-il pu deviner que cet homme et cette femme tranquillement assis face à face en lotus, à peine la page refermée, allaient se ruer l'un sur l'autre comme le mâle dominant sur la femelle après qu'il a procédé à l'élimination systématique de tous ses rivaux potentiels ?

Droit Devant ne savait plus que faire. Tous les éléments épars, qui allaient du rose pâle au blanc nacré en passant par la noirceur brillante de la chevelure nonchalamment dénouée, de ce corps exposé par la jeune courtisane – ses seins, son nombril, ses cuisses, la fente de sa Vallée des Roses et autres subtilités – dont il avait pourtant décortiqué les caractéristiques en examinant les planches illustrées, se mélangeaient désormais dans sa tête de sorte qu'il se sentait incapable de déterminer par où il devait commencer son batifolage.

Devait-il se jeter sur la fille comme le fauve sur sa proie ou bien au contraire y aller tout doucement en commençant par des caresses sur son ventre et sur ses cuisses comme le stipulait expressément l'un des chapitres du Manuel ? Débuter par le ventre et finir par la nuque, ou bien toucher d'abord la pointe de ses seins avant de la saisir par les hanches puis d'aller et venir comme la scie s'attaque à la planche…

La mort dans l'âme, il dut se rendre à l'évidence : il avait bel et bien oublié les pratiques qu'un homme digne de ce nom doit connaître s'il veut plaire à la femme et se frayer facilement le chemin de l'accès à sa Ravine Sombre.

Mais il y avait plus préoccupant encore.

Pourquoi, contrairement à ce qu'il avait vu en compulsant les images licencieuses, sa Tige de Jade, d'ordinaire si prompte à gonfler au point de lui faire mal, ne réagissait-elle pas devant cette fille de joie dont les charmes bien réels s'étalaient lascivement sous ses yeux ?

Malgré tout son désir de ne pas perdre la face, Droit Devant ne put s'empêcher de pousser un long soupir.

La voie de l'amour n'était décidément pas un chemin rectiligne…

— Alors mon chéri… on dirait que je te fais peur…, susurra finalement la fille.

C'était le type même de propos que Droit Devant ne souhaitait pas entendre.

Pour se donner une contenance, il se murmura à lui-même les formules que Force de la Loi, son précepteur confucéen, lui faisait apprendre par cœur :

« Tenir bon et serrer les dents en toutes circonstances, y compris les moins confortables. »

« Quoi qu'il advienne, garder son calme et faire bonne figure, y compris lorsque c'est difficile… »

C'était le genre de phrases que le vieux lettré lui rabâchait à longueur de journée, entre deux coups de règle, pour faire, selon son expression « entrer plus vite les caractères d'écriture dans son petit crâne »…

Il avala sa salive, regarda la fille en coin et lui lança, la gorge nouée :

— Vous ne me faites pas peur !

Elle éclata d'un rire cristallin.

— Dans ce cas, tu devrais cesser de trembler comme la souris devant le chat ! Ici, le chat c'est toi…

Voilà que cette créature dûment payée par son père se moquait de lui ! Mais que diable lui avait-il fait pour qu'elle s'ingéniât ainsi à le mettre plus bas que terre ?

Notre jeune puceau ne comprenait pas que la tonalité du propos de la diablesse et la moue gourmande qui l'accompagnait ne visaient qu'à l'aguicher.

C'est alors que lui vint à l'esprit le conseil de Courant Vital, son maître ès arts martiaux : « Dans la vie, la meilleure défense, c'est l'attaque. »

Prenant son courage à deux mains et ravalant son angoisse, il lui déclara, tout en faisant mille efforts pour bien articuler et paraître le plus calme possible :

— Le chat croque la souris !

D'un bond, la fille vint se coller à lui avec un petit miaulement.

Vue de près, elle était encore plus charmante, et bien plus attirante que lorsqu'il l'avait découverte quelques instants plus tôt devant l'alcôve. Ses lèvres appétissantes, roses et pulpeuses à souhait, devaient être, somme toute, fort agréables à baiser…

Bref, elle était à croquer.

Il se mit à frissonner lorsque la fille, de ses doigts fins et agiles, d'une vélocité redoutable, commença à parcourir ses boutonnières.

La souris cherchait à déshabiller le chat.

Il inspira puis expira longuement et parvint à éviter tout geste de crainte que la fille risquait d'interpréter comme une répulsion à son égard.

Entre-temps, celle-ci, qui entendait accomplir sa tâche du mieux qu'elle pouvait, lui avait déjà ôté sa chemise.

Tout allait très vite. Trop vite, même, si bien qu'il se sentait comme un morceau de bois emporté par l'eau de la rivière.

S'attaquant à sa ceinture, la fille défit en un tournemain les deux dragons enlacés qui en formaient la boucle.

Cette agilité le soulageait un peu. La fille n'était pas une débutante. C'était déjà ça.

Mais tandis qu'il se forçait à la concentration comme le sportif avant la compétition, il s'aperçut que son pantalon était tombé sur ses chaussures et ne put s'empêcher, à la vue de ce misérable tas de tissu, d'avoir un mouvement de recul qui faillit le déséquilibrer.

— Cesse un peu de te raidir…, lui glissa la fille en le saisissant par la taille et en le poussant en arrière pour le faire basculer sur le lit.

À ces mots, qu'il reçut comme des propos d'une cruauté insolente, Droit Devant se décomposa.

Pourquoi cette fille s'acharnait-elle à lui couper ses effets ? D'autant qu'elle avait obtenu ce qu'elle cherchait, car à cet instant ce n'était pas la gloire : son instrument ressemblait davantage à un oisillon dans son nid qu'à la lame d'une épée sortie de son fourreau.

Il serra les poings et lui lança, avec des accents mâles qui, cette fois, n'étaient pas forcés :

— Où veux-tu en venir ?

— Du calme ! Je parle de toi… évidemment, pas de ta Tige ! pouffa la jeune femme, ce qui eut pour résultat de le détendre.

C'est alors qu'il songea à une autre consigne que Courant Vital donnait à ses élèves lorsqu'il les préparait au combat : « Face à un adversaire qui cherche à s'imposer, il ne faut pas hésiter à changer de terrain. »

— Comment t'appelles-tu ?

— Lune Rousse.

C'était un nom peu commun. Un nom qui, malgré sa bizarrerie et sans qu'il sût trop pourquoi, allait plutôt bien à cette jeune femme dont il sentait la peau soyeuse du ventre collé contre le sien.

— Moi c'est Droit Devant.

Sous le coup de l'émotion, il avait oublié qu'elle connaissait déjà son nom.

Elle s'agenouilla devant lui et lui glissa à mi-voix :

— Je sais… Avec un nom comme ça, tu te dois de foncer, mon chéri !

Oui mais vers quelle direction ?

Son regard se fixa sur le plafond de l'alcôve où un peintre médiocre avait représenté une paire d'oiseaux Biyiniao, ces volatiles qui ne possèdent qu'une aile, de sorte que, s'ils veulent voler, le mâle et la femelle ne peuvent faire autrement que s'accoupler.

En même temps qu'il regardait cette apologie du couple, il se mit à penser à son père, à qui il reprochait amèrement de ne pas l'avoir mieux préparé au délicat exercice auquel il était confronté à cet instant... mais aussi qu'il vénérait, qu'il chérissait au plus haut point, ce père dont la femme était morte le jour où lui-même était né, ce père absorbé par son travail à la Cité Pourpre Interdite, et perpétuellement absent de la maison.

Un père aimé et admiré, mais un père absent : une situation des plus banales et un reproche au demeurant assez injuste – mais quels rejetons sont justes avec leur père ? –, car Rocher Impérissable avait toujours eu l'ambition de faire de son fils un « homme parfait », un « gentilhomme » au sens où l'entend maître Kong, un être doué intellectuellement et physiquement parlant. Si parfait qu'il avait confié à deux pédagogues, l'un taoïste et l'autre confucéen, le soin de pourvoir à son éducation.

Le professeur taoïste, du nom de Courant Vital comme on l'a déjà dit, était un athlète de l'âme et du corps.

Sa robe de soie noire, la robe des prêtres de la Voie, était ornée d'animaux fantastiques : dragons ailés jaunes, licornes vertes à six pattes, buffles mauves à crinière de lion, poissons bleus à cornes en forme de lyre et autres hybrides. Ne négligeant rien pour impressionner ses ouailles, il la déboutonnait volontiers, ce qui lui permettait de laisser entrevoir l'imposante musculature de sa poitrine sur laquelle luisait une médaille du *Yin* et *Yang* avec les pleins et les vides en or et en argent. Son visage buriné par le vent, la pluie et le soleil, sculpté de rides profondes qui s'harmonisaient au millimètre près avec le tracé de sa barbe et de sa moustache, toutes deux fort longues et noires, pour former des volutes symétriques de part et d'autre de son nez, ressemblait davantage à un masque d'opéra qu'à une face humaine. Mais c'étaient ses yeux perçants – si perçants qu'ils en étaient un tantinet cruels – qui intimidaient au plus haut point le jeune Droit Devant lorsqu'il lui expliquait comment faire de ses mains, de ses bras mais aussi de son corps tout entier des armes infaillibles pour anéantir l'adversaire, c'est-à-dire une hache du tranchant de la paume, un poignard de l'index et du majeur réunis, un bâton à bout ferré du coude et des boulets de canon des pieds.

Comme en beaucoup de matières, en théorie cela paraît simple mais en pratique, c'est autre chose !

Tous ceux qui pratiquent les arts martiaux savent qu'il faut des années d'exercice et de concentration mentale pour imprimer à ses membres la vitesse nécessaire et surtout faire en sorte de ne pas avoir peur de les utiliser à fond. Car la moindre crainte de se rompre les os contribue à les fragiliser. Celui qui, lorsqu'il frappe, appréhende d'abîmer la partie du corps qu'il utilise, a de fortes chances, dès le premier choc, de la briser.

Quant à l'enseignement de son professeur confucéen, ce n'était pas tout à fait la même musique.

Ce vieillard frêle, dont l'ossature du visage affleurait sous une peau parcheminée et diaphane, avait pour nom – cela ne s'invente pas ! – Force de la Loi.

Comme tout bon lettré qui se respecte, Force de la Loi était capable d'écrire « plus de dix mille caractères », soit largement plus que les trois mille signes nécessaires pour bien manier la langue chinoise et que tout jeune homme bien né se doit de connaître au moment de sa prise de bonnet viril, ce qui lui permet de déchiffrer sans l'aide d'un dictionnaire les fameux Quatre Livres[1].

Comme on peut l'imaginer, Force de la Loi avait une conception des plus classiques du commerce entre les hommes et les femmes : il n'y a point de salut hors du mariage ; quand on se marie, c'est pour la vie ; le but du mariage, c'est la procréation et rien d'autre.

Bref, pour lui, Nuage et Pluie se résumait à un encastrement d'une partie dans l'autre, en l'espèce d'une bosse dans un creux, à l'instar du tenon et de la mortaise.

À peine adolescent, Droit Devant avait donc découvert à quel point en matière de sexe les théories confucéenne et taoïste sont rigoureusement opposées.

Dans le *Livre des Rites*, il est expressément écrit : « L'époux est le Ciel » et « Nul ne peut se dérober au Ciel ». Quant à la femme, en tant qu'« ombre et écho du mari », elle lui doit obéissance absolue et s'interdit toute relation extraconjugale. Le rigorisme de maître Kong va jusqu'à exclure tout commerce sexuel de la

1. Il s'agit des quatre ouvrages censés avoir été écrits ou compilés par Confucius.

palette des services que l'épouse et le mari se doivent mutuellement. Ainsi le simple fait de folâtrer au lit est-il considéré comme le pire des écarts parce qu'il engendre la « lascivité », laquelle débouche sur le « papotage » qui n'est rien d'autre que l'antichambre du « relâchement moral » et ainsi de suite jusqu'au reniement suprême. Toujours selon Confucius, la femme doit : se coucher tard et se lever tôt ; faire manger son époux quand celui-ci a faim ; se taire devant ses remontrances ; se tenir dans un coin de la pièce, muette et attentive, quand il reçoit des amis ; demeurer respectueuse et sereine en toutes circonstances, baisser les yeux et sourire quand son époux lui adresse la parole ; accoucher d'un garçon et, si c'est par malheur d'une fille, n'avoir de cesse que d'enfanter un mâle.

C'était peu de dire que notre jeune héros n'était pas convaincu par ce rigorisme étriqué, au point qu'un jour, sans se rendre compte de l'insolence de son propos, il s'était écrié :

— Mais comment, dans ces conditions, une femme parvient-elle à être heureuse ?

Le confucéen, tout en considérant avec commisération le freluquet, avait vertement répliqué :

— Le bonheur n'est pas une fin en soi, mon cher Droit Devant. L'important, c'est l'ordre des choses sous le Ciel ! Pour un gentilhomme, pour un *Ren*, un homme bien né, c'est-à-dire ce que ton père prétend faire de toi, l'important, c'est de respecter les Rites…

Peu convaincu par les propos de Force de la Loi, Droit Devant avait posé la même question à Courant Vital et sa réponse lui avait semblé autrement plus pertinente :

— La femme est l'égale de l'homme. C'est le système qui la rabaisse à un rang inférieur. Les Rites ne sont qu'un agencement artificiel mis en place par les hommes pour asseoir leur domination sur les femmes.

Pour un taoïste et conformément aux propos de Laozi, l'auteur du *Livre de la Voie*, le principe femelle *Yin* et le principe mâle *Yang* sont deux entités parfaitement complémentaires et de valeur strictement égale. L'harmonie ne peut provenir que de la fusion du *Yin* et du *Yang*, et il n'y a, par conséquent, ni vainqueur ni vaincu entre l'homme et la femme.

La fusion du *Yin* et du *Yang*… celle-là même qui s'accomplit entre l'homme et la femme au cours de Nuage et Pluie, lorsque celui-ci est pratiqué de façon correcte…

Contrairement à la plupart des enfants qui sont persuadés que leurs parents sont des êtres asexués, Droit Devant se doutait plus ou moins que son père, qui professait des opinions confucéennes comme c'était le cas de tous les fonctionnaires impériaux, n'avait pas, pour autant, renoncé à exercer son droit au bonheur. À en juger par le nombre des livres licencieux et des traités taoïstes de sa bibliothèque, Rocher Impérissable ne pouvait pas être totalement indifférent aux préceptes de la Voie. D'ailleurs, Droit Devant avait souvent aperçu des silhouettes féminines s'éclipser au petit matin de la chambre de son père, ce qui lui paraissait parfaitement normal, vu son veuvage.

Le mieux, comme le lecteur l'aura compris, est de ne pas se laisser enfermer dans le choix entre la posture confucéenne et la posture taoïste. On peut respecter autrui et suivre les enseignements de maître Kong qui épargnent aux sociétés humaines de devenir d'impitoyables jungles sans pour autant appliquer ces mêmes préceptes aux rapports entre l'homme et la femme. En d'autres termes, on peut être confucéen envers autrui tout en étant taoïste pour ce qui concerne Nuage et Pluie…

Lune Rousse le ramena à la réalité, c'est-à-dire au corps lascif d'une femme devant lequel il demeurait paralysé, en lui murmurant :

— L'oiseau sort du nid !

De fait, ce qu'il ressentait était si doux et si excitant qu'il osa jeter un œil sur la cause du miracle – car c'était bel et bien un miracle qui venait de se produire – et tomba sur le spectacle des lèvres de Lune Rousse en train de lécher son instrument avec application.

Il se prit à remercier Lü l'Immortel, le Dieu protecteur des puceaux, qui avait probablement jugé que la plaisanterie avait assez duré et volait à son secours en faisant vibrer sa Tige de Jade.

Les succions de la courtisane étaient particulièrement efficaces.

— Qu'est-ce que tu en dis ?

Se souvenant que, dans l'album de son père, il y avait plusieurs images représentant des femmes en train de rendre de vibrants hommages à la Tige de Jade de leurs partenaires, lesquels, à en juger par leurs yeux écarquillés, paraissaient apprécier la chose, il osa lâcher :

— Je trouve ça très… euh !… agréable. Oui, agréable… vraiment très agréable !

Même s'il n'en était pas encore, loin s'en fallait ! au stade où il déploie ses ailes, son oiseau pointait bel et bien le bec hors du nid…

La fille lui prit la main.

— On passe aux choses sérieuses ?

Moins sur la défensive, il n'eut pas trop de mal à acquiescer.

Elle le poussa gentiment à s'étendre sur les draps et lui ôta son pantalon dont elle fit une boule qu'elle jeta d'un ample geste dans un coin de la pièce. Fermant les yeux, il se délecta de l'odeur du parfum dont Lune Rousse s'était inondée.

— Écarte bien les jambes, lui glissa la courtisane avec le ton mi-ferme mi-doucereux du médecin qui s'apprête à examiner son malade.

Il s'exécuta, cette fois de bonne grâce et plein d'espoir.

Ô miracle ! Il lui avait certes fallu du temps pour en arriver à ce stade, mais le résultat était là : son instrument était gonflé à se rompre.

Soulagé comme un gosse qui se réveille après un cauchemar, il s'enhardit et passa une main jubilatoire sur les tétons de Lune Rousse, ce qui lui permit de remarquer qu'ils étaient « aussi durs que le jade ».

Décrite dans les manuels de l'Art de la Chambre à Coucher, l'apparition de ce phénomène signifie que la femme éprouve l'envie furieuse de goûter à la Tige de son amant.

D'ailleurs, Lune ne tarda pas à replonger vers l'instrument de Droit Devant avant de l'emboucher comme une flûte, puis, entre deux aspirations qui arrachaient des cris de contentement au fils de Rocher Impérissable, à s'écrier en pouffant :

— Je vais le faire chanter !

Tout en se repassant mentalement les Quatre États et les Neuf Esprits, Droit Devant se mit à masser avec application le ventre de Lune puis le haut de ses cuisses, en insistant sur l'intérieur de celles-ci.

Il fit en sorte de contrôler du mieux qu'il pouvait les battements de son cœur. Cet objectif atteint, tandis qu'une béate euphorie pointait en lui, après avoir engagé avec vigueur sa Tige dans la Ravine de la fille, il la fit aller et venir avant d'intensifier ce mouvement de va-et-vient.

Jubilant d'avoir enfin trouvé ses marques, il ne lui restait plus qu'à faire honneur à son nom, c'est-à-dire à foncer tout droit.

La tâche lui fut d'autant plus facilitée que Lune, entre-temps, après avoir mouillé son index avec un peu de salive, avait entrepris de caresser son Bouton de Pivoine, ce qui l'avait amenée à la première étape du chemin de l'orgasme telle que Courant Vital l'avait décrite à Droit Devant et dont elle présentait tous les symptômes : les yeux révulsés, le souffle court et bien sûr les petits gémissements qu'elle ponctuait d'une série de satisfecit : « mon chéri, encore », « c'est bon ! » et autres « plus profond s'il te plaît »...

Aux anges face à de tels compliments, Droit Devant fit pivoter son instrument de gauche à droite puis de haut en bas de manière à lui imprimer un mouvement tournoyant.

Le fourreau et l'épée se plaisaient ensemble.

La qualité de la relation entre l'épée et le fourreau est essentielle dans Nuage et Pluie.

Les rois du Wei[1] l'avaient parfaitement compris, qui ordonnaient à leurs guerriers de placer des plaquettes

1. La principauté du Wei était l'un des royaumes de la Chine à l'époque des Royaumes Combattants (VIe-IIIe siècle av. J.-C.).

de jade à l'intérieur de leurs fourreaux. Il leur suffisait d'y plonger ou d'en extraire leurs épées pour qu'elles s'aiguisent un peu plus, ce qui conférait à l'armée de ce royaume une supériorité incomparable lorsqu'elle affrontait l'ennemi.

Dans Nuage et Pluie, c'est la Rosée Essentielle qui joue le rôle de ces plaquettes de jade… et la Ravine de Lune, douce et glissante comme de la glaise imbibée d'eau, n'en était pas avare.

Mais quand on est puceau, on ne saurait avoir l'expérience d'un vieux briscard.

Submergée par le plaisir, la Tige de Droit Devant délivra subitement son flot de liqueur *Yang* dans la Caverne en Forme de Grain de sa partenaire dont le ventre, voluptueux tapis de prière de chair tendu entre l'infini du désir et celui du plaisir, fut parcouru par plusieurs ondulations.

À ce stade ultime, Lune poussa un cri qui s'acheva par un « Ouiii ! » de triomphe.

Droit Devant se pencha vers elle, désireux de voir si la lueur censée caractériser « la femme satisfaite » telle que la décrivait la Fille sans Complexes apparaissait dans les yeux de Lune, mais ils étaient mi-clos. Il dut se contenter d'imaginer que ladite lueur était bien là, ce qui ne l'empêcha pas d'éprouver une sorte de fierté qui le réconforta.

Après des débuts plus que laborieux, Droit Devant s'en tirait avec les honneurs de la guerre.

2

Le dur métier de Pinceau Rouge

— Chienne de nuit !

Assené comme on porte un coup terrible à l'adversaire, le propos fit vaciller Rocher Impérissable.

La façon dont l'Empereur du Centre, confortablement calé dans les coussins qui s'amoncelaient sur son immense lit, avait aboyé son propos en disait long sur ce qui allait suivre.

Les colères du Fils du Ciel étaient aussi fréquentes que légendaires.

Bien que la colère, lorsqu'elle n'est pas maîtrisée, puisse provoquer des effets bien pires que la plus grave des maladies, l'Empereur prenait un malin plaisir à faire mentir l'adage « le colérique ne vit jamais très vieux ».

Rocher Impérissable, à qui la mine des mauvais jours du souverain n'avait pas échappé, décida de rester de marbre en faisant celui qui n'avait rien entendu.

Ce n'était pas la première fois qu'il affrontait la colère impériale. Mais là, c'était encore plus violent que d'habitude. Aussi, lorsque le Fils du Ciel s'empara de son chasse-mouche, Rocher Impérissable serra les poings et se concentra pour ne pas ciller quand la touffe de poils d'éléphant attachée à son long manche d'ivoire ouvragé s'abattrait sur sa joue. Heureusement pour lui, un insouciant moustique qui venait de se poser sur la soie damassée du lit fit les frais de l'ire du souverain et s'y retrouva déchiqueté dans une vilaine éclaboussure.

Ce petit meurtre accompli, le Fils du Ciel lança rageusement l'ustensile en direction de Rocher Impérissable puis, toujours aussi enragé, s'écria :

— Mais que diable m'arrive-t-il ? Pourquoi diantre mes forces m'abandonnent-elles ?

À ces mots, Rocher Impérissable, dont l'attention s'était portée sur le minuscule embrouillamini sanguinolent de pattes et d'antennes, sursauta.

Jamais il n'avait perçu un tel désarroi chez l'Empereur du Centre.

Le pincement au cœur qui l'empêchait certaines nuits de respirer se transforma peu à peu en douleur sourde, comme si son organe vital était taquiné par la pointe effilée d'un poignard. Il dut se faire violence pour ne pas laisser échapper le gémissement qui l'eût mis en grand danger. Il devait demeurer sur ses gardes, car les propos du souverain n'auguraient rien de bon…

En courtisan expérimenté, Rocher Impérissable se garda bien de répondre à l'interrogation et encore plus d'y compatir, car cela eût laissé entendre à son impérial interlocuteur qu'il partageait sa constatation sur sa piteuse prestation nocturne… ce qui eût été extrêmement dangereux.

Ceux qui avaient la malchance d'être les témoins des faiblesses d'un personnage aussi puissant que le Fils du Ciel risquaient de le payer de leur vie…

Or, Rocher Impérissable exerçait auprès de l'empereur Cheng Hua[1] les fonctions particulièrement sensibles d'Officier du Pinceau Rouge.

Tout comme ses illustres prédécesseurs, l'Auguste disposait en effet de six fonctionnaires qui avaient pour unique tâche de consigner avec un pinceau trempé dans l'encre rouge les exploits de sa Tige de Jade. C'est ainsi que, cinq fois par mois, Rocher Impérissable notait dans un petit carnet noir le nom et aussi le surnom de l'heureuse élue, que les dames de cour amenaient à l'Empereur après qu'on lui eut passé à la main droite l'anneau d'argent qui distinguait les favorites des autres.

Puis il décrivait par le menu la façon dont l'Empereur l'avait honorée.

Car un bon Officier du Pinceau Rouge n'est pas payé, comme on s'en doute, pour établir la liste des femmes distinguées par le Fils du Ciel. Sa tâche principale consiste à décrire les exploits sexuels de l'Empereur aussi précisément que possible en mettant en valeur ses capacités amoureuses, lesquelles sont forcément très supérieures à celles du commun des mortels.

Les Pinceaux Rouges font partie de ces fonctionnaires impériaux de confiance auxquels aucun égarement n'est pardonné. La Tige de Jade d'un Empereur ne pouvant souffrir la moindre réputation de

1. Cheng Hua régna de 1465 à 1487.

défaillance, ils doivent être capables d'avoir recours à l'imagination. La nuit où l'Auguste Tige de Jade ne s'est pas levée convenablement, ils ne pourront faire autrement que de raconter, par exemple, qu'elle est montée trois fois de suite avec la même vigueur à l'assaut de la Ravine de Cinabre de l'heureuse élue ou encore que celle-ci, telle la lionne couverte par le lion, a bel et bien rugi de plaisir.

Et malheur au Pinceau qui se serait laissé aller à évoquer devant des tiers la moindre panne de l'instrument impérial : pour le chroniqueur indélicat, c'était assurément la mort par décapitation ou – pis encore – par les Dix Mille Couteaux, ce châtiment mongol consistant à découper en lambeaux le corps du condamné à mort…

Parce qu'il obligeait les Pinceaux Rouges à rivaliser d'imagination, le contexte dans lequel ces chroniqueurs particuliers exerçaient leur tâche ne favorisait pas entre eux l'existence de rapports harmonieux. Chacun gardait jalousement pour lui ses états d'âme ainsi que ses petits secrets, et ce d'autant plus que ces individus travaillaient en milieu hostile : une sourde et ancestrale rivalité les opposait aux eunuques, ces hommes privés de sexe auxquels les Empereurs ont toujours accordé une confiance aveugle en raison même de cette mutilation qui les prive de la cause principale de déraillement des hommes : leur incapacité à résister au sexe faible.

Les eunuques ont toujours servi de dernier rempart au Fils du Ciel. Déjà, sous la glorieuse dynastie des Han, l'empereur Guang[1] avait fait promulguer une loi

1. Guang Wudi vécut au Ier siècle de notre ère.

qui obligeait tous les domestiques mâles chargés de son Gynécée à se faire castrer – méfiance oblige – par son chirurgien personnel.

Sous Cheng Hua, la Cité Pourpre comptait un bon millier de castrats. Le prestige et l'influence de cette caste n'avaient cessé de croître depuis que Zheng He, l'un des leurs, avait été chargé un siècle plus tôt par l'empereur Yongle[1] de monter sept expéditions maritimes destinées à faire connaître la Chine dans tout le pourtour de l'océan Indien.

Mais Rocher Impérissable avait d'autres raisons d'être dans ses petits souliers.

Plus méfiant encore que ses prédécesseurs, Cheng avait créé le Cercle de la Surveillance Interne, une sorte de police secrète dont les agents, prêts à tout pour assurer l'intégrité du Fils du Ciel, surveillaient les agissements de tous ceux qui travaillaient à la Cité Pourpre. Il en avait confié la direction au général Rouge-Gorge, un valeureux soldat qui avait ferraillé à de nombreuses reprises contre les tribus mongoles. Craints comme la peste, les membres de la Surveillance ne se privaient pas de faire régner la terreur.

Les collaborateurs de l'Auguste faisaient l'objet d'une étroite surveillance de la part de cette police secrète.

La terreur est l'arme quotidienne des pouvoirs totalitaires.

Tout pouvoir qui se respecte prend la forme d'une pyramide au sommet de laquelle un chef suprême fait

1. Yongle régna de 1403 à 1424.

régner l'ordre au nom de son peuple et pour le bien-être de ce dernier.

En l'espèce, ce chef a pour nom Fils du Ciel ou Astre Unique.

Ce Soleil dont les ministres sont les planètes est un Dieu auquel tous ses sujets doivent rendre un culte.

Dans ce ciel noir de la Cité Pourpre, il n'y a pas d'autre étoile. Il y a en revanche des milliers et des milliers de minuscules particules qui n'intéressent généralement personne sauf elles-mêmes. Ce sont les fonctionnaires impériaux, des gens qui se croient importants, c'est-à-dire de petites étoiles, parce qu'elles côtoient le Soleil, alors qu'elles ne sont que poussière.

Chacun connaît le sort de la poussière, à laquelle il suffit d'un simple coup de vent pour disparaître.

L'empereur Cheng Hua était un homme de petite taille, au visage maigre et sec ravagé par les stigmates d'une petite vérole dont il avait failli mourir à l'âge de deux ans. Il avait déjà affronté cinq tentatives de coup d'État, ce qui expliquait sa méfiance maladive, y compris vis-à-vis de son plus proche entourage. Encore plus paranoïaque que ses prédécesseurs, il s'employait à brouiller les pistes, ne dormant jamais deux nuits de suite dans la même chambre ni dans le même pavillon de la Cité Pourpre. Son emploi du temps relevant du secret d'État, lorsqu'il quittait celle-ci pour aller inspecter les garnisons du Nord dont il avait tenu à garder le commandement direct, c'était toujours en pleine nuit et dans une voiture qui ne payait pas de mine.

Outre les femmes, qu'il avait consommées à foison dès l'âge de dix-huit ans, au moment où il était monté sur le trône, la principale obsession de ce tyran, dont la réputation d'avare impénitent avait franchi les murailles de son palais, était de remplir les caisses impériales en exportant aux quatre coins du monde la porcelaine « bleu et blanc » qu'il faisait fabriquer par les centaines de milliers d'esclaves des manufactures de Jindezhen. Cheng Hua gérait le pays comme une entreprise dont il eût été l'unique actionnaire : à son seul profit.

La façon dont cet être assoiffé d'or exerçait le pouvoir eût été acceptable et même – pourquoi pas ? – louable, s'il avait réinvesti les immenses dividendes qu'il tirait de l'exercice de ses fonctions. Mais le Fils du Ciel utilisait les impôts et les taxes à tout autre chose qu'au bien-être de son peuple. Faute d'entretien, les routes de l'Empire étaient défoncées par les fondrières ; la circulation des navires était devenue impossible sur certaines portions du Grand Canal Impérial, tellement elles étaient obstruées par la vase. À cause de l'exode rural consécutif aux guerres civiles et de la corruption qui gangrenait la société, les greniers impériaux étaient vides et des régions entières étaient décimées par la famine.

Cheng Hua, en revanche, ne lésinait pas sur la dépense pour son harem, installé dans l'aile est de la Cité Pourpre Interdite.

Ce Gynécée Impérial comptait près de cinq mille concubines et autres dames de cour dont l'entretien coûtait à son auguste propriétaire le prix de celui d'une armée de dix mille hommes, matériel compris.

Il est vrai que rien n'était trop beau pour assouvir l'incommensurable appétit sexuel dont faisait preuve ce souverain. Désireux de multiplier les expériences, il n'avait pas encore vingt ans lorsqu'il avait décidé qu'il ne reverrait jamais la même femme deux nuits de suite. C'est pourquoi, parmi ses concubines qui se morfondaient au harem, on trouvait une écrasante majorité de « fronts de cigale ». Ainsi désigne-t-on les femmes qui ne plaisent plus au souverain, en raison de l'obligation qui leur est faite de nouer leurs cheveux en deux longues tresses qu'elles laissent pendre de chaque côté de leur visage et qui ressemblent aux antennes de cet insecte.

De temps à autre, pour éviter que le Gynécée n'accumule inutilement les concubines qui ne servaient qu'une fois, il arrivait qu'on amenât à Cheng Hua une prostituée particulièrement belle qui était restituée le matin suivant à la maison close.

Mais lorsqu'on a goûté à tous les plats et qu'on n'a plus rien à découvrir, manger n'est plus un plaisir et peut même devenir une corvée. Alors, on se nourrit plus qu'on ne mange et on perd peu à peu l'appétit. Car le temps qui use tout finit tôt ou tard par raboter les sens, y compris ceux d'un Fils du Ciel.

Telle était la mésaventure, banale mais fort désagréable, qui arrivait à Cheng Hua, lequel venait d'avoir cinquante-trois ans et dont la Tige de Jade manifestait de sérieux signes de faiblesse.

Plus rien, désormais, ne le surprenait ni ne l'émoustillait chez les femmes qu'il invitait à partager sa couche. Pas même ces Mongoles aux pommettes hautes et aux cuisses puissantes, ces véritables amazones capables de chevaucher un homme pendant une nuit entière sans lâcher prise, ni ces Tibétaines à la peau aussi douce que le regard et qui vous massent avec ces fameux onguents à base de plantes du Pays des Neiges, ni ces paysannes du Yunnan au teint mat et au regard de braise qui déploient une énergie inépuisable, allant jusqu'à se faire tatouer sur le bas ventre et au creux des reins des formules salaces.

Même les femmes Han les plus belles et les plus excitantes choisies pour leurs longs cheveux fins et noirs, leurs seins ronds en forme de pêche et leurs fesses rebondies, ne faisaient plus ni chaud ni froid à cet Astre Unique ; pas plus, d'ailleurs, que les filles d'origine occidentale aux yeux bleu turquoise et aux cheveux châtain mordoré dont Cheng avait pourtant toujours raffolé.

Quand les hommes ne sont plus émus par les filles, il ne leur reste plus qu'à essayer les remèdes fortifiants.

Mais eux non plus n'avaient aucun effet sur l'empereur Cheng Hua.

Même la poudre de Corne de Daim en Rut ou la pâte de Foie de Chien Blanc Tué au Cours de la Première Lune, ces potions dont la renommée n'est plus à faire, n'avaient plus la moindre action sur la vigueur de l'instrument impérial.

Ces pannes à répétition étaient très mal vécues par ce grand amateur de femmes. Il n'arrivait même plus à faire passer sa Tige par les Quatre États, ce qui avait pour conséquence, comme il est écrit dans le *Manuel de la Fille sans Complexes*, de lui ôter toute chance de faire éclore chez la femme les Neuf Esprits.

Au cours du premier État, celui de l'Esprit d'Harmonie, la Tige de Jade commence à remuer. Au cours du deuxième, l'Esprit de la Peau, elle gonfle légèrement. Au cours du troisième, l'Esprit des Os, elle enfle sérieusement. Au cours du quatrième, l'Esprit du Cœur, elle se réchauffe et la semence *Yang* se met enfin en mouvement.

C'est lorsque la Tige atteint le quatrième État que les Neuf Esprits de la femme peuvent se manifester. Quand c'est au tour du premier, celui des Poumons, la femme se met à respirer lentement et avale sa salive ; au deuxième, celui du Cœur, la femme murmure des mots tendres à l'homme ; au troisième, celui de la Rate, la femme serre l'homme très fort dans ses bras ; au quatrième, celui des Reins, la Ravine de Cinabre de la femme s'humidifie ; au cinquième, celui des Os, la femme suce la langue de l'homme ; au sixième, celui du Sang, la femme prend dans ses mains la Tige de Jade de l'homme ; au septième, celui de la Chair, la femme caresse les mamelons de l'homme ; au huitième, celui de l'Amour, la femme supplie l'homme d'introduire sa Tige de Jade dans sa Ravine de Cinabre ; au neuvième, celui du Ciel, la femme atteint l'orgasme…

Or, toujours selon le *Manuel de la Fille sans Complexes*, sans ces Neuf Esprits, il ne saurait y avoir d'union harmonieuse entre deux partenaires en amour.

Cheng Hua apostropha Rocher Impérissable :

— Tu es sourd ou quoi ?

Dirigeant son regard vers l'Empereur de Chine qui fixait sur lui ses petits yeux cruels, Rocher Impérissable réprima un frisson puis continua à faire celui qui n'avait rien entendu. De même qu'il valait mieux ne pas être celui qui apportait à l'Auguste les mauvaises nouvelles, il n'était pas bon d'être le scribe d'une histoire quand celle-ci n'était tout simplement pas racontable…

Or, la soirée que le souverain venait de passer avait viré au pire des cauchemars.

Face à Yadil, une jeune beauté d'origine mauresque qui, en d'autres temps, l'eût en tous points comblé, sa

Tige était demeurée aussi flasque qu'un concombre de mer.

La rage au cœur, Cheng Hua avait dû se contenter de regarder les formes sublimes de la Mauresque sans même l'effleurer du doigt. La séance n'avait pas dû durer plus de dix minutes. Mais le Fils du Ciel ne paraissait pas pour autant prêt à dormir, ce qui eût soulagé le pauvre Pinceau Rouge.

— Où est passée la fille ? marmonna Cheng Hua.

— Majesté, elle a quitté votre chambre… quand vous m'avez demandé de la mettre dehors…, gémit le Pinceau Rouge avant de se mordre les lèvres jusqu'au sang.

L'Empereur haussa les sourcils, leva les yeux au ciel avant de laisser échapper un « pff ! » rageur.

— Tu vas me la ramener au lever du jour !

Rocher Impérissable se mit à frissonner. Son désarroi était immense. Voilà que le Fils du Ciel dérogeait à ses propres règles. C'était une première. Cheng Hua remettait en cause le fameux décret obligeant le Gynécée à lui fournir toujours une femme différente !

Que cachait donc pareil bouleversement de cette règle, intangible comme l'étaient toutes les lois édictées par le Roi des rois ?

Comme s'il avait reçu une flèche en plein cœur, Rocher Impérissable se cassa en deux puis, après avoir avalé avec difficulté sa salive, souffla :

— Bien, Votre Majesté, ce sera fait… Il me suffira de prévenir le Gynécée de ne pas laisser sortir l'intéressée… Il faut simplement que je m'en occupe au plus tôt.

— Tu n'as rien d'autre à me dire ? ajouta l'Empereur, en fusillant le malheureux Pinceau Rouge du regard.

Rocher Impérissable respira à fond. Il s'attendait que Cheng Hua lui posât cette question dont il connaissait au demeurant le sens. L'Empereur voulait savoir ce qu'il comptait écrire dans le registre de ses ébats nocturnes. Or Rocher Impérissable avait beau se creuser les méninges, il n'arrivait pas à trouver la réponse adéquate.

Du temps où la vigueur de Cheng Hua ne posait pas de problème particulier, il n'avait que l'embarras du choix pour pallier les rares carences de la Divine Lance.

Il lui suffisait de s'inspirer de l'une des « Neuf Manières d'agiter la Tige de Jade » telles qu'elles sont consignées dans les manuels spécialisés. Ce subterfuge permettait à Rocher Impérissable de raconter avec force détails l'épopée du membre impérial, « ce dragon Dominateur et Fier », « cette Lance Bénéfique à l'aise comme un poisson dans l'eau et qui a parcouru de façon triomphale l'espace qui s'étend entre les Cordes du Luth et la Caverne en Forme de Grain », « cette Sublime Tige dont les mouvements de va-et-vient ont arraché des soupirs de plaisir à la partenaire en extase ».

Parfois, le héros de l'historiette édifiante que Rocher Impérissable avait pour tâche de consigner était l'Auguste lui-même, *« la façon si singulière avec laquelle, au cours de sa prouesse, il a fermé les yeux, pressé sa langue contre son palais, arqué son dos, tendu son cou, tiré ses épaules vers l'arrière, ouvert grand ses narines, fermé sa bouche, aspiré son souffle et concentré ses pensées, puis, après avoir fait jouir plusieurs fois sa concubine, a retenu en lui-même sa semence afin qu'elle remonte le long de sa colonne vertébrale jusqu'à son cerveau ».*

À ce stade de notre récit, une petite précision s'impose.

Tous les livres taoïstes qui traitent du sexe sont unanimes sur ce point : s'il veut vivre vieux et avoir de beaux enfants, l'homme doit éviter de disperser inutilement sa Liqueur de Jade.

En d'autres termes, l'homme qui veut vivre longtemps doit pratiquer ce que les manuels de l'art de la chambre à coucher qualifient de « Retour de la Semence ».

Cette pratique consiste à s'abstenir de répandre la Liqueur de Jade au cours de l'acte sexuel. De la sorte, l'homme enrichit son Souffle Vital *Qi* sans lequel il n'existe pas de vie sur terre. Dans le cas contraire, en se vidant de sa Liqueur intime, il appauvrit son être et prend le risque de s'affaiblir, voire de mourir à petit feu.

Le phénomène en question est lumineusement décrit par la Fille sans Complexes : au contact de l'essence féminine *Yin*, appelée aussi Rosée Désirable ou encore Bruine Subtile, qui est sécrétée par la Ravine de Cinabre, l'essence masculine *Yang* – ou la Liqueur de Jade – a tendance à se répandre partout, ce qui contribue à épuiser le Souffle Vital appelé aussi Esprit du Vallon. Dès lors que le partenaire réussit à empêcher cette émission, l'essence *Yang* reflue vers l'endroit – appelé Champ de Cinabre – où elle est fabriquée avant de remonter le long de la Pagode à Étages[1] jusqu'au Palais de l'Harmonie Suprême[2]. Il

1. Il s'agit de la colonne vertébrale.
2. Il s'agit du cerveau.

s'ensuit un accroissement du Souffle Vital qui irrigue les Six Viscères : l'estomac, l'intestin grêle, le côlon, l'urètre, la vésicule biliaire et la vessie, ainsi que les Cinq Organes : le cœur, le foie, les poumons, la rate et les reins.

Le résultat coule de source : en empêchant l'Esprit du Vallon de mourir, cette pratique permet à l'homme de disposer d'une essence *Yang* particulièrement concentrée et d'excellente qualité, elle fait également noircir les cheveux gris et repousser les dents.

Comme la Fille sans Complexes eut, en son temps, l'occasion de l'expliquer à l'Empereur Jaune, ce qu'on croit être de la volupté n'est rien si on le compare à la joie de conserver en soi son essence *Yang*, la substance précieuse, l'essence même de l'être, celle qui lui permet de donner la vie. Non seulement il faut l'économiser, mais il faut également être capable de la reconstituer en cas de besoin.

Pour ce faire, il n'y a rien de tel que de coller ses lèvres ainsi que son nez à la Ravine de Cinabre de sa partenaire afin d'en humer le *Qi* et de lécher quelques gouttes de sa Rosée Immémoriale. L'essence *Yin* ainsi recueillie doit être avalée avec soin, car une fois digérée, elle se transforme tout naturellement en essence *Yang*…

C'est encore l'Empereur Jaune qui a tiré le meilleur profit de ces pratiques, maîtrisant à la perfection cet art subtil grâce auquel la Liqueur de Jade rebrousse chemin et s'en va renforcer le cerveau au lieu de se répandre inutilement dans la Ravine de Cinabre de la partenaire.

La pratique de la Rétention de la Semence, outre qu'elle ne peut être que le fruit d'un long apprentissage, n'est pas donnée à tout le monde.

Elle ne s'obtient qu'au prix de mille efforts. Tandis que la Fleur de Jade de la femme éclôt en mille gerbes comme un sublime feu d'artifice, on doit tenir éloignée de soi cette pulsion qui, venant du tréfonds de l'âme, fait que les eaux du lac de retenue font pression sur le Barrage Intérieur, risquant à tout moment de se déverser dans la Caverne Enchantée. Ce n'est pas une mince affaire que d'aller jusqu'au bout de la jouissance sans pour autant commettre l'irréparable en dispersant inutilement la Liqueur *Yang*. Le Retour est un acte paradoxal, un acte mystérieux et salvateur, une prouesse difficile à accomplir mais susceptible de maintenir en vie son auteur plusieurs milliers d'années supplémentaires. Ceux qui réussissent ce redoutable examen de passage savent également que leur Tige, au début affolée par l'extrême difficulté de l'exercice, finit par s'y habituer comme c'est le cas des fauves à l'issue de leur période de domptage.

Pour résumer, le Retour est donc une véritable prouesse, un de ces actes rares, pour ne pas dire héroïques, que fort peu de mâles sont capables d'accomplir. Mais une fois l'obstacle franchi, l'homme, dont la tête sait désormais commander au corps, devient ce qui s'appelle « puissant et intelligent ». Bref, l'homme en question se hisse alors au-dessus du statut de bête guidée par son seul instinct.

C'est alors que Rocher Impérissable, qui se remémorait à toute allure les passages de ses derniers écrits pour s'en inspirer sans que cela fasse trop plagiat, retint un cri de victoire.

Le Retour de la Semence… Que n'y avait-il pensé plus tôt !

Persuadé qu'il tenait là sa bouée de sauvetage, il se laissa envahir par la douce euphorie du soulagement intense qu'éprouvent les individus lorsqu'ils réussissent à sauver leur peau grâce à un miracle alors que, quelques instants plus tôt, ils étaient sûrs de mourir.

Aussi, et bien qu'il existât un abîme entre la panne sexuelle et le Retour de la Semence, notre Pinceau Rouge, après avoir posé sa main droite sur le petit coffret en laque qui pendait à sa ceinture, prit son courage à deux mains et, la voix déjà plus assurée, répondit à l'Empereur :

— Majesté, j'écrirai que, cette nuit, vous avez fait retour à votre divin cerveau de votre auguste semence…

L'Auguste, qui ne faisait pas partie de ceux qui croient aux bienfaits de la Rétention, fit la moue et dit :

— Balivernes que tout ça ! Sornettes de chez sornettes !

Rocher Impérissable, qui venait de sortir son pinceau de son nécessaire à écriture, content de son idée, sentit le sol se dérober sous ses pieds. Le lancinant poignard qui n'était jusque-là engagé qu'à moitié dans son cœur transperça celui-ci de part en part. La douleur aiguë, une douleur fulgurante, le fit se plier en deux comme si, à cet instant, il eût porté à lui seul le lourd fardeau de toutes les misères que Cheng Hua infligeait à son peuple.

Il était allé trop vite en besogne.

Sous le coup de l'émotion, il avait tout simplement oublié que le Retour de la Semence est une technique prônée par les adeptes de la Voie.

Or, depuis la nuit des temps, les Fils du Ciel successifs se sont toujours méfiés des taoïstes. Il faut dire que l'histoire de l'Empire du Centre est truffée de complots et de révoltes fomentés par des rebelles taoïstes dont les discours enflammés ont un certain écho auprès des pauvres gens, tant à la campagne qu'à la ville.

Sous les Han, la secte des moines aux Turbans Jaunes, qui comptait plusieurs centaines de milliers de révolutionnaires, fut à deux doigts de renverser le pouvoir impérial.

Aux yeux des Fils du Ciel, la Voie rime donc avec l'irrationnel et les pratiques obscures de la magie noire ; elle est synonyme de fanatisme, de pouvoirs occultes et de sorcellerie ; ses adeptes hirsutes vêtus de leurs peaux de bêtes et qui marchent sur les chemins n'ont qu'une idée en tête : exhorter les paysans à se révolter contre le pouvoir central qu'ils accusent d'être coupable de tous les maux.

Cheng Hua, qui avait mis plus d'un an à mater l'un de ces soulèvements paysans et qui y avait englouti des milliers de soldats, exécrait par-dessus tout la Voie et tout ce qui tournait plus au moins autour.

Rocher Impérissable, se tenant la poitrine comme s'il cherchait à y emprisonner la douleur qui s'y était agglutinée pour former une sorte de petite boule compacte, brûlante et hérissée d'aiguilles, murmura d'un air las :

— Dans ce cas, Monseigneur, je pourrais écrire que vous avez accompli la figure du « loriot mâle dont les deux ailes droites et fermes sont en train de battre devant le loriot femelle »…

Les yeux de Cheng Hua se mirent à briller d'une lueur méchante.

— Bien vu ! C'est déjà mieux que le Retour. Le Retour n'est qu'une ineptie inventée par les taoïstes pour le plus grand malheur des hommes ! Se priver de quelque chose pour mieux en profiter, c'est tellement paradoxal que c'en est idiot. Théoriser les bienfaits de la pénurie afin que ceux qui la subissent non seulement ne protestent pas mais disent encore merci, il faut un de ces culots !

Rocher Impérissable, qui pratiquait de façon assidue le Retour de la Semence, se garda bien de lui faire remarquer que la théorie en question lui eût été d'une utilité certaine pour changer l'état d'esprit des paysans dont la colère commençait à gronder dans les campagnes.

— Si vous le dites… Majesté.

Puis, comme tout bon courtisan, c'est-à-dire en expert du double langage, le Pinceau Rouge jugea bon d'ajouter :

— Je ne fais là, Votre Majesté, que transcrire rigoureusement ce à quoi j'ai assisté, parole de Pinceau dûment assermenté…

Toujours irascible, le Fils du Ciel se leva, bouscula un à un les fauteuils de sa chambre, avant de l'arpenter de long en large. Enfin le Roi des rois s'arrêta net devant Rocher Impérissable et lui murmura doucement, si doucement même que c'en était terriblement inquiétant :

— Ça ne te gêne pas de raconter des sornettes si énormes ? Pour transformer le plomb en or, il faut être un sacré alchimiste ! Au fait, tu ne serais pas un alchimiste de la Voie par hasard ? Un de ces sorciers qui abrutissent les foules avec leurs sornettes ?

Le Pinceau Rouge se liquéfia un peu plus et tenta une ultime manœuvre désespérée.

— J'ignore ce à quoi Sa Majesté fait allusion ! Ses augustes exploits seront retranscrits au pinceau rouge comme il convient de la part de l'Officier que je suis…

Il ne put achever sa phrase. En même temps que son visage se recouvrait d'un voile aussi pâle que la fleur d'arum, il lui sembla que son cœur explosait en mille morceaux et la douleur que lui infligeaient les milliers d'aiguilles fichées à l'intérieur de sa poitrine devint si insupportable qu'il vacilla. Mais mourir devant l'Empereur du Centre était si inconcevable qu'au prix de mille efforts notre homme se raccrocha au montant du lit.

— Tu me prends pour un imbécile !

— Je ne vois pas à quoi Sa Majesté fait allusion…

À ces mots, Cheng, dont les lèvres, sous l'effet de la colère, étaient aussi blanches que la paroi des bols de porcelaine à décor secret, jeta rageusement aux pieds de l'Officier le registre où étaient consignés les prétendus exploits de sa Tige.

— Arrête ta comédie, pauvre idiot ! Ne crois-tu pas qu'il est temps de me fiche la paix ? Sors, et qu'on me ramène cette fille tout à l'heure.

Rocher Impérissable, les mains agrippées au *Registre des ébats*, quitta la chambre impériale pantelant et en nage, mais avec le soulagement du soigneur qui sort indemne de la cage du fauve. Le pauvre Pinceau Rouge était loin de se douter que son calvaire ne faisait que commencer.

Yadil n'en menait pas large quand elle fut introduite dans la chambre impériale pour la deuxième fois, au petit jour. Elle était d'autant plus inquiète qu'on l'y avait amenée par un chemin différent de celui de la veille et qu'elle ne reconnaissait pas les lieux. La veille au soir, les tentures, les coussins du grand lit carré et les canapés étaient jaunes. Ce matin, le lit était rond et tout était rose.

La petite Mauresque ignorait que, pour déjouer toute tentative de complot, un Fils du Ciel ne couche jamais deux fois de suite au même endroit. Cheng Hua avait, en l'espèce, le choix entre une cinquantaine de chambres différentes.

Le Fils du Ciel lui tournait le dos et regardait par la fenêtre.

Mais plus que par la nouveauté des lieux, l'angoisse de la jeune Yadil s'expliquait surtout par le contrordre dont elle venait de faire l'objet.

Après sa nuitée ratée avec le Fils du Ciel, le Secrétaire du Gynécée l'avait emmenée dans une chambre dépourvue de fenêtres.

— Quand pourrai-je partir ? lui avait-elle demandé sur un ton angoissé, dévorée qu'elle était par l'inquiétude.

— Je n'ai pas sous la main un palanquin disponible pour te ramener chez toi. On viendra te chercher au lever du soleil.

Aussi avait-elle passé le reste de la nuit à se morfondre, négligeant les friandises et autres bonbons à l'anis qu'on lui avait apportés sur un plateau d'argent. Au petit jour, une gouvernante l'avait de nouveau préparée, sans répondre à ses questions affolées. Yadil était aux cent coups. À sa demande d'explications, Grue Cendrée, qui avait passé une tête, s'était borné à répondre par un laconique : « Vous verrez bien »... qui n'avait fait qu'accroître encore son inquiétude.

Le Roi des rois se retourna brusquement, ce qui la fit sursauter.

Puis il s'approcha d'elle avant de la considérer des pieds à la tête et d'en faire lentement le tour comme le marchand de chevaux qui veut évaluer le juste prix de la monture qu'il s'apprête à acheter.

Ce manège terminé, pendant que Yadil, pétrifiée de peur et qui n'osait pas le regarder en face, fixait les yeux sur ses babouches incrustées de fil d'or dont les pointes retroussées faisaient penser à des cornes de gazelle, Cheng alla s'asseoir dans une sorte de cathèdre en bois de rose dont le dossier était incrusté d'un couple d'oiseaux phénix dont les ailes s'emmêlaient pour former la marque de son règne. Puis, d'une voix coupante et en lorgnant vers la pierre sertie dans l'anneau qui lui traversait le nombril, il lança à la fille du désert :

— J'aimerais te voir danser. Toutes les Mauresques savent danser en remuant le ventre... À moins que tu ne comprennes pas ce que je te dis...

C'était la première fois que le Fils du Ciel l'autorisait à s'adresser à lui.

— Je pourrais exécuter pour vous la danse des deux voiles..., lui répondit aussitôt Yadil en esquissant le célèbre mouvement tournant des hanches dont tous les Maures raffolent.

— Mais tu parles correctement le han ! s'écria le souverain avec étonnement en regardant la Mauresque comme s'il la découvrait pour la première fois.

— Je l'ai appris, mais il faut que Votre Majesté soit indulgente avec moi, car je ne m'exprime pas bien...

— D'autres se contenteraient de moins ! lui lança Cheng en esquissant un sourire.

Yadil, qui avait visiblement marqué un point, se mit à respirer un peu mieux.

— Voulez-vous que je me mette à danser, Majesté ?

— Bien sûr que je le veux. Tu devrais savoir que les désirs d'un Fils du Ciel sont des ordres !

L'attitude du Fils du Ciel, qui témoignait d'un début de bienveillance de sa part à l'égard de Yadil, contribua à enhardir celle-ci qui fit descendre lentement la taille de son pantalon bouffant avant d'ajuster le petit gilet de velours brodé qui retenait ses seins tout en les faisant rebondir. Lorsque son ventre immaculé se mit à onduler comme un serpent dans les herbes, les yeux du Fils du Ciel, jusque-là torves, se mirent à briller comme ceux d'un puceau devant la femme qui va le déniaiser.

Il ne manquait au spectacle que la musique et les cymbales. Mais l'excellente danseuse qu'était Yadil pouvait fort bien se passer d'un orchestre.

Cheng était enchanté. La prestation de la jolie Mauresque le ravissait au point de lui faire oublier la cause de ses tourments.

À peine la danse achevée, il regarda ses braies avec circonspection et, estimant qu'il risquait fort de ne pas s'être remis de sa panne de la veille, fit tinter une clochette d'argent. Comme au théâtre lorsque le maître sonne le valet, le visage fardé de Grue Cendrée réapparut instantanément de derrière un lourd rideau de velours rose dont les plis faisaient penser à des colonnes.

Le Fils du Ciel, pour qui cet instrument de plaisir était devenu, au fil des ans, un inséparable compagnon de frasques amoureuses, laissa tomber :

— Qu'on m'apporte la Clochette birmane… Je l'ai laissée dans la chambre du Jardin du Nord !

Grâce à ce grelot minuscule, il avait l'assurance de pouvoir satisfaire toutes les femmes y compris les plus rétives, celles, généralement fort belles, dont la Ravine de Cinabre, malgré tous les efforts déployés par l'homme, présente une fâcheuse tendance à demeurer aride comme un sol désertique.

Avant de quitter la pièce perché sur ses cothurnes gigantesques, à reculons comme il se devait devant le Fils du Ciel et tout en tanguant de façon grotesque, le Secrétaire Général du Gynécée Impérial articula dans une sorte de gémissement :

— Je m'en occupe immédiatement, Majesté…

Une fois le castrat sorti, l'Auguste lança à Yadil d'un air gourmand :

— Aurai-je droit à une nouvelle démonstration de ta part ?

Sous le regard de plus en plus concupiscent du Fils du Ciel qui se félicitait d'avoir dérogé à la règle qu'il s'était fixée de ne jamais revoir la même femme deux fois de suite, le corps gracile et souple de la fille du désert recommença à bouger.

Alors qu'il fixait les yeux sur la pierre précieuse qui brillait de mille feux au milieu du nombril de Yadil lorsqu'elle passait et repassait devant la grande torchère en forme de queue de dragon fichée dans le mur, juste au-dessus du grand lit en forme de cercle, il commença à ressentir un très léger fourmillement entre les jambes. Un tel événement ne s'était pas produit depuis des mois et laissait augurer que la fin de la nuit serait bien plus agréable que son commencement.

La Mauresque n'avait pas achevé sa prestation que l'eunuque réapparut la mine défaite, comme si le Ciel lui était tombé sur la tête.

— Majesté, nous ne l'avons pas trouvée.

Contrarié à l'extrême, Cheng Hua bondit de sa chaise tel un tigre de sa branche et se mit à hurler :

— C'est rigoureusement impossible !

De plus en plus liquéfié, l'eunuque émit un feulement désespéré.

— Majesté, la chambre vient d'être fouillée de fond en comble… Le grelot ne s'y trouve pas.

— C'est trop fort ! Un vol dans mes appartements privés ! Il ne manquait plus que ça ! Je veux une enquête. Pas plus tard qu'il y a deux jours, cette Clochette était encore à sa place dans le tiroir.

Après s'être emparé de son chasse-mouche, Cheng se mit à arpenter sa chambre de long en large tandis que Grue, persuadé qu'il allait prendre un méchant coup en pleine poitrine, reculait de quelques pas.

— Ne reste pas planté là comme une vieille courge, pauvre idiot. J'exige que tu ailles immédiatement demander un rapport au chef du Cercle de la Surveillance Interne. Il me faut une liste exhaustive des suspects. Je veux des noms. Tous ceux qui m'ont approché au cours de ces deux derniers jours sont des suspects potentiels ! À commencer par toi !

Grue Cendrée, qui accusait le coup mais ne voulait pas trop le laisser paraître parce que Cheng était du genre à s'acharner, se retint pour ne pas vaciller afin de demeurer figé comme un rocher.

— Qu'attends-tu pour t'activer ? lui lança le Roi des rois.

Tandis que l'eunuque, décomposé, s'éclipsait sans demander son reste, l'Empereur se tourna vers Yadil et lui déclara d'une voix nettement plus calme :

— Je regrette infiniment de ne pas pouvoir te faire bénéficier des bienfaits de la Clochette birmane.

— Ce n'est pas grave, Majesté. Je m'en passerai…

Ravalant sa contrariété, l'Auguste s'approcha tout contre la Mauresque puis passa ses mains dans son épaisse et luisante chevelure de sorte qu'elle pouvait sentir l'odeur légèrement rancie de l'haleine de cet homme tout-puissant (mais qui n'en était pas moins un homme comme un autre, à ceci près qu'il abusait du tabac, du bétel et de toutes sortes d'alcools dont une seule gorgée suffisait à vous expédier en dehors de ce monde).

Décidée à jouer son va-tout, Yadil, après s'être agenouillée devant le souverain, effleura la boucle de sa ceinture, puis, les yeux rivés sur ce petit bestiaire d'argent incrusté d'or, commença à en séparer les deux attaches avec d'infinies précautions. Voyant que Cheng se laissait faire, elle décida d'aller plus loin et abaissa tout doucement son auguste pantalon.

Tel un concombre sculpté de grosses veines, la Tige impériale apparut à la Mauresque, émergeant de son lit de poils grisâtres et parsemés.

Cheng ferma les yeux lorsque les lèvres de Yadil, après avoir embouché sa Divine Flûte, commencèrent à la lustrer avec l'efficace concours de sa langue. Il exultait : son instrument jusque-là triste et flasque s'était miraculeusement mué en une lance joyeuse et fière.

Il ne lui restait plus qu'à pointer sa cible avec cette lance et à foncer tout droit.

Mais avant cela, étant donné qu'à son âge il valait mieux vider sa vessie, car, lorsque la pression est trop forte, le tuyau d'arrosage est moins malléable, il lui fallait se rendre au petit coin, ce qu'il fit d'un pas assuré et en sifflotant un air guilleret.

Lorsqu'il revint dans la chambre, malgré la brièveté du parcours, vu que les toilettes étaient attenantes, il constata avec bonheur que sa Tige avait encore durci.

Ce n'était pas ce jour que sa désormais sempiternelle baisse de régime étoufferait son désir.

Et la suite fut à l'avenant, le Roi des rois ayant adopté sans peine un comportement de jeune premier.

Sa noble Tige de Jade était à nouveau vigoureuse et parfaitement à la hauteur de la situation, tant au sens propre qu'au sens figuré du terme !

Comme au bon vieux temps, l'Auguste put accomplir Nuage et Pluie sans encombre.

Quant à la Mauresque, non seulement elle était arrivée à ses fins, mais elle avait acquis au passage ses galons.

En l'espèce, c'étaient des galons très particuliers si l'on en juge par ce qu'il advint lorsque la fête s'acheva.

Aux anges comme un enfant qui s'est gavé de friandises, le Fils du Ciel appela Grue, lequel surgit, comme on s'en doute, aux aguets et liquéfié de peur.

Alors que le castrat s'attendait à se faire insulter, le Roi des rois se borna à lui glisser tout en bécotant l'intéressée dans le cou :

— Qu'on fasse poser à cette jeune fille l'Anneau Secret. Tu veilleras à ce qu'il soit en harmonie avec son bijou du nombril.

C'était au tour de Grue d'être euphorique et de s'enorgueillir du choix de la Mauresque.

Cela faisait plus de six mois que l'Empereur n'avait pas prononcé cette phrase mystérieuse pour le commun des mortels mais qui signifiait que Yadil venait d'entrer dans le tout petit cercle des femmes auxquelles le Fils du Ciel avait décidé de prodiguer régulièrement ses faveurs.

3

Les états d'âme de Senteur Douce

Pour Senteur Douce, à n'en pas douter, la journée s'annonçait pénible.

Le soleil hivernal commençait à darder ses rayons sur la capitale engourdie par le froid, mais il serait insuffisant pour atténuer cette bise coupante qui lacérait le visage des pauvres gens sans domicile déjà fort nombreux à déambuler dans les rues boueuses.

Pour mettre le nez dehors par un temps si épouvantable il fallait n'avoir pas d'autre possibilité de survie.

Ce n'était pas le cas de Senteur Douce puisqu'elle avait un logement et, surtout, que personne ne l'avait obligée à s'accouder à ce balcon d'où elle regardait d'un air morne la mer grisâtre des toits de Pékin, cette immense ville glaciale l'hiver et bouillante l'été, constituée d'avenues tirées au cordeau et bordées de grandes maisons mais aussi d'innombrables *hutong*, ces bidonvilles où habitent les pauvres gens, ceux qui triment pour les riches et sont exploités par eux.

La tête enveloppée d'un châle qui lui cachait le visage, la jeune femme ruminait de sombres pensées lorsqu'un grand vacarme monta de la ruelle. Deux charrettes étaient entrées en collision, déversant leur contenu de choux et de betteraves.

Douce fixa son attention sur cet accident affreusement banal. La plupart des convois, fort peu soucieux de l'intégrité des piétons, roulaient dans la capitale à une vitesse hallucinante, comme si les journées y étaient plus courtes que dans le reste de l'Empire.

En un rien de temps, un, puis deux, puis trois, puis dix mendiants surgirent de la pénombre pour s'emparer de la marchandise tombée du ciel. Très vite, une populace composée de vieillards, de femmes et même d'enfants en bas âge se mit à ramasser tout ce qui traînait par terre en poussant des cris de joie. En quelques secondes, comme un os dépouillé de sa viande après le passage des guêpes, tout fut nettoyé et chacun repartit dans l'ombre, en serrant contre sa poitrine les quelques feuilles arrachées au destin.

Ce fut à cet instant, devant le spectacle poignant de la misère, que la jeune femme prit la décision de quitter la capitale.

Partir pour renaître. Partir pour guérir des maux dont on souffre. Qui n'a éprouvé ce désir ?

*

* *

Senteur Douce était une prostituée, ou encore, pour employer une expression qui ne correspond à rien, si ce n'est qu'elle témoigne de la faramineuse emprise de maître Kong sur notre façon de penser, une « femme de petite vertu ». Comme si la vertu était quelque chose de mesurable !

En réalité, la prostitution est une activité fort utile pour le corps humain, auquel elle permet d'assouvir ses pulsions dans un contexte pacifique.

C'est d'ailleurs en raison même de cette utilité fondamentale que « prostitution » a toujours rimé avec « haute politique ».

C'est ainsi que, depuis des lustres, les pouvoirs temporels – y compris les régimes en apparence les plus rigoristes –, ayant perçu que la beauté et la grâce étaient les meilleures alliées de la force et de la coercition, font appel à la prostitution féminine et masculine pour arriver à leurs fins.

Du temps du Glorieux Qin, le Premier Fondateur de notre glorieux pays, les plus précieuses prises de guerre étaient constituées de beaux jeunes gens et de belles jeunes filles venus des steppes où ils avaient été arrachés à leur famille par les soldats des armées Han.

Les Grands Rois d'hier utilisaient ce matériel humain pour des activités d'espionnage, mais aussi comme autant d'armes d'élimination : parfois, ils ordonnaient à une sublime courtisane de verser quelques gouttes de poison dans le vin de celui qu'elle avait été chargée de séduire, ou encore ils envoyaient un giton d'une beauté à se pâmer pervertir un Prince dont on pouvait subodorer qu'il manifestait un certain goût pour la sollicitation de sa Porte Arrière.

Pour afficher leur puissance, ces rois à la rouerie sans limites faisaient circuler leurs créatures de rêve dans des charrois dépourvus de rideaux. Chaque membre de la noblesse voulant copier le roi, les couches supérieures de la société ne tardèrent pas à prétendre disposer elles aussi de courtisanes. C'est alors que les rois s'empressèrent d'intervenir : premièrement, ils montèrent des bordels publics, afin d'avoir la maîtrise d'une activité si lucrative, et l'interdirent aux intérêts particuliers ; deuxièmement et surtout, ils créèrent des harems royaux qu'ils firent surveiller de jour comme de nuit par leurs eunuques et par leurs dames de cour. Ainsi naquirent les premiers gynécées. Au fil du temps, conscients que l'argent est une force contre laquelle on ne peut pas lutter, les souverains comprirent qu'il ne fallait pas laisser sur leur faim les gros marchands désireux de profiter eux aussi des revenus issus des plaisirs de la steppe. C'est pourquoi, malgré les réticences de leurs ministres soumis à l'influence de maître Kong, ils décidèrent de concéder certaines maisons closes à des affidés, à charge pour ces derniers de leur reverser la moitié de la recette.

Telles sont les circonstances qui expliquent la naissance du métier de courtisane en ville, lequel est fort différent de celui de courtisane à la cour.

Le seul bémol – mais il est de taille – concerne le statut des filles qui s'adonnent à cette activité. Ce sont en effet des esclaves de luxe dont les émoluments sont loin d'être à la hauteur des éminents services qu'elles rendent.

Mais revenons à Douce, la superbe courtisane dont il est question ici et dont il nous faut à présent raconter la singulière histoire.

L'établissement où cette jeune femme vendait ses charmes occupait le seul immeuble du quartier des Oiseaux Nocturnes, dont les masures décrépites s'étendaient comme les grains d'un sinueux chapelet de part et d'autre d'artères défoncées par les égouts à ciel ouvert. Des plus originales, la façade du *Pavillon des Dix Mille Plaisirs*, car tel était son nom, avait été conçue par un architecte imaginatif dans le dessein de mettre l'eau à la bouche des visiteurs dès l'entrée. C'est ainsi que les balustres des balcons faisaient penser à des galbes de mollet ; l'escalier de pierre conduisant au perron central ressemblait à une langue géante ; les vantaux de sa porte d'entrée, à deux lèvres généreuses ; et les gros vases de bronze qui la flanquaient, à une belle paire de seins.

Senteur Douce était sans conteste la courtisane la plus prisée du *Pavillon des Dix Mille Plaisirs*. Depuis qu'elle y exerçait ses talents, la réputation de son immense beauté avait fait le tour de la capitale. Dans tout Pékin elle suscitait les qualificatifs les plus élogieux, ceux-là mêmes qu'on trouve dans les bons romans érotiques vendus sous le manteau : « Fleur idéalement ouverte », « créature *Yin* dans la fleur de l'âge, experte à faire chanter le corps de ses amants *Yang* »...

Il faut dire que Senteur Douce avait été fort bien pourvue par le Ciel.

Ses petits seins pointus comme des mangues et leurs aréoles nacrées de rose, sa taille fine comme le goulot d'un flacon à libation, ses cuisses fuselées, son ventre blanc comme l'ivoire, ses fines chevilles ornées de bracelets de perles et, surtout, l'entrée de sa Vallée des Roses, lisse et immaculée, suffisaient à enflammer ses clients, jusqu'au plus blasé d'entre eux.

À ce stade, quelques précisions s'imposent pour expliquer l'extraordinaire attrait qu'exerçait Senteur Douce sur la gent masculine.

La nature, cette déesse capricieuse, avait octroyé à la jeune femme un atout de premier ordre. À l'instar de la souplesse des contorsionnistes de cirque, celle de ses articulations ne connaissait pas de limites. Senteur Douce était capable d'utiliser ses jambes comme des bras et ses pieds comme des mains, de plier son dos comme une feuille de papier et, d'une simple torsion du buste, de placer sa bouche où bon lui semblait, ce qui en faisait une partenaire apte à adopter les postures les plus ingrates.

La surprise et l'inédit, c'est bien connu, décuplent le plaisir, dont les ennemis les plus dangereux s'appellent l'ennui et la routine.

Mais ce n'était pas tout.

Senteur Douce était intelligente, et, quand une femme belle sur un plan physique est brillante sur le plan intellectuel, elle devient vite un objet de culte devant lequel tous les dévots mâles se prosternent.

Contrairement à la légende, les femmes sublimes sont toujours dotées d'un immense discernement. En d'autres termes, grande beauté et bêtise ne sauraient rimer, car l'harmonie suprême est un tout qui concerne à la fois le corps et l'esprit.

Bref, tous les hommes qui avaient la chance de passer par les bras de Senteur Douce avaient le béguin pour elle. À ce jour, elle avait reçu plus de cent demandes en mariage et la plupart de ses clients n'eussent pas hésité une seconde à abandonner leur femme si elle avait accepté de partager leur vie.

Pas un seul, évidemment, ne soupçonnait l'existence de la blessure secrète dont souffrait cette jeune femme qui avait tout pour plaire.

Senteur Douce n'avait pas choisi d'exercer le beau métier consistant à donner du plaisir à la gent masculine.

Dans sa famille, on l'exerçait de mère en fille.

Senteur Douce appartenait à une lignée de courtisanes qui s'appelaient toutes « Senteur », nom auquel elles ajoutaient un qualificatif. On comprendra aisément à quel point l'auteur de ces lignes eût aimé essayer toutes les figures de cette extraordinaire lignée de Senteurs au premier rang desquelles on citera Senteur du Sud, qui était la mère de Senteur Douce, mais également Senteur de l'Ouest, sa grand-mère, sans oublier ses aïeules Senteur Enivrante, Senteur de Rose, ainsi qu'une Senteur Poivrée et une Senteur Piquante…

Dans sa jeunesse, sa mère, Senteur du Sud, exerçait à Nankin, qui fut la première capitale de la glorieuse dynastie des Ming. Étoile de la *Maison des Dix Mille Bourgeons Printaniers*, elle avait rencontré à seize ans un jeune inspecteur de police du nom de Rouleau Subtil.

Ce fort beau jeune homme, issu d'une famille mandarinale, tombé fou amoureux de Sud, n'avait eu de cesse qu'elle ne soit installée chez lui. Sud avait accepté, rompant ainsi avec la tradition de la lignée des Senteurs qui voulait qu'on naquît et qu'on mourût dans le métier des charmes. Quelques semaines plus tard, les deux tourtereaux convolaient en justes noces, cette union n'ayant pas – ayons l'honnêteté de le dire – réjoui la famille de Rouleau Subtil.

Malheureusement, cette fort belle idylle fut interrompue quelques mois plus tard par la foudroyante attaque cérébrale dont Rouleau fut victime.

La pauvre Senteur du Sud, enceinte de six mois, fut mise à la porte par sa belle-famille sans autre forme de procès, et se retrouva dans l'obligation de reprendre son métier de fille de joie, qu'elle partit exercer à Pékin peu de temps après la naissance de Senteur Douce.

Aussi belle que cultivée, elle avait été accueillie à bras ouverts au *Pavillon des Dix Mille Plaisirs*, le plus prestigieux établissement de la capitale.

Car, dans l'échelle des bordels, celui que dirigeait maître Élévation Paisible appartenait à la catégorie supérieure.

Ce n'était pas un de ces bouges immondes, un de ces lupanars de bas étage où les clients viennent honteusement tirer leur coup avec des « filles publiques » qui ne prennent même pas le temps de se laver l'entrecuisse entre deux passes. Ce n'était pas non plus un de ces « cabarets » enfumés où des serveuses plus ou moins accortes peuvent être consommées dans de minuscules chambres situées à l'étage et qui font penser à des cellules de prison, pas plus qu'une de ces innombrables « maisons de prostitution gouvernementales » que les préfectures mettaient à la disposition des soldats et des fonctionnaires lorsqu'ils étaient mutés loin de leur famille afin de calmer leurs ardeurs.

Non, le *Pavillon des Dix Mille Plaisirs* était un bordel public que l'État avait concédé à un particulier, maître Élévation. Une clientèle huppée s'y pressait de la fin de la matinée jusqu'à très tard le soir. Ses pensionnaires étaient bien mieux traitées que celles des autres maisons closes de Pékin. Comme le stipulait le contrat de concession, maître Élévation reversait à ses ouailles la moitié du prix de leurs passes.

C'était donc dans ce contexte particulièrement favorable que Douce avait mené l'existence d'une enfant tout ce qu'il y a de plus normale et avec ce qu'il faut d'insouciance, même si la part consacrée à l'étude y avait été beaucoup plus élevée que la moyenne. Pour honorer la mémoire de Rouleau Subtil, qui avait toujours exprimé le vœu que leur enfant épousât une carrière littéraire, Senteur du Sud avait en effet tenu à ce que Douce apprît à lire, à écrire et à compter.

Dans le même ordre d'idées, alors que les familles continuaient à se saigner aux quatre veines pour faire broyer les orteils de leurs filles dès l'âge de quatre ans, Sud s'était bien gardée de faire subir ce sort à sa fille. Senteur Douce passait donc des heures à recopier et à lire à voix haute toutes sortes d'ouvrages, avec néanmoins une prédilection pour l'exemplaire du saint *Livre de la Voie et de la Vertu* que sa mère avait réussi à subtiliser dans la bibliothèque de son père juste après sa mort.

Tout allait fort bien jusqu'au jour où une terrible épidémie de typhus avait emporté Senteur du Sud, laquelle était morte en moins d'une semaine après s'être étiolée comme une plante privée d'eau.

À peine le corps de Senteur du Sud porté en terre, maître Élévation, qui n'attendait que ça, avait fait venir Senteur Douce pour lui tenir un discours dont le seul mérite tenait en une absence totale d'ambiguïté.

— Ta mère est partie vers les îles Immortelles en laissant beaucoup de dettes. Il te revient de les honorer. Avec ton physique, il ne te faudra pas longtemps pour régler l'addition.

Payer en nature les dettes laissées par sa mère !

Douce avait manqué de s'étrangler. Ce honteux marché la ramenait à une réalité des plus tristes : son rêve à elle était de devenir poétesse ou peintre – elle avait appris à manier le pinceau avec dextérité…

Mais on ne peut échapper à une situation qu'à partir du moment où on la domine.

C'est pourquoi, après une nuit passée à pleurer toutes les larmes de son corps, la jeune orpheline s'était fait une raison. Comment aurait-il pu en être autrement, s'agissant d'une jeune fille de quinze ans face au tout-puissant directeur du plus grand lupanar de Pékin ?

Ceci expliquant cela, les premiers pas de courtisane de Senteur Douce avaient été fort laborieux, pour ne pas dire chaotiques.

Chez la femme, la qualité du premier rapport amoureux est essentielle. Le partenaire initial va imprimer sur elle sa marque comme un sceau sur une feuille blanche. La trace indélébile sera inscrite au plus profond de sa chair. Que le premier amant ne soit pas à la hauteur de la situation, qu'il ne se montre pas assez attentif, voire qu'il force un peu trop la Porte de Jade de sa partenaire, et la Ravine de Cinabre de celle-ci aura tendance à considérer la Tige de Jade de son agresseur au mieux comme une misérable intruse et au pis comme une lance néfaste.

Et quand la répulsion de l'homme s'est installée chez une femme, ce n'est pas chose facile que de l'en expulser. Car, comme l'a très justement dit Lü Buwei, le précepteur de l'Auguste Qin, notre vénérable Premier Empereur, « ce qui s'est produit en un éclair peut demander des siècles pour disparaître ».

L'harmonie du *Yin* et du *Yang*, qui est à la base de Nuage et Pluie, repose sur l'écoute et le respect mutuels. S'il veut tirer pleinement parti de la femme, l'homme ne doit pas en abuser de façon vorace et à la va-vite. La femme est un fruit qui se pèle lentement et dont la dégustation doit prendre un minimum de temps pour en apprécier les saveurs subtiles.

Trop peu d'hommes, hélas ! ont conscience de cette évidence.

C'est peu dire que le premier Nuage et Pluie de Senteur Douce, raté d'un bout à l'autre, l'avait marquée du sceau du dégoût.

Comparé à sa propre petite fente immaculée, nichée dans les replis de sa douce chair de femme, l'ustensile du tout jeune capitaine de cavalerie devant lequel elle s'était retrouvée, cette hampe bourgeonnante et somme toute peu ragoûtante, lui avait paru d'une absolue grossièreté.

La suite avait été à l'avenant.

Face à tant de beauté subtile, la Tige de ce soldat impulsif s'était transformée en furie, provoquant au creux du ventre de la jeune fille le phénomène suivant, classique au demeurant : au lieu de s'ouvrir et de se charger de Rosée Matinale pour mieux accueillir le voyageur assoiffé, sa Vallée des Roses était devenue une étroite gorge hérissée de pierres sèches et coupantes comme des poignards, qui eussent dissuadé n'importe quel voyageur un peu sensé.

Pendant qu'elle était chevauchée avec une brutalité d'une barbare insouciance, la malheureuse Douce, qui n'éprouvait à cet instant que douleur, dégoût et inconfort, s'était malgré tout efforcée de suivre scrupuleusement les conseils que sa mère lui avait prodigués en matière de Nuage et Pluie : si la femme veut la paix avec l'homme, elle doit faire en sorte qu'il soit persuadé que son comportement équivaut à celui d'un Phénix ; en d'autres termes, la femme doit absolument « donner le change » à l'homme.

C'est pourquoi, bien que furieuse d'être humiliée de la sorte et traitée de façon si vile, au lieu de maudire ce soc de charrue qui labourait avec violence son Champ de Roses dévasté, elle avait serré les dents et fait face. Mimer le plaisir était impossible, vu les circonstances, mais elle avait pris son courage à deux mains et regardé le plafond avec un sourire forcé. Au prix de mille efforts supplémentaires, elle avait même réussi à pousser un minuscule soupir de contentement, si bien que le militaire, une fois sa Tige vidée, était sorti de son alcôve aussi fier que le généralissime de retour d'une bataille victorieuse.

Cet épisode peu glorieux avait laissé à la fille de Sud une sensation amère. Un désastre n'arrivant jamais seul et les mêmes causes produisant les mêmes effets, on ne sera pas étonné que la suite ait été du même ordre.

Soyons clairs : ce n'est pas en déniaisant des puceaux rouges de désir ni en subissant les misérables assauts de vieux vicieux qu'une femme arrive à dominer et encore moins à faire passer son dégoût de l'homme.

La pauvre Douce était enfermée dans une terrible impasse.

À force d'observer en cachette ses collègues plus expérimentées et d'écouter, l'oreille collée à la cloison des alcôves, les longs roucoulements des autres pensionnaires, la jeune courtisane finit par se persuader qu'elle était affectée d'une grave déficience physique : contrairement aux autres filles, qui, à la moindre caresse, se trémoussaient, soupiraient, gloussaient et criaient à qui mieux mieux, elle ne ressentait strictement rien avec les clients.

Pis encore, le simple contact de leur peau suffisait à la dégoûter au plus haut point. Elle se sentait impénétrable, froide et dure comme ces pierres de Lune qu'on ramasse dans le lit des rivières. À écouter ses camarades comparer les mérites respectifs de leurs clients, elle avait constaté qu'elles ne se forçaient nullement lorsqu'elles parlaient des « délicieuses vibrations de la carpe grise prise à l'hameçon », des « vagues de chaleur qu'exhale l'ineffable creuset », du « souffle rauque du tigre en rut quand il prend d'assaut la tigresse » et même de cette « ineffable onde de choc du vol des oiseaux contre le vent »… en somme, Nuage et Pluie était pour elles une activité plutôt agréable.

Senteur Douce avait fini par s'ouvrir de la situation à son amie Perle de Rosée, une superbe créature originaire du mont Taishan. Contrairement à Douce, Perle était comme un poisson dans l'eau dans ce lieu de débauche.

Perle de Rosée s'était employée à la rassurer :

— Ma petite Senteur Douce, il suffit d'un peu de patience… et le moment viendra où une Branche Fleurie te fera monter au Septième Ciel !

Mais elle avait beau y mettre du sien, jamais elle ne tirait le moindre plaisir des gestes et des postures qu'elle accomplissait. À son grand désespoir, sa réputation croissait et embellissait, au point que maître Élévation lui avait confié – honneur insigne, mais surtout indéniable marque de confiance – le plus assidu, et donc le plus profitable, client du Pavillon.

L'individu se nommait Tang le Grand – un qualificatif qui, au demeurant, ne correspondait pas à sa chétivité mais était dû au seul fait qu'il avait été préfet d'une grande préfecture. Ce vieillard cacochyme, dont la famille avait donné à la Chine l'une de ses plus illustres dynasties, possédait d'immenses propriétés sur lesquelles travaillaient des milliers d'esclaves. Douce ignorait évidemment ce détail qui, d'ailleurs, n'eût rien changé au sentiment de répulsion qu'elle avait éprouvé en découvrant ce petit tas de chairs flasques, fripées et bleuies, d'où sortaient une paire de jambes maigres et noueuses soutenant un torse dont la seule partie proéminente était le ventre, gonflé comme ces outres qui supportent les radeaux avec lesquels on traversait jadis le Fleuve Jaune.

Malgré des décennies de pratique, la Tige de Jade de ce « bon monsieur Tang », comme on l'appelait au *Pavillon*, ressemblait davantage à une misérable corde de chanvre qu'à une belle tige de sorgho avant la récolte.

La première fois qu'elle l'avait reçu dans son alcôve, Senteur Douce avait été incapable de cacher le haut-le-cœur que lui inspirait ce lamentable spectacle. Heureusement, les hommes sont bien trop occupés par eux-mêmes pour se mettre à scruter les réactions de leur partenaire.

D'ailleurs, à peine Douce, après avoir réprimé son dégoût, avait-elle effleuré l'instrument en fort piteux état de Tang qu'il s'était réveillé. La fin de l'histoire avait été somme toute plutôt concluante.

Le vieux client était aux anges et son pourboire avait été important.

Senteur Douce avait remarqué qu'il avait pris soin, juste avant de s'allonger, de vider d'un trait une minuscule fiole remplie d'un liquide bleuté.

Le lendemain, Tang était de nouveau là, plus gaillard que jamais, n'attendant pas une minute pour la chevaucher avec encore plus d'allant, non sans avoir ingurgité sa potion miracle.

Las ! la mort frappe où elle veut et quand elle veut, et surtout là et quand on s'y attend le moins…

Le troisième jour, sa mixture à peine avalée et sans que Douce ait eu le temps de lui prodiguer la moindre caresse, le petit vieillard avait été foudroyé dans ses bras, après avoir exécuté une sorte de ruade. Comme cela arrive lorsqu'on abuse de certains médicaments, les drogues contenues dans la fiole, au lieu de renforcer le *Qi* de l'intéressé, avaient produit sur lui un effet rigoureusement inverse.

Paniquée, Douce s'était ruée chez maître Élévation pour l'appeler à la rescousse, mais le directeur du Pavillon n'avait pu que constater l'irréparable, en l'espèce l'ancien préfet gisant sur le lit, les yeux révulsés vers un ciel qu'il ne voyait plus…

Mais, à sa grande stupéfaction, alors qu'elle s'attendait à être chassée sur-le-champ, maître Élévation, après avoir éteint la lanterne de papier huilé rouge accrochée à la porte de la chambrette où le décès venait de se produire, l'avait chaudement félicitée :

— Bravo pour ton exploit, ma petite Senteur Douce. Grâce à toi, monsieur Tang aura connu la plus enviable des morts.

La jeune femme était loin de se douter que ce type d'« exploit » dont la nouvelle se répand comme une traînée de poudre contribue largement à la renommée de la maison de plaisirs où il s'est déroulé. Si un vieillard reçoit l'immense cadeau du destin qui consiste à expirer dans les bras d'une jeune femme en raison d'un excès d'afflux d'énergie *Yang*, la créature en question est considérée comme la détentrice d'un véritable don du Ciel.

Le lendemain, après une nuit agitée par le va-et-vient des embaumeurs venus s'occuper de la dépouille du mort, la jeune femme s'était rendue en cachette chez le pharmacien du quartier.

Douce, qui ne connaissait rien des substances aphrodisiaques telles que la poudre de testicule de tigre mêlée à de l'alcool de riz trempé de cannelle ou encore l'extrait de cartilage de sexe d'ours macéré dans de la poudre de piment rouge, qui ont pour vertu de pallier les carences sexuelles de la gent masculine, n'avait aucun doute quant à l'efficacité du remède utilisé par ce « bon monsieur Tang ».

Il ne lui restait plus qu'à procéder à son analyse.

Pour ce faire, elle avait décidé d'apporter l'ampoule chez Degré d'Efficacité, le pharmacien, un petit homme à qui on ne donnait pas d'âge, d'une maigreur évanescente, dont la barbiche blanche s'effilochait sur la robe brodée d'animaux bénéfiques mais constellée de taches.

Lorsque Senteur Douce était entrée dans sa boutique où les bocaux de plantes médicinales et les organes séchés au vent pendant cent jours s'entassaient sur des étagères qui montaient jusqu'au plafond, Degré d'Efficacité était en train de mélanger dans un mortier de la poudre d'écorce d'arbouse à des testicules de bouc pour fabriquer de la Drogue du Poulet Chauve, le fameux remède qui guérit des Cinq Souffrances et des Sept Maux.

À prendre dilué dans un verre de bon vin de riz, ce fortifiant fut inventé il y a deux mille ans par un préfet de la principauté de Chu dont l'organe sexuel était devenu infatigable parce qu'il buvait chaque jour ce prodigieux médicament. La fréquence de ses rapports avec sa femme était telle que la malheureuse avait contracté une infection qui avait amené son époux à jeter la potion dans la cour de leur maison, où elle avait été avalée par leur coq.

Fort de la substance qu'il avait ingurgitée, le coq du préfet de Chu n'avait cessé de grimper sa poule pendant un mois en la piquant du bec jusqu'à ce qu'elle devînt chauve, d'où le nom donné à la potion.

D'un air gauche, la jeune courtisane avait tendu la fiole au pharmacologue.

— Pourriez-vous me dire de quelle sorte de fortifiant il s'agit ?

Quoique légèrement agacé d'être ainsi dérangé en plein travail, le droguiste avait chaussé ses bésicles et examiné le petit flacon avant de lui déclarer, l'air fort surpris :

— Où as-tu trouvé ça ? Auprès d'un médecin ?

Douce s'était bornée à préciser que ce n'était pas auprès d'un praticien qu'elle s'était procuré la fiole.

— Et quelle était la couleur de la potion qu'il contenait ?

— Le liquide était bleu comme le ciel, maître Degré, s'était empressée de répondre Douce, dont le cœur s'était mis à battre à tout rompre.

Sous son regard empli d'un fol espoir, Degré avait rapporté la fiole devant une chandelle puis, tandis que les fentes de ses yeux s'étiraient au point de faire disparaître la lueur du reflet de la lampe sur leurs prunelles, il en avait longuement humé le contenu. À la suite de quoi, et tout en désignant la grande carapace alvéolée et luisante comme du laque accrochée au mur, au-dessus du comptoir, il avait rendu son oracle.

— Il y avait de la Liqueur du Dragon Volant là-dedans. À vrai dire, la forme de la fiole en est caractéristique.

Devant le nom poétique en diable du remède, Douce n'avait pas pu s'empêcher de sourire, ce que le droguiste avait pris pour de la moquerie à son égard.

— Tu as tort de rire. Ce remède est tout ce qu'il y a de plus sérieux… Il est même si efficace que certains organismes n'y résistent pas !

— Je n'en doute pas !…

Le droguiste avait poursuivi ses explications :

— La Liqueur du Dragon est l'un de ces fameux fortifiants destinés à régénérer le souffle vital. Il contient de la corne de daim et de l'écaille de tortue marine… deux matières hors de prix.

— La carapace de tortue ?

— Exact ! C'est rigoureusement scientifique ! L'écaille de tortue marine donne de la vigueur à n'importe quelle Tige de Jade.

— Maître Degré d'Efficacité, je souhaiterais vous acheter une fiole de Liqueur du Dragon…

Le vieux pharmacien fit la moue.

— Je n'en ai pas. Si j'en avais, je serais un homme riche. Le Grand Chambellan envoyé par le Fils du Ciel était prêt à me l'acheter à n'importe quel prix !

— Comment pourrais-je me procurer un peu de cette liqueur ? C'est très important…

À ces mots, les rares filaments qui constituaient la barbiche de son interlocuteur avaient frémi imperceptiblement, comme la toile d'araignée lorsque la mouche vient s'y aventurer sans se douter qu'il s'agit là de son dernier voyage.

— Auprès de son fabricant, pardi !

— Qui est cet homme génial ?

Comme s'il allait prononcer le nom d'une divinité, le pharmacien avait joint les mains avant de s'écrier avec emphase :

— Le docteur Tripode. C'est l'inventeur de cette spécialité. Grâce à lui, beaucoup d'hommes vivent plus vieux et continuent de pouvoir honorer les femmes malgré leur âge. Tripode est selon moi l'un des bienfaiteurs de l'humanité !

— Dix mille grâces lui soient rendues..., avait soufflé Douce.

— Il les mérite toutes ! Si tu savais le nombre de charlatans qui mettent sur le marché des remèdes sans effet et à des prix exorbitants. Tripode, lui, est parfaitement honnête. D'ailleurs, il est la meilleure preuve de l'efficacité de sa drogue. À cent ans passés, c'est encore un chaud lapin... L'Immortalité a toujours été sa quête primordiale...

De plus en plus exalté, Degré marchait de long en large en ponctuant ses propos par de grands gestes qui en disaient long sur l'admiration qu'il vouait au père de la Liqueur.

— Il a cent ans ?

Le vieux pharmacologue s'était écrié d'un air triomphant :

— Si je ne me trompe, il a fêté ses cent ans il y a trois ans !

Douce avait bien essayé de lui tirer les vers du nez en lui demandant s'il connaissait la recette de la potion magique, mais l'autre avait continué sur sa lancée, en décrivant les exploits du célèbre docteur Tripode avant de conclure par ces mots :

— … plus encore que les remèdes, c'est la compagnie des jolies femmes qui permet à l'homme de vivre très vieux… et de tenir son rang face aux jolies créatures de votre espèce !

En même temps qu'il avait adressé ce compliment, une lueur de concupiscence était apparue dans son regard.

Douce, qui ne tenait plus en place, avait fini par poser à Degré la question qui lui brûlait les lèvres :

— Maître Degré d'Efficacité, pouvez-vous me dire si ce fortifiant agit sur la virilité des femmes ?

Le vieux potard avait commencé par hausser un sourcil dont les poils grisonnants s'enroulaient en volutes vers le haut de son front puis avait été pris d'un léger ricanement qui s'était vite transformé en un éclat de rire en bonne et due forme.

— Virilité des femmes ! Celle-là, je ne la connaissais pas encore ! De quoi veux-tu parler ?

Puis, comme un médecin à qui le diagnostic saute aux yeux, le petit homme s'était frappé le front avant de déclarer d'un air docte et tout en posant sa main sur l'épaule de la jeune femme :

— Suis-je bête ! Tu as besoin qu'on t'aide à guérir de l'Excès de Sécheresse…

— L'excès de sécheresse ? avait répété, incrédule, la jeune femme qui entendait cette expression pour la première fois.

— Comme toutes les plantes qui se respectent, les Roses de ta Vallée ont besoin d'eau pour pousser, avait ajouté le pharmacien Degré d'Efficacité qui souriait en coin. L'Excès de Sécheresse est une maladie bénigne et somme toute assez courante chez la femme… Si les parois de sa Ravine de Cinabre ne suintent pas suffisamment de Rosée Essentielle, la Tige de Jade du partenaire ne parvient pas à coulisser comme il faut. Par voie de conséquence, elle souffre au lieu de jouir et finit par craindre l'homme au lieu de le désirer. Tel est le mécanisme de l'Excès de Sécheresse !

À ces mots, Douce s'était prise à espérer, mais son espoir avait été de courte de durée car le vieux avait poursuivi :

— Tu guériras de cette affection quand tu auras trouvé le bon partenaire, celui qui saura faire sourdre la Rosée Essentielle sur les parois de ta Ravine Obscure, en d'autres termes, qui aura fait en sorte de transformer le Nuage en Pluie. Et cet amant, tu ne l'as manifestement pas encore rencontré.

Prenant son courage à deux mains, Senteur Douce avait demandé à Degré d'Efficacité :

— Pourriez-vous me donner l'adresse du docteur Tripode ?

Le thérapeute avait tempéré son thé en y versant un peu d'eau chaude et calé de la main gauche sa barbe contre sa poitrine. Puis il avait bu une gorgée, l'auriculaire de la main droite levé comme il se doit vers le ciel, avant d'énoncer d'un air docte :

— La Liqueur du Dragon Volant est inefficace dans ton cas. En tant que régénérateur de l'énergie *Yang*, ce remède n'est actif que sur les hommes alors que l'Excès de Sécheresse ne concerne que les femmes.

Agacée, elle avait persisté :

— Si vous permettez, je voudrais aller consulter le docteur Tripode.

Piqué au vif et comme on assène un coup de grâce, Degré lui avait lancé :

— Le docteur Tripode aux Pieds Fourchus n'habite pas ici. Il exerce à Luoyang, la Ville aux Mille Pagodes. Ce n'est pas la porte à côté. Il ne faut pas moins de dix jours de voyage par les routes et les canaux pour atteindre cette ville.

L'apothicaire barbichu ne mentait pas, car, pour aller de Pékin à Luoyang, on doit emprunter le Grand Canal puis monter sur des carrioles tirées par des buffles, le tout pendant au moins une dizaine de jours.

Luoyang ! Cela paraissait si loin à Douce ; ses espoirs avaient été brisés tout net.

Luoyang ! Depuis sa visite au pharmacien, elle ne cessait de rêver de la Ville aux Mille Pagodes sur lesquelles veille l'ineffable Bienheureux Bouddha.

Mais l'être humain étant ainsi fait que plus les choses lui semblent lointaines et inaccessibles, et plus il les désire, Douce n'avait pas mis longtemps à tirer la conclusion qui s'imposait.

Il n'y avait pas d'autre issue pour elle que d'aller trouver Tripode, ce docteur miracle, cet unique praticien capable de la guérir de l'Excès de Sécheresse. Et pour cela, il lui fallait quitter Pékin, se libérer de ses entraves, s'échapper du *Pavillon* où elle courait le risque de périr à petit feu… Fuir la condition des courtisanes qui, une fois passé l'âge où elles sont consommables, atterrissent dans la rue, contraintes de mendier leur nourriture… en espérant qu'au bout du chemin son corps ne serait plus ce morceau de bois entre les mains des hommes mais un bel instrument de musique qu'ils auraient à cœur de faire vibrer.

Mais quitter le *Pavillon* n'était pas une mince affaire.

Maître Élévation veillait au grain et faisait étroitement surveiller de jour comme de nuit ses pensionnaires par le concierge Face Plate. Malgré une furieuse envie de prendre le large, Douce n'arrivait pas à surmonter cette peur bleue de l'inconnu qui faisait se tordre ses boyaux lorsqu'elle s'imaginait, après avoir échappé au prix de mille ruses à la surveillance du concierge, devenir la proie de bandits de grand chemin ou de bateliers malintentionnés.

Douce eût sans doute continué à être tétanisée par la crainte si un dramatique enchaînement de circonstances n'avait profondément bouleversé la donne.

Tout avait commencé la veille, sous la forme de l'arrivée en trombe au *Pavillon* d'un équipage fort impressionnant.

En entendant le brouhaha provoqué par cette nuée de gardes en armes, la fille de Sud avait pensé qu'il s'agissait de la visite du Mesureur aux mains d'Argent, l'agent collecteur que le département de la prostitution du ministère des Finances envoyait chaque mois au *Pavillon des Dix Mille Plaisirs* pour y percevoir la dîme prélevée par l'État sur les recettes de toutes les maisons closes du pays.

Elle avait donc été quelque peu surprise en constatant qu'il s'agissait du Secrétaire du Gynécée Impérial, l'eunuque Grue Cendrée, mais n'avait pas tardé à comprendre le but de la visite inopinée du castrat.

Comme la plupart des courtisanes de la capitale, elle avait eu vent du fait que l'Empereur de Chine délaissait ses concubines et jetait volontiers son dévolu sur des filles qu'il faisait quérir dans les bordels. Cette situation ne faisait qu'exacerber la concurrence entre les divers établissements de Pékin dont les patrons rivalisaient de bassesse pour être celui qui aurait l'insigne honneur de fournir à l'Auguste une de ses pensionnaires.

Personne, à part ceux qui côtoient le Fils du Ciel, n'ayant la moindre idée de la façon dont un personnage si éminent peut traiter les femmes qui ont l'honneur d'être accueillies dans son lit, toutes les filles de joie, ou presque, rêvent de devenir des courtisanes impériales.

Si elles savaient de quoi est fait le quotidien de ces prétendues favorites, il est probable qu'elles changeraient d'avis !

Cela faisait des années que le *Pavillon des Dix Mille Plaisirs* n'avait pas fait l'objet d'une visite du mandataire de l'Empereur du Centre.

Aussi, à peine le fonctionnaire impérial s'était-il présenté, perché sur ses cothurnes d'une hauteur vertigineuse et fardé à la façon de ces vieilles prostituées, que maître Élévation avait sommé ses trois plus délectables pensionnaires, en l'occurrence Douce, Perle de Rosée et Yadil la Mauresque, de se parer de leurs plus beaux atours et de parfumer leur chevelure.

Dans les lupanars, c'est d'ailleurs ce qui fait une bonne partie du charme de ces endroits de débauche, on rencontre des filles incroyables, si incroyables même, qu'on ne pourrait pas en trouver ailleurs.

C'était le cas de la Mauresque qui était arrivée un an plus tôt à Canton, à bord d'un navire chargé d'encens et d'huile d'arganier en provenance des côtes méridionales de l'Arabie.

Yadil avait la beauté de ces filles du désert de la péninsule Arabique qui, vivant dans une ambiance de pruderie inouïe, sont obligées de déployer des trésors d'astuce pour dévoiler juste ce qu'il faut de leurs atouts afin de se différencier des autres femmes. Elle était la fille cadette d'un chef de tribu du nom de Yacoub, lequel possédait huit épouses ainsi que plusieurs milliers de dromadaires et de chèvres. Comme c'est souvent le cas dans ces contrées, le clan de Yacoub avait fait l'objet d'une attaque en règle par une bande de brigands yéménites qui avaient égorgé les hommes et vendu les femmes à la foire aux esclaves de l'île de Zanzibar, où Yadil avait été achetée par un Chinois marchand de porcelaine.

À peine débarquée à Canton, elle avait été acquise par un marchand d'esclaves originaire du Henan, lequel l'avait revendue pour un bon prix à maître Élévation, désireux de diversifier son offre. Au *Pavillon des Dix Mille Plaisirs*, elle remportait tous les succès grâce en particulier au petit anneau qui traversait son nombril et affolait tous ses clients. Pour mieux les attirer, elle portait des pantalons bouffants à taille basse qui laissaient à découvert son ventre plat et musclé. Ses nombreux admirateurs ne se lassaient pas d'écouter le son des clochettes de ses bracelets de cheville qui tintinnabulaient doucement lorsqu'elle déambulait avec grâce, la taille cambrée.

Yadil et Douce s'entendaient à merveille, au point que, certains jours, cela rendait Perle de Rosée quelque peu jalouse. La fille de Sud avait accueilli la Mauresque comme une sœur, lui avait appris à parler le mandarin, et lui avait même enseigné quelques contorsions parmi celles qui affolaient le plus les clients.

Les cœurs de Douce, Perle et Yadil battaient au même rythme, c'est-à-dire très vite, lorsqu'elles étaient montées sur l'estrade pour défiler devant Grue Cendrée.

En guise d'ultime conseil, au moment où il les propulsait sur la scène en question, maître Élévation leur avait glissé :

— Déplacez-vous en souriant ! Surtout, ayez l'air heureuses !

Après avoir examiné dans un silence religieux les « trois fleurons » d'Élévation sous toutes leurs coutures, l'eunuque s'était ébroué comme un vieux cygne sortant de l'eau avant de pointer son éventail en direction de Yadil :

— Celle-ci ! Il y a longtemps que le Fils du Ciel n'a pas goûté à une fille venue des contrées occidentales.

— Les deux autres sont également des courtisanes de premier ordre, mais je comprends parfaitement les raisons de votre choix, avait précisé Élévation d'un air entendu et tout en se rengorgeant.

À l'époque, on ne devenait courtisane de premier rang qu'après des années d'expérience, et à condition d'avoir fait ses preuves, au cours d'une cérémonie où l'on perçait les oreilles des intéressées pour y enfiler de grands anneaux de jade en même temps qu'on leur passait autour du cou un fin collier d'or et de perles. Ces bijoux étaient fournis aux filles par le lupanar qui les employait. Lorsqu'elles le quittaient, elles devaient bien entendu les restituer à leur propriétaire.

Après le départ de Yadil, Douce, fort soulagée de ne pas avoir été choisie, avait fait part de ses craintes à Perle :

— Et si Yadil ne revenait pas ?

— Ne t'inquiète pas. Ils la ramèneront demain à l'aube ! Le Fils du Ciel picore ici et là… On ne devient pas une concubine impériale comme ça..., avait murmuré Perle, avec un soupir qui en disait long sur sa déception de voir s'éloigner un rêve.

— Tu sembles le regretter ! Ne me dis pas que tu aspires à être une de ces pauvres femmes qui sont les jouets du Prince, lui avait lancé Douce.

Perle lui avait répliqué, d'un air légèrement pincé :

— Il y a pis...

— Tu es folle ! Comment peux-tu rêver d'être une esclave à vie ?

— N'est-ce pas déjà le cas ?

Douce avait baissé la tête.

Le matin, Yadil n'était pas revenue de la Cité Interdite, ce qui avait plongé la fille de Sud dans un profond désespoir.

Désormais, le soleil était haut, mais il faisait toujours aussi froid.

Où était Yadil ? Que devenait-elle ? Quel sort le Fils du Ciel lui avait-il réservé ? Qu'avait-il exigé d'elle ? Et si, d'aventure, cette pauvre Yadil lui avait déplu ?

Senteur Douce frissonna à l'idée d'un tel drame, qui aurait risqué tout simplement d'envoyer son amie dans une geôle de la Cité Pourpre Interdite pour y être conduite au bourreau dès l'aube...

Cette éventualité la fit éclater en sanglots.

En tout état de cause, une constatation s'imposait : son amie lui manquait cruellement.

Il est rare qu'entre filles de joie des amitiés profondes se nouent ainsi, car, dans une maison close, la concurrence est toujours extrêmement vive entre les courtisanes.

Mais Douce, pas plus d'ailleurs que Yadil, n'était pas une fille de joie comme les autres. Ces deux-là n'avaient pas choisi d'exercer ce métier et avaient l'une et l'autre pour objectif de prendre leur destin en main.

Douce regarda le ciel que l'immense flèche d'un vol de grues transperçait d'est en ouest à cet instant.

Les grues sont le symbole de la longévité. C'est parce qu'ils sont calqués sur les mouvements de cet oiseau majestueux que les exercices respiratoires destinés à l'amélioration du tonus mental et musculaire au réveil sont appelés « envol de la grue ».

Apaisée, Senteur Douce y vit un heureux présage. Une certitude se fit jour dans son esprit.

Était-il juste d'abdiquer devant l'objectif consistant à devenir une femme libre et à subir le moins possible ?

La réponse était évidente : c'était « non ».

Maintenir le cap, sortir de la prison du *Pavillon des Dix Mille Plaisirs* et tout faire pour ne pas tomber à son tour dans le précipice où la malheureuse Yadil avait été poussée : voilà ce à quoi il lui fallait désormais s'atteler.

Et pour atteindre ce but, il lui fallait tourner la page, quitter Pékin au plus vite, et ce quels qu'en soient les risques…

4

La Clochette birmane

La tête encore ailleurs, Droit Devant était en train de rajuster ses braies sous le regard amusé de Lune lorsque des hennissements montèrent de la rue. Puis il entendit une bordée de jurons suivie d'un bruit de bottes qui allait croissant.

C'est alors qu'une voix de stentor retentit :

— Que personne ne bouge !

Il alla coller son oreille à l'huis pour essayer de comprendre la raison de ce brouhaha ponctué de hurlements d'hommes qui étaient sûrement des policiers ainsi que des cris d'orfraie poussés par les filles surprises en plein travail, avant de souffler à Lune, le cœur battant :

— C'est bizarre ! Tu as entendu ? On dirait une descente de police…

En guise de réponse, Lune, dont le visage était soudain devenu pâle comme un linceul, lui fourra dans les mains un petit cœur de velours de la taille d'une prune.

— Prends ça et emporte-le vite chez toi… Je passerai le prendre plus tard, lui intima-t-elle tout en l'aidant à refermer sa main sur la boîte qu'elle venait de lui confier.

En quelques secondes, le brouhaha se transforma en un tintamarre assourdissant de portes enfoncées et de meubles renversés. Les policiers investissaient les chambres de la *Maison des Douceurs Nocturnes*.

Fort ennuyé par la tournure des événements, Droit Devant enfila sa veste molletonnée doublée de peau de chat.

— Tu sais où j'habite ? demanda-t-il à Lune.

La courtisane, qui frissonnait de la tête aux pieds et dont le regard était figé dans une lueur d'effroi, réussit à articuler :

— Ne t'inquiète pas. Ton père a laissé son adresse à Dame Prunier quand il est venu me réserver pour toi…

Il n'eut pas le temps de lui demander ce que contenait la petite boîte qu'elle ajouta dans un souffle :

— Pars vite ! Si les policiers me trouvent avec cet objet dans la chambre, c'en est fini de moi !

Sans demander son reste, Droit Devant fourra le petit cœur vert dans sa poche puis il s'engouffra dans le couloir où un commissaire à la stature impressionnante hurlait des ordres à des clients à moitié dévêtus chassés de leur alcôve par ses hommes avant de fendre à toute allure cette petite foule qui se rhabillait tant bien que mal tout en maugréant.

Une fois dehors, il dut jouer des coudes pour franchir le barrage des forces de l'ordre qui encerclaient le bâtiment. Et c'est seulement après s'être frayé un passage entre les badauds venus aux nouvelles que, commençant à respirer, il prit enfin conscience qu'il avait bel et bien été déniaisé.

*
* *

Rares sont les jeunes gens qui gardent un souvenir impérissable de leur premier Nuage et Pluie.

D'une façon générale, dans ce genre de transport, tout va beaucoup trop vite. Le corps échappant à tout contrôle, le ressenti est si fort que les émotions s'entrechoquent dans la tête pour y former une bouillie indéchiffrable dont on ne retrouve les ingrédients qu'au fil de ses expériences ultérieures.

De même qu'il faut beaucoup de temps à l'architecte pour transformer un tas de pierres en un harmonieux édifice, de même l'apprentissage de l'art de la chambre à coucher se fait sur la durée… et parfois même dans la douleur.

Pour Droit Devant, qui marchait comme un automate, hanté par le regard angoissé de Lune Rousse et la hâte avec laquelle elle lui avait confié le petit cœur, ce n'était pas mieux.

À la violence du chamboulement de sa vie de jeune homme s'ajoutait celle de l'irruption de la police.

Insensible aux mendiants en haillons qui se pressaient sur son passage et tendaient leurs mains noires, décharnées comme des branches mortes, il décida de faire un détour par le gymnase où il se défoula à casser des briques crues avec le tranchant de la main.

Quand il rentra enfin chez lui, après avoir réduit en bouillie deux fois plus de briques que d'habitude, il était épuisé.

Mais, surtout, il n'était plus tout à fait le même homme…

À son arrivée, Écume des Jours, sa vieille amah, une femme haute comme trois pommes mais d'une énergie incommensurable, surgit de sa cuisine en s'essuyant les mains à son long tablier bleu nuit.

Rocher Impérissable avait recruté Écume des Jours après la mort en couches de son épouse, pour prendre en charge le nouveau-né et tenir la maison. Follement épris de sa femme, le Pinceau Rouge avait toujours refusé de combler ce vide en convolant à nouveau et se contentait d'amours passagères ou tarifées. Écume des Jours s'était donc occupée de Droit Devant dès sa naissance, ce qui explique qu'il la considérait bien plus comme une grand-mère que comme une simple gouvernante.

Comme on palpe quelqu'un dont on veut s'assurer qu'il revient entier après avoir subi une terrible épreuve, elle tâta rapidement les bras de Droit Devant tout en le considérant d'un air éploré. Cette inspection faite, un large sourire éclaira son visage ridé.

— Ton père n'est pas encore rentré. Veux-tu un bol de soupe ? Je l'ai préparée comme tu l'aimes, avec plein de légumes du jardin.

— Non merci, Écume. Je préfère attendre que père soit rentré.

Elle posa ses mains sur ses épaules et tenta de se hisser à son niveau en se dressant avec difficulté sur la pointe de ses pieds cassés.

— Comment ça s'est passé ?

— Ma foi, pas trop mal… à ceci près que j'ai eu droit à une descente de police…, répondit le fils de Rocher Impérissable, mi-figue mi-raisin.

Le sourire d'Écume des Jours se transforma aussitôt en grimace.

— On t'a conduit au poste ?

— Non. Les clients n'étaient pas visés.

Soulagée, la vieille femme frotta longuement ses mains sur celles de Droit Devant et s'écria :

— Encore heureux !

Après avoir ôté son manteau, il tendit le petit cœur vert à Écume des Jours.

— Joli petit cœur... Un cadeau de la fille ?

— Pas vraiment un cadeau. Elle me l'a confié juste avant que la police n'investisse sa chambre... Elle m'a dit qu'elle viendrait le reprendre.

L'histoire ne disait rien qui vaille à l'amah, dont le visage s'affaissa.

— Elle ne voulait donc pas que cet objet tombe aux mains de la police...

— Exact !

Écume des Jours lui rendit l'objet.

— Tu l'as ouvert ?

Légèrement agacé, il lâcha :

— Non. Comment en aurais-je eu le temps ?

Avec moult réticences, il souleva le petit couvercle de la boîte verte.

C'était à n'y rien comprendre : sur un coussinet de soie de la même couleur reposait une minuscule cage en métal argenté de forme ovoïde.

Il la prit entre le pouce et l'index afin de l'examiner. Derrière ses barreaux arachnéens, deux oiseaux de la taille d'un frelon accolés l'un à l'autre étaient montés sur des ressorts.

Quand il porta la cage au niveau de ses yeux éberlués, elle se mit à vibrer en grésillant. Il ne tarda pas à comprendre le phénomène. Au moindre mouvement, les ressorts filiformes qui servaient de pattes aux volatiles se mettaient à trembler.

— C'est bien la première fois que je vois une telle rareté. Le bijoutier qui l'a réalisée est un génie ! On dirait qu'il y a un grillon à l'intérieur ! s'écria Écume des Jours, admirative.

Il est vrai que les oiseaux paraissaient plus vrais que nature et prêts à s'envoler.

Un long raclement de gorge proche du râle les empêcha de continuer à s'extasier devant l'objet de Lune Rousse.

C'était Rocher Impérissable, qui rentrait chez lui en traînant les pieds tel un forçat boulets aux chevilles, exténué et hagard après sa douloureuse confrontation avec Cheng Hua.

En proie à une quinte de toux sèche, le Pinceau Rouge s'affala dans un fauteuil, dégrafa son col, commanda à Écume des Jours un thé puis, d'une voix assourdie et rauque à la fois, finit par lâcher ce qu'il avait sur le cœur :

— Métier de chien !

Quoique soulagé de ne pas être assailli de questions au sujet de son dépucelage mais fort surpris d'entendre son père se plaindre, Droit Devant lui tendit une des serviettes parfumées apportées par Écume des Jours sur un plateau de laque. Puis il osa demander :

— Vous avez des ennuis ?

Sans répondre, Rocher Impérissable essuya d'un geste las les coulées de sueur qui inondaient son visage. Il n'avait aucune envie de commencer à faire état devant Droit Devant de ses tourments professionnels et encore moins de ses problèmes cardiaques.

Après un long silence, le père et le fils passèrent dans la salle à manger où la vieille amah avait dressé le couvert face à la cour intérieure.

Droit Devant était de plus en plus mal à l'aise.

Contrairement à d'habitude, le spectacle de la petite cour arborée, avec sa stèle dédiée aux aïeux, la table vermoulue sur laquelle étaient disposés les pots où il faisait raciner des boutures quand il était petit et son bassin aux carpes qui macérait dans une lumière douce, transparente comme une huile très raffinée, n'arrivait pas à calmer son esprit.

— Qu'y a-t-il pour dîner ? souffla le Pinceau Rouge à l'adresse de la gouvernante après s'être écroulé sur son siège.

— Des yeux de caille dans un bouillon au gingembre…, s'empressa de répondre la vieille amah.

C'était l'un des mets préférés de Rocher Impérissable.

Le père de Droit Devant ne réagit même pas au nom du plat alors qu'il applaudissait bruyamment d'ordinaire lorsque l'amah l'annonçait.

Malgré le contre-jour, Droit Devant pouvait constater l'extrême pâleur du visage de son père. Il voyait aussi ses mains fines, des mains de lettré, intactes, jamais exposées aux rigueurs du climat ni usées par le métal ou par le bois, trembler par saccades. Il décida de se jeter à l'eau :

— Père, vous n'avez pas l'air bien…

Rocher Impérissable poussa un long soupir.

— Juste un peu mal ici… Rien de grave…

Il désignait sans conviction son torse.

En réalité, la lance qui lui transperçait le cœur était devenue scie, plus précisément une égoïne mal affûtée qui allait et venait selon qu'il inspirait ou expirait. Au point où il en était, jouer la comédie devenait un exercice impossible. Alors, sous le regard effaré de son fils, il déboutonna tant bien que mal son col et, le regard perdu dans le vide, posa un doigt mal assuré à l'endroit où son cœur battait de façon chaotique.

— Vous êtes tout essoufflé..., gémit Écume des Jours en lui passant une nouvelle serviette humide sur le front.

Le Pinceau Rouge essaya de répondre de façon articulée qu'il s'agissait juste d'un coup de fatigue et que le lendemain tout serait rentré dans l'ordre, mais il s'entendit émettre un flot de borborygmes parfaitement incompréhensibles.

La vieille amah lui prit les mains.

— Monsieur ferait mieux d'aller se coucher... Je lui apporterai la soupe quand il sera dans son lit.

Rocher Impérissable acquiesça d'un chuintement quasi imperceptible.

Son fils fit le tour de la table et lui tendit la main pour l'aider à se lever.

La chambre où dormait Rocher Impérissable était attenante à la salle à manger, pourtant ils mirent un temps infini à l'atteindre tellement ce dernier était à bout de forces. Écume des Jours avait déjà ouvert le lit lorsque Droit Devant, au prix de moult efforts, car Rocher Impérissable était d'une corpulence importante, réussit à le faire pivoter sur le côté et à l'allonger. Puis il alla chercher la soupière dans la salle à manger pendant qu'Écume des Jours glissait un coussin sous la tête du malade, qui ferma aussitôt les yeux.

— Monsieur va me faire le plaisir de goûter à mon potage ! lui murmura-t-elle sur un ton maternel avant de lui toucher les lèvres avec la cuiller.

— Je n'ai pas faim, ma pauvre Écume des Jours… Si tu savais…, souffla Rocher Impérissable, qui ne pouvait pas voir que son fils se tenait juste derrière lui.

— Qu'y a-t-il, maître ?

Rocher Impérissable émit un grognement guttural, entre râle et sanglot.

— Je n'en peux plus… c'est trop dur…

— Le Fils du Ciel ?

Tant bien que mal, Rocher Impérissable déglutit et lâcha d'une voix éplorée :

— Il devient impossible. Il ne cesse de m'humilier. Je finirai dans un cachot…

Droit Devant, qui n'avait jamais entendu son père parler en ces termes de sa condition de Pinceau Rouge, faillit tomber à la renverse. Les fonctionnaires qui travaillaient à la Cité Pourpre, et particulièrement ceux qui approchaient le Fils du Ciel, jouissaient d'un immense prestige et faisaient beaucoup d'envieux. C'est pourquoi il avait toujours été très fier du métier de son père et n'imaginait pas un seul instant le calvaire qu'il endurait.

— Mais que vous a-t-il fait encore ? poursuivit Écume des Jours en haussant le ton.

Ce n'était visiblement pas la première fois qu'elle abordait le sujet avec Rocher Impérissable.

— L'âge ! Toujours et encore l'âge ! Cheng Hua n'accepte pas le poids des ans, gémit le Pinceau Rouge.

— Contre le poids des ans, personne ni aucun remède ne peut rien… pas même les Pilules des îles

Immortelles, convint la vieille amah de sa petite voix chevrotante.

— Je mentirais si je te disais que tu te trompes…, approuva Rocher Impérissable entre deux quintes de toux, les yeux mi-clos.

Ces mots, qui revenaient à ranger au rayon des remèdes de pacotille les Pilules d'Immortalité dont le Fils du Ciel disposait, n'étaient pas tombés dans l'oreille d'un sourd, en l'espèce dans celle de Droit Devant.

Comme tout jeune instruit, il connaissait la légende des îles Immortelles.

Ces îles où poussaient des fruits de Jade qui rendaient immortels ceux qui avaient la chance d'y mordre étaient devenues l'obsession de Qin, le Premier Empereur, qui donna son illustre nom à la Chine. Ce roi était tellement obsédé par la longévité qu'il avait envoyé mille bateaux chargés chacun de cinq mille jeunes gens et cinq mille jeunes filles vêtus de blanc vers les îles Immortelles. L'expédition en question échoua et ruina l'Empire dont elle vida les caisses. La folle entreprise de Qin fut d'ailleurs à l'origine de sa perte puisque le Grand Roi mourut en faisant les cent pas sur la grève où il venait tous les jours scruter l'horizon dans l'espoir d'un hypothétique retour de sa cohorte immaculée.

Chacun vivant d'espoir – qui n'a pas rêvé d'aborder les îles Immortelles et d'y mordre à pleines dents des grappes de raisin et des pêches de Jade ? –, la légende continuait à marquer les esprits au point que beaucoup étaient persuadés que les Fils du Ciel disposaient, grâce à l'action du même Qin, d'une inépuisable réserve de Pilules d'Immortalité dont les manuels de médecine taoïste donnaient la recette avec moult détails mais qu'on ne pouvait pas trouver chez les apothicaires, qui n'en vendaient que de pâles copies.

Le jeune Droit Devant, pour ce qui le concernait, faisait partie de ceux qui croyaient dur comme fer que le Roi des rois disposait de cet avantage inaccessible au commun des mortels.

Il est vrai qu'en matière de drogues l'appât du gain est tel qu'il y a toujours eu beaucoup de faussaires et de contrefaçon. Depuis que l'homme existe, les remèdes de Longévité s'arrachent d'autant plus qu'ils ont également des vertus aphrodisiaques. La demande est telle que certains médecins malhonnêtes n'hésitent pas à proposer aux clients qui se pressent dans leurs échoppes des « menus de longévité » à base de « poudre de pierre », qui provoquent pourtant de graves lésions à l'estomac.

Tandis que l'amah, avec le soin que met le dévot à lustrer la statue de bois de sa divinité préférée, passait une dernière serviette parfumée sur le front du Pinceau Rouge alors endormi, Droit Devant, dont les certitudes s'envolaient une à une, laissant place à un vide qui donnait le vertige, regagna sa chambre comme un automate.

5

L'obsession de Trois Marches

Entre le rêve et la réalité, il y a toujours un abîme.

Mais au fait, qu'est-ce que le réel ?

Et, surtout, rêver des choses dont on sait qu'elles ont fort peu de chances de se réaliser, n'est-ce pas un moyen de les faire vivre comme si elles existaient réellement ?

En matière de Nuage et Pluie, tout est possible, tout est réalisable : il suffit de le vouloir et surtout d'avoir une contrepartie coopérative.

L'amour est un territoire sans bornes qu'on peut explorer à l'infini pour peu qu'on se laisse guider par ses sens, qu'on ne bride jamais ses envies et surtout qu'on fasse partager ce point de vue par son partenaire.

Car c'est tout ce qui fait le charme de Nuage et Pluie que d'être la seule chose susceptible de transformer les êtres de fond en comble, au point de les changer, de les rendre méconnaissables, bref, de les améliorer, de les bonifier, car lorsqu'on parvient à aimer on devient soi-même particulièrement aimable…

L'amour étant la seule chose à même de bouleverser les relations du *Yin* et du *Yang*, il peut arriver qu'un homme à femmes devienne amoureux d'un homme, de même qu'un homme qui n'a aimé jusque-là que d'autres hommes tombe amoureux d'une femme.

L'heureux individu auquel cela était en train d'arriver s'engouffra, haletant et en nage, dans la maison de thé des *Joyeux Souvenirs*. Les petits anneaux d'or qui transperçaient ses oreilles et ajoutaient à l'air androgyne de sa face d'ange témoignaient de sa condition de prostitué mâle.

Il portait le nom de Trois Marches et ressemblait à une fille, et pourtant ces deux jours passés sans Lune Rousse lui avaient semblé une véritable éternité.

Une fois à l'intérieur de l'établissement de thé tricentenaire, Trois Marches se faufila sans hésitation entre les tables de vieux messieurs qui jouaient aux cartes, l'hiver les pieds sur des chaufferettes et l'été un linge humide sur leurs épaules nues, pour se diriger vers celle qui était située juste à côté du grand poêle à bois aux parois rougies par la chaleur.

C'était là que, trois mois plus tôt et par le plus grand des hasards, les deux jeunes gens qui faisaient l'un et l'autre commerce de leur corps s'étaient rencontrés.

Chacun sait que les rencontres heureuses, celles qui sont en mesure de bouleverser de fond en comble le cours d'une existence, ne sont pas le fruit du hasard mais plutôt celui de la chance, cette grâce qui n'est accordée qu'à ceux qui la méritent et savent la saisir.

Ce fameux jour où l'étincelle de Lune avait mis le feu au cœur de Trois Marches, il pleuvait des cordes et le jeune homme efféminé s'était réfugié dans la maison de thé pour ne pas être trempé jusqu'aux os juste avant que Lune y déboulât à son tour.

Les deux protagonistes du coup de foudre qui allait suivre s'y étaient retrouvés côte à côte à accomplir exactement les mêmes gestes. Après avoir ôté leur manteau, ils l'avaient tordu pour l'essorer, puis l'avaient disposé sur le dossier d'une chaise qu'ils avaient approchée du poêle afin de le faire sécher avant de se retrouver nez à nez et d'éclater de rire devant la similarité de leurs attitudes.

Le rire étant l'un des avant-postes de l'amour, nos jeunes gens avaient immédiatement éprouvé une grande attirance l'un pour l'autre.

C'est ainsi que, faisant fi des convenances et sous le regard quelque peu amusé des autres joueurs, le prostitué et la courtisane avaient engagé la conversation comme deux vieux amis. Il ne leur avait pas fallu très longtemps pour s'apercevoir non seulement qu'ils avaient le même âge à quelques jours près, mais également qu'ils exerçaient l'un comme l'autre le plus vieux métier du monde.

Et, l'un à l'autre, nos deux tourtereaux s'étaient tout dit.

Tous deux avaient été arrachés au cocon protecteur de leur milieu familial avant d'être contraints d'aborder l'aventureuse dangerosité de la prostitution.

Le père de Lune Rousse était juge de première classe au Tribunal des Rites de Shenyang, une grande ville du Nord traversée par un immense fleuve qui est pris par les glaces près de cinq mois sur douze. Un jour néfaste, le juge avait reçu une lettre officielle lui annonçant sa destitution par la Cour Suprême des Rites au motif qu'il avait une « conduite déviante », c'est-à-dire par trop laxiste aux yeux des autorités judiciaires. Quelques mois plus tôt, ce magistrat dont les idées taoïstes faisaient depuis longtemps jaser avait épargné la mort à un père de famille nombreuse qui avait été surpris en train de voler une mesure de blé dans un entrepôt d'État. Nourrir sa marmaille affamée en volant un peu de nourriture était un crime puni de mort. Mais la mansuétude du juge lui avait coûté son poste et sa vie, car il n'avait pas supporté l'infamie qu'on lui infligeait, et avait été rapidement emporté par une attaque cérébrale. Quant à la mère de Lune Rousse, elle n'avait pas mieux résisté que son mari au chagrin et à la honte, ce qui avait obligé cette pauvre Lune à aller proposer ses services à la maison close du quartier où elle avait été repérée par un rabatteur qui l'avait amenée à la capitale.

Trois Marches, lui, était issu d'une famille de marchands de remèdes d'une ville du Shandong. L'usurier à qui son père l'avait vendu pour rembourser ses dettes l'avait à son tour cédé à un établissement de Shanghai fréquenté par des clients en quête de partenaires du même sexe. Il y était resté quelques années à satisfaire des vieillards lubriques qui assumaient ouvertement leurs penchants ou de bons pères de famille qui venaient goûter en catimini le fruit défendu, avant de prendre la fuite.

S'il avait choisi de mener une vie faite d'errance et de rapines, cela tenait moins au fait qu'il ne se sentait pas l'âme d'un esclave qu'à celui de chercher à assouvir un fantasme tapi au fond de son esprit depuis son adolescence.

Trois Marches rêvait de pratiquer le Triangle.

Cette fusion particulière du *Yin* et du *Yang* qui associe deux femmes à un homme ou une femme à deux hommes est longuement décrite dans le *Pacte de la Triple Équation*, un ouvrage écrit par un certain Wei Boyang. Cet alchimiste y développe la thèse d'un strict parallélisme entre l'acte amoureux et la théorie des Cinq Éléments. Selon Wei, la fusion du *Yin* et du *Yang* est parfaitement illustrée par la façon dont on obtient du mercure à partir d'un mélange de cinabre et de plomb. Pour développer sa thèse, maître Wei s'appuie sur le *Yijing*, le célèbre Manuel des Mutations du *Yin* au *Yang* où sont décrits les soixante-quatre Hexagrammes issus de la combinaison des Trigrammes.

Les circonstances peu banales dans lesquelles Trois Marches avait découvert cette pratique moins rare qu'on ne le croit méritent d'être racontées.

Ayant mis à profit l'une de ses rares journées de repos pour aller traquer le singe au plus profond du massif montagneux de Hu, notre jeune prostitué s'était perdu dans ce véritable labyrinthe de rochers cernés par les précipices. À force de tourner en rond de gouffres en culs-de-sac, il s'était laissé surprendre par la nuit. Alors que la température baissait à une allure vertigineuse, il avait emprunté un petit chemin qui montait en lacets dans les éboulis vers l'endroit d'où provenait le doux chant d'une cascade. Quelques rochers plus loin et après avoir failli se rompre dix fois les chevilles en sautant de pierre en pierre, il était arrivé au pied d'une puissante colonne d'écume qui jaillissait du haut de la falaise avant de se fracasser dans la cuve rocheuse qu'elle faisait bouillonner. Au bord de la vasque naturelle dans laquelle miroitaient encore, malgré l'obscurité, les pics acérés, il y avait une petite cabane de rondins. Alors qu'il s'approchait de la porte, celle-ci s'était brusquement ouverte. À sa grande surprise, un ermite taoïste qui l'avait entendu approcher était apparu.

C'est à juste titre que les gens prêtent des pouvoirs surnaturels à ces moines solitaires qui peuplent les montagnes sacrées où ils vivent à l'écart du monde, l'hiver vêtus de peaux de bêtes et quasi nus pendant l'été. On ne compte pas les paysans ou les villageois qui viennent les consulter de fort loin, afin qu'ils les guérissent de leurs défaillances au lit. Leur compagnie est aussi particulièrement recherchée par les femmes dont la fertilité laisse à désirer et qui viennent consulter en cachette.

Lorsque notre éphèbe s'était retrouvé nez à nez avec cet individu aux longs cheveux crasseux qui exhalait une odeur de bouc à trois mètres et fixait sur lui un regard acéré, il avait eu le plus grand mal à réprimer un haut-le-cœur.

— Quel bon vent t'amène ? lui avait lancé l'ermite en dévoilant une dentition que l'abus de bétel avait transformée en un chaos noirâtre d'où émergeaient trois ou quatre chicots.

Tel un gamin pris en faute, Trois Marches avait bafouillé :

— Je me suis perdu, j'ai froid…

Le regard perçant du moine s'était fait soupçonneux.

— Tu ne crains pas les esprits, au moins ?

À ces mots, le jeune homme aux anneaux d'or s'était mis à trembler. Il n'avait pas osé avouer au moine qu'ayant entendu, tout petit, des histoires sur les *gui*, ces drôles d'esprits facétieux mi-anges mi-démons qui jettent dans les enfers les enfants impolis envers leurs parents, il en avait gardé longtemps une peur bleue des fantômes.

En présence de cet individu hirsute qui le regardait de ses petits yeux goguenards, la même angoisse, une de ces sourdes inquiétudes qui ne vous lâchent plus, avait refait surface.

— Pas trop…

Tout content de son effet, hilare, l'ermite s'était exclamé en déversant le flot de sa mauvaise haleine sur le visage de son interlocuteur :

— Je plaisante !

Après un dîner frugal, le moine l'avait installé sur une méchante banquette dans la cabane surchauffée. Incapable de dormir, Trois Marches ne savait même plus depuis combien de temps il regardait l'âtre où rougeoyaient encore quelques braises quand son œil avait été attiré par un gros livre dont la tranche ressortait sur une étagère, au milieu des pots d'onguent et autres fortifiants.

Il était allé le prendre et l'avait ouvert.

C'était le *Pacte de la triple équation* du fameux Wei Boyang.

À croire que le moine avait fait exprès de placer le livre bien en évidence sur sa planche. Il avait passé la nuit à dévorer cette somme ésotérique et fascinante dont il est impossible de comprendre toutes les subtilités quand on n'est pas soi-même un taoïste averti. Bien qu'il fût complètement ignare en matière de sexe *Yin*, les figures ternaires décrites par Wei avec un luxe de précision inouï avaient fasciné le jeune éphèbe, qui avait fini par s'endormir, épuisé par sa lecture intégrale et la tête emplie de combinaisons plus affriolantes les unes que les autres.

Le soleil n'était pas encore levé que le moine avait secoué Trois Marches pour le réveiller. L'éphèbe, qui rêvait qu'il venait d'enfourcher successivement un jeune homme beau comme un dieu et une jeune femme belle comme une déesse, avait ouvert les yeux. Penché au-dessus de lui, le moine à la longue barbe ressemblait à l'un de ces Immortels bénéfiques auxquels on sacrifie un poulet ou un canard pour rester en bonne santé et vivre quelques années de plus.

— Tu en as, de bonnes lectures ! Je parie que tu n'as pas compris grand-chose à ce livre…

À cette remarque quelque peu acide, Trois Marches, qui brûlait d'en savoir plus au sujet du Triangle, avait répondu qu'il croyait que Nuage et Pluie n'était réservé qu'à deux personnes, ce qui avait fait s'esclaffer l'ermite.

— Tout ça, ce sont des sornettes pour précepteurs confucéens qui se gardent bien d'expliquer qu'il y a, d'un côté, Nuage et Pluie et, de l'autre, les sentiments que les êtres peuvent éventuellement se vouer les uns aux autres !

Désireux de creuser un peu plus cette différenciation, Trois Marches avait demandé des explications :

— Il n'y a guère que les confucéens bornés pour prétendre que l'union du *Yin* et du *Yang* a pour unique but la procréation de l'espèce humaine ! Selon eux, entre l'homme et la femme, il n'y aurait donc qu'une affaire de survie ! Personnellement, je me fiche de savoir si j'aurai ou non une descendance. Pour moi, Nuage et Pluie doit avoir le plaisir et la longue vie pour objectifs essentiels !

— Pour ce qui me concerne, lorsque je couche avec un homme, j'éprouve du plaisir ! Pourquoi, dans ces conditions, lorsque deux *Yang* se rencontrent, ne pourrait-on pas dire qu'ils pratiquent Nuage et Pluie ? demanda Trois Marches.

— Pour fusionner, le *Yang* a besoin d'un *Yin*…

— Entre deux *Yang*, il ne peut donc pas y avoir de fusion ?

— Entre *Yang* et *Yang*, il y a Plaisir mais pas Longévité ! La Grande Harmonie est le résultat de la fusion du *Yin* et du *Yang*. C'est dans la somme des contraires que naît le *Qi*, le Grand Souffle qui fait vivre Dix Mille Ans…

C'est ainsi que la combinaison du Triangle était rapidement apparue à Trois Marches comme le chaînon manquant grâce auquel il pourrait combiner le principe de Plaisir avec celui de Longévité.

Selon Wei Boyang, le tiers invité, qu'il soit *Yin* ou *Yang,* est comparable aux catalyseurs utilisés par les alchimistes pour transformer le plomb en or. Les nuages ont besoin des courants froids pour produire la pluie ; la femme a besoin de l'homme pour fabriquer son enfant. Le feu est le résultat du bois et de la chaleur, et le *Qi* vaporeux, qui erre tôt le matin au sommet des montagnes, celui de l'union du vent et de l'eau.

C'est ainsi que, toujours d'après maître Wei, l'accès au Tao repose sur l'interaction entre le *Yin* et le *Yang* selon un schéma qui illustre parfaitement la pertinence de la figure ternaire. Si un *Yang* est mis en présence de deux *Yin*, il va capter deux fois plus d'énergie vitale. En d'autres termes, l'homme qui fait l'amour à deux femmes à la fois va gagner non seulement en immortalité mais aussi en virilité.

Mais que le très estimé lecteur nous pardonne de souligner ce fait : bien que le goût du fruit interdit n'ait rien à voir avec celui du fruit autorisé, avoir des fantasmes est une chose, être en mesure de les assouvir en est une autre.

Et pourtant, qui n'a pas réussi à assouvir ses fantasmes ignore la délicieuse saveur de l'interdiction lorsqu'elle est bravée.

C'est pourquoi, comme on peut l'imaginer aisément, ceux qui pratiquent le Triangle ne courent pas les rues. La plupart des gens ignorent même l'existence de telles pratiques. Pis encore : ceux qui en entendent parler pour la première fois prennent généralement un air dégoûté, car il faut déjà bien se sentir à l'aise à deux pour avoir envie de goûter à la configuration à trois.

S'il veut arriver à ses fins, le candidat au Triangle doit commencer par sélectionner les profils des individus des deux sexes dont il estime qu'ils pourraient être ouverts à cette figure particulière. Cela fait, il doit, à la façon du dompteur lorsqu'il fait entrer le fauve dans la cage, les y amener avec tact en usant d'infinies précautions verbales, de telle sorte qu'il ne se voie pas opposer une fin de non-recevoir. En somme, pour recruter ses partenaires de la figure ternaire, on se doit d'agir avec autant de tact que pour le nettoyage d'une armoire poussiéreuse où s'entassent de fines porcelaines extrêmement fragiles.

L'ermite avait conclu son propos en assenant un dernier coup de grâce à Trois Marches : il lui avait demandé de deviner son âge, ce à quoi le jeune homme avait répondu tout à trac :

— Dans les cinquante ans…

Le moine s'était esclaffé :

— Tu peux en rajouter trente ! Même si je ne les fais pas, j'aurai bientôt quatre-vingt-deux ans !

À elle seule, l'éblouissante forme physique de l'ermite constituait la preuve irréfutable de la véracité des thèses de maître Wei. Aussi, lorsqu'il avait proposé à Trois Marches de repartir avec le maître livre du *Pacte de la triple équation*, ce dernier, convaincu qu'il y avait là quantité de recettes de bonheur et de longévité, ne s'était pas fait prier pour accepter.

Et c'était là que les choses avaient commencé à se gâter.

Désireux d'accomplir le Pacte, il lui fallait trouver deux partenaires. Dénicher un *Yang* ne posait, *a priori*, pas de problème particulier puisque plusieurs de ses collègues de la maison close étaient prêts à franchir la rivière. Mais il n'en allait pas de même pour le *Yin*, étant donné que Trois Marches n'avait aucune expérience du commerce avec les femmes.

Il avait essayé de s'ouvrir de la question auprès de ses clients, se lançant dans des allusions de plus en plus précises relatives au triolisme. Mais, à croire que les lecteurs du livre de Wei Boyang ne couraient pas les rues, aucun d'eux n'avait saisi la perche…

Bref, plus le temps passait et plus Trois Marches pouvait constater à quel point la barrière idiote des convenances rendait difficile la mise en œuvre d'une si efficace recette de bonheur et de longévité.

Faute de mieux, il avait décidé d'expérimenter Nuage et Pluie avec le *Yin* en jetant son dévolu sur une jolie marchande des quatre saisons qui n'avait pas mis longtemps à ouvrir son lit à un jeune homme si beau et surtout aux manières si délicates.

Mais, comparée à ce qu'il éprouvait lorsque ses clients aventuraient leur Tige dans son fondement ou que la sienne s'aventurait dans le leur, cette première expérience avec le sexe opposé lui avait laissé à la bouche un goût plutôt fade.

La suite – hélas ! – avait été à l'avenant.

La femme ne rendant à l'homme que ce qu'il est capable de lui offrir et *vice versa*, ses conquêtes le satisfaisaient d'autant moins qu'il leur déniait par avance toute possibilité de lui donner du plaisir. Il est vrai qu'à peine entrée dans leur Caverne Enchantée, sa Tige, habituée à des huis bien plus étroits, dégonflait en un clin d'œil, ce qui l'enfermait un peu plus dans le cercle vicieux de la frustration mutuelle.

Trois Marches désespérait donc de pouvoir accomplir un jour le Triangle lorsque le hasard – ou plutôt la chance – l'avait fait tomber, chez un vieux libraire où il avait ses habitudes, sur une nouvelle érotique qui avait pour titre *La Clochette birmane*.

L'auteur, dont le nom ne figurait pas sur la couverture du livre, y campait un certain capitaine Zhong, lequel, malgré le fort joli membre dont il était doté, n'arrivait pas à persuader ses deux jolies voisines de partager sa couche. Après moult tentatives infructueuses, l'intéressé était allé trouver le Grand Immortel de la Splendeur Pourpre et Or auquel il avait exposé son problème.

Le lecteur n'ignore pas que le Grand Immortel en question, par ailleurs auteur du *Classique de l'Union Parfaite*[1], est capable de séduire n'importe quelle femme grâce à sa longue épée d'argent sur laquelle il a gravé le soixante-troisième Hexagramme.

1. Il s'agit d'un célèbre traité d'alchimie sexuelle taoïste de l'époque des Ming.

Sensible à ses difficultés, le Grand Immortel Pourpre et Or avait confié au militaire un grelot qu'il suffisait d'agiter sous le nez d'une femme pour la soumettre à son bon vouloir. À peine le capitaine Zhong avait-il fait tinter la Clochette birmane, puisque c'en était une, devant les deux femmes, qu'elles s'étaient dirigées vers son lit en se trémoussant du postérieur avant de se jeter goulûment sur sa Tige.

La nouvelle s'achevait par la minutieuse description d'un Triangle particulièrement torride auquel Zhong avait eu droit de la part des deux diablesses que ladite Clochette avait désinhibées au point qu'elles lui avaient offert tous leurs orifices.

C'était donc le plus naturellement du monde que le jeune éphèbe, passablement ragaillardi par l'heureuse issue de cette affriolante histoire, s'était mis en quête d'un *Mianling*, ce viatique indispensable pour accéder au Triangle.

Persuadé qu'il trouverait la Clochette au marché des antiquités de Pékin, il était allé proposer ses services à la *Maison des Pruniers en Fleur*, l'un des établissements pour homosexuels les plus renommés de la capitale.

Las ! Malgré qu'il eût passé un à un au peigne fin tous les magasins d'antiquités et bijouteries de la capitale, sa quête d'une Clochette birmane n'avait pas avancé d'un pouce. Il avait même rendu visite aux spécialistes de la vigueur sexuelle, mais aucun d'entre eux ne semblait détenir cet instrument miracle.

Au bout de plusieurs mois de recherches infructueuses, Trois Marches avait fini par se résoudre, la mort dans l'âme, à l'idée que la Clochette birmane n'était que le produit de l'imagination ô combien fertile de l'auteur de la nouvelle du même nom.

Le rêve du Triangle s'évanouissait peu à peu.

Or, l'être qui ne rêve plus à rien meurt à petit feu.

C'est dire si, au moment où il avait rencontré Lune Rousse, Trois Marches était au fond du gouffre de la tristesse. Dans cette nuit lugubre, Lune lui était apparue comme un délicieux lumignon salvateur et l'attirance qu'il avait immédiatement éprouvée pour elle l'avait encouragé à lui décrire son mal-être en des termes fort crus et sans rien lui cacher.

Sitôt le récit de Trois Marches achevé, Lune, bouleversée par une telle franchise et qui était tombée follement amoureuse de celui dont nul ne pouvait, et pour cause, vu son immense beauté, soupçonner le degré de désespoir, s'était écriée :

— Continue à chercher ta Clochette birmane, mais ne t'en fais pas. Toi et moi nous trouverons bien une tierce personne qui fera le Triangle avec nous !

Trois Marches avait esquissé un pâle sourire devant ce qu'il pensait être une boutade.

— Vraiment ?

— Je n'aurai pas de mal à convaincre une de mes camarades de se joindre à nous. En attendant, je t'invite à venir dans mon lit. Tu ne le regretteras pas !

— Je crains que tu ne sois déçue…, lui avait soufflé Trois Marches, trop déprimé pour se faire la moindre illusion quant au résultat même si, pour la première fois, il se sentait attiré par une personne du sexe opposé.

Mais il ne suffit pas de claquer des doigts pour transformer un voilier en galère, et Lune, malgré bien des efforts, n'avait pas réussi à réveiller la Tige de Trois

Marches. Au bout de deux heures d'acrobaties inutiles, le jeune homme s'était laissé aller à la colère et au désespoir.

— J'en étais sûr ! Le Ciel m'en veut… Si seulement j'avais une Clochette… Malgré les sentiments que j'éprouve pour toi, je suis dans l'incapacité de t'honorer comme il convient !

Cet échec et l'immense tristesse dans laquelle il avait plongé ce pauvre Trois Marches n'avaient fait que renforcer le désir de Lune Rousse de permettre à celui qu'elle aimait désormais de toutes ses forces d'assouvir son fantasme.

6

Courant Vital

À peine le contenu de son assiette de riz gluant avalé, Droit Devant héla une chaise à porteurs.

Son père endormi, il avait décidé, malgré l'heure tardive, de se rendre sans plus tarder chez son maître taoïste Courant Vital.

Pour ce dernier, comme c'est obligatoirement le cas chez ceux qui ont atteint le degré supérieur de la pratique des arts martiaux, ils n'étaient que la partie d'un tout que les taoïstes qualifient d'« Harmonie Universelle ».

Il y a Harmonie Universelle dès lors que l'âme humaine peut s'accorder aux fleuves, aux plaines, aux oiseaux, au souffle des vents, aux pivoines, aux lacs et à leurs nénuphars, aux rivières et à leurs poissons, aux bambous, aux tigres, aux buffles, aux collines, aux rizières, aux cascades, aux rochers, aux chiens et aux chats, aux mares, aux insectes, aux mulots, aux cailloux, aux brindilles d'herbe, aux montagnes, bref, à tout ce dont la Nature est constituée.

Quand l'homme atteint l'Harmonie Universelle, son âme est heureuse.

Grâce à des années de méditation dans la Nature et de pratique des Souffles, Courant Vital s'était forgé une âme heureuse.

Désireux de faire partager cette capacité à atteindre le bonheur, cet adepte de la Voie avait fondé une école du nom de la Pergola Céleste qu'il avait installée dans un élégant pavillon construit à flanc de colline à l'est de Pékin.

La Voie étant un monde en soi où il est difficile d'entrer et dont l'exploration n'est jamais finie, maître Courant enseignait tout ce qu'un taoïste sincère doit connaître, sur un plan tant théorique que pratique, aux jeunes gens des deux sexes âgés de plus de seize ans qui fréquentaient son établissement.

Ils étaient nombreux à désirer emprunter la Voie et connaître une nouvelle naissance grâce à ce mode de vie particulier dont Courant Vital enseignait les moindres détails.

Car, pour renaître, l'adepte de la Voie doit agir en taoïste en toutes circonstances, de la respiration à la nourriture et au tir à l'arc, en passant par le commerce avec le sexe opposé.

Nuage et Pluie constituant l'élément essentiel de la pratique de la Voie, on peut dire que, par obligation, maître Courant Vital était ce qui s'appelle un très chaud lapin.

Excellent pédagogue, ce dessinateur hors pair était capable de croquer en quelques instants les positions complexes que doivent adopter les acteurs de Nuage et Pluie s'ils veulent monter au Dix Millième Ciel.

Sachant que pour chaque serrure il faut une clé adaptée, Courant Vital était capable de forger non seulement toutes sortes de clés, mais surtout la « clé passe-partout », celle qui ouvre tous les coffres et fait de son propriétaire un véritable bourreau des cœurs.

Lorsque les jeunes femmes ou les jeunes gens auxquels il avait affaire avaient besoin d'être, comme on dit vulgairement, « décoincés », maître Courant n'hésitait pas à mettre la main à la pâte, non sans avoir, au préalable, dessiné la posture qui lui paraissait le mieux convenir à leurs anatomies respectives. Ses croquis licencieux étaient si bien faits qu'un éditeur s'était proposé de les publier sous la forme d'un petit manuel illustré qu'il avait écoulé en moins d'une semaine.

C'est ainsi que, dans cette école, bien plus que la simple connaissance de la Voie, les élèves venaient chercher la méthode susceptible de faire de leur Tige de Jade un triomphant instrument ou de leur Ravine un puits d'enchantement.

Tel le cuisinier qui enseigne les recettes de ses plats, tout bon maître taoïste doit être capable de prodiguer à ses élèves les conseils nécessaires pour éveiller l'appétit sexuel de la femme, lequel est le meilleur garant de celui de l'homme.

Étant donné, et c'est heureux, qu'il n'y a pas d'âge maximal pour accomplir Nuage et Pluie correctement, quelques hommes d'âge mûr fréquentaient également la Pergola. La plupart étaient des veufs à qui la mort de leur épouse avait rendu leur liberté et qui aspiraient à goûter enfin au bonheur. Sachant que l'homme ne supporte pas le regard de la femme quand il n'est pas à la hauteur de la situation, on y croisait aussi des clients humiliés à qui la courtisane avait fait comprendre que leur performance n'avait pas été extraordinaire.

La décision de Droit Devant de se rendre chez Courant Vital n'était donc pas à proprement parler étonnante. Le jeune homme traversait Pékin perdu dans ses pensées, sans même jeter un regard aux rues éclairées par les grosses lanternes rouges que ses habitants y avaient disposées en prévision de la fête du Printemps et qui faisaient briller de mille feux cette ville d'ordinaire grisâtre et terne.

Notre déniaisé ne sortit de sa rêverie que lorsque l'un des porteurs lui tapa sur l'épaule après l'avoir déposé à l'entrée de la Pergola.

Quand il déboula dans la minuscule cellule aux murs nus du grand maître taoïste, ce dernier pratiquait son exercice quotidien de méditation par les souffles, ceint d'un simple pagne et le regard perdu dans le vide.

— Alors, Droit Devant, comment s'est passé ce premier voyage au pays de la Chambre à Coucher ?

À l'idée de décevoir quelque peu son maître, Droit Devant se liquéfia.

Le visage décomposé, il lui répondit dans un souffle :

— J'ai très vite perdu le contrôle de mes organes. Je n'ai pas été à la hauteur de la situation !

Courant haussa le sourcil, ce qui perturba la parfaite symétrie des volutes constituées par la combinaison de son système pileux et des rides qui partaient de son nez, conférant à sa face l'aspect d'un vieux masque de bronze.

— Une panne ?

— Euh… plutôt l'inverse !… la crue du fleuve était telle que je n'ai pas pu empêcher la montée des eaux…, gémit celui qui, l'avant-veille, n'était encore qu'un puceau ignare.

Le taoïste éclata de rire.

— C'est tout ce qu'il y a de plus normal ! Une Tige de Jade pas assez expérimentée a souvent tendance à aller trop vite. Une Tige de Jade trop expérimentée souffre parfois de pannes dues à l'âge… De ces deux maux, mon petit Droit Devant, il vaut mieux souffrir de celui qui fait que ton instrument s'emballe. Pour ce qui me concerne, je fais tout mon possible pour ne jamais avoir à me plaindre d'une quelconque défaillance de ma Tige de Jade. J'espère bien y arriver, y compris quand j'atteindrai cent ans.

— Comme je vous admire, maître Courant Vital ! glissa Droit Devant, impressionné par l'aplomb de son professeur.

Ce dernier, qui était un tantinet cabotin, ajouta :

— Songe que le Très Auguste Empereur Jaune lui-même se plaignit plusieurs fois à la Fille sans Complexes que sa Tige de Jade n'arrivait pas à se dresser au moment du coït…

Le fait que l'Auguste en personne n'ait pas échappé à ce genre de défaillance donnait un peu d'espoir à Droit Devant qui, du coup, osa demander :

— Quand ce genre de panne arrivait à l'Auguste, comment procédait la Fille sans Complexes ?

— Elle s'emparait du membre de l'Auguste et l'agitait jusqu'à ce qu'il se redresse… Mais surtout elle faisait en sorte d'harmoniser son état d'esprit avec le sien…

Droit Devant, qui connaissait bien la méthode en question, vu qu'il lui arrivait de se l'appliquer à lui-même, ignorait tout, en revanche de l'harmonisation de l'état d'esprit.

Désireux d'en savoir plus, il demanda à son professeur de lui expliquer ce concept.

Le taoïste s'empara de son calepin et y griffonna en un éclair neuf postures toutes plus audacieuses les unes que les autres. Puis il le tendit à Droit Devant en disant :

— Harmoniser son état d'esprit avec celui de la femme consiste à suivre scrupuleusement le chemin indiqué par elle. Celui qui suit sa propre route sans tenir compte des souhaits et des aspirations de sa partenaire court à l'échec. Réussir Nuage et Pluie suppose que chaque protagoniste en tire des bénéfices.

Droit Devant se plongea dans les dessins du directeur de la Pergola qui décrivaient les Neuf Étapes du Chemin de la Femme telles que les détaille le *Manuel de la Fille sans Complexes* ; la première : quand la femme enlace l'homme de ses deux bras, c'est qu'elle a envie que l'homme commence à accommoder son membre à sa vulve ; la deuxième : quand elle tend les jambes, c'est qu'elle veut que l'homme passe doucement un doigt sur la Terrasse de l'Harmonie ; la troisième : quand elle détend son ventre, c'est qu'elle désire être pénétrée par des petits coups brefs ; la quatrième : quand elle ondule des fesses, c'est qu'elle éprouve les premiers symptômes du plaisir ; la cinquième : quand elle soulève les jambes, c'est qu'elle veut être pénétrée par de grands coups profonds ; la sixième : quand elle serre les cuisses, c'est que sa Ravine de Cinabre commence à suinter ; la septième : quand elle bouge de droite à gauche puis de gauche à droite, c'est qu'elle veut être pénétrée de biais par la Tige de Jade ; la huitième : quand elle tend son buste vers celui de l'homme et qu'elle se colle à sa poitrine, la jouissance n'est pas loin ; la neuvième : quand elle desserre son étreinte, elle atteint le comble de la volupté ; la dixième : quand sa Ravine de Cinabre émet une abondante giclée d'essence *Yin*, elle atteint enfin l'orgasme…

Notre héros était servi. Ce qu'il était venu chercher en allant voir Courant Vital, c'étaient des conseils pratiques.

Or, entre théorie et pratique, il y a un abîme dans Nuage et Pluie.

La réussite de la fusion du *Yin* et du *Yang* se niche dans des détails infimes tels que la façon d'effleurer la peau, les petits mots qu'il faut murmurer à l'oreille de la partenaire, la retenue qu'il faut lui témoigner au moment où le corps a très envie de foncer ou encore la façon de rôder autour de la cible avant le tir si l'on veut faire mouche. Ces subtilités qui ne s'apprennent que sur l'établi font la différence entre l'amant véritable et le sauvageon…

Et, à cet égard, c'était peu dire que Droit Devant avait encore beaucoup à apprendre.

En attendant, maître Courant avait repris ses exercices respiratoires comme si de rien n'était, pendant que les questions se bousculaient dans la tête de notre pauvre Droit Devant en mal de conseils avisés.

Lune Rousse avait-elle eu un véritable orgasme ? Il constatait – et cela ne faisait qu'accroître son trouble – qu'il était incapable de répondre précisément à une telle question. Lune Rousse avait certes remué du croupion et ouvert la bouche comme un poisson lorsque sa Tige avait fait vibrer le grelot niché au fond de la Ravine, mais cela ne correspondait pas aux symptômes que maître Courant Vital avait griffonnés. En revanche, ce dont il était sûr, c'est qu'elle s'était trémoussée et qu'elle avait poussé des petits gémissements de contentement lorsque ses doigts étaient allés chercher la Clochette birmane au fond de sa Ravine, c'est-à-dire bien après le moment fatal…

Au bout d'un moment qui lui avait paru un siècle, le fils de Rocher Impérissable articula tant bien que mal :

— Il me reste beaucoup à apprendre, maître Courant Vital…

À ces mots, le taoïste rouvrit les yeux, enfila sa veste molletonnée et ornée d'animaux bénéfiques avant d'en serrer la ceinture d'un geste théâtral, puis, tel un professeur qui s'apprête à dispenser une leçon à son élève, leva un doigt vers le ciel.

— Tu es jeune. Ce sont des choses qui s'apprennent au fur et à mesure qu'on les pratique.

— Si je ne me retiens pas mieux, je ne parviendrai jamais à faire en sorte que la femme arrive ne fût-ce qu'à la première étape de son chemin !

— Il faut laisser faire le temps. C'est lui qui permettra à ton corps de domestiquer ses pulsions… J'ai mis plus de vingt ans à contrôler les miennes. N'oublie pas que l'Auguste Empereur Jaune n'atteignit l'Immortalité qu'après avoir couché avec plus de mille deux cents femmes différentes !

En d'autres circonstances, un nombre si vertigineux, qui revenait à ce que notre pauvre Droit Devant couchât pendant quatre ans chaque soir avec une nouvelle femme, eût achevé de l'accabler.

Mais le fils de Rocher Impérissable n'était pas là pour se lamenter sur le fait qu'il ne pourrait jamais rivaliser avec l'Auguste Bienfaiteur de l'humanité Han.

Aussi, sans plus attendre et serrant les poings pour se donner du courage, il lâcha le morceau au taoïste :

— Maintenant que j'ai le bonnet viril, accepteriez-vous de me donner quelques leçons pratiques pour me permettre de mieux commercer avec les femmes ? En d'autres termes, j'aimerais assister à l'un de vos ébats. Si nécessaire, je me cacherai derrière le rideau.

Courant Vital marqua un léger temps d'arrêt.

— Si j'accepte, que va dire ton père ?

— Je n'ai pas cru devoir lui en parler… S'il m'a, jusqu'à présent, confié à vous, c'est qu'il a confiance…

Le grand maître prit un air contrarié puis alla chercher une théière. Comme la plupart des taoïstes pratiquants, il buvait du thé vert, une boisson dont les vertus thérapeutiques sont si nombreuses qu'une encyclopédie entière ne suffirait pas à les décrire toutes. Lorsqu'il revint, déjà plus souriant, sa réponse fut la suivante :

— Il est vrai qu'en matière de Nuage et Pluie seuls comptent les travaux pratiques. Tu ne dois pas rester sur le sentiment amer que semble t'avoir laissé cette première expérience. Écoute-moi bien : le plus tôt tu iras voir d'autres femmes et mieux tu te comporteras à leur égard. Cela étant dit, si tu te poses la moindre question sur la façon de t'y prendre avec le sexe *Yin*, c'est très volontiers que je te donnerai mes avis si tu les sollicites. Quant à ta demande d'assister à l'une de mes performances, il faut que j'y réfléchisse.

Fort marri par ces propos qui ne constituaient pas, loin s'en fallait, un accord en bonne et due forme, Droit Devant ne put s'empêcher de faire la moue, ce qui était parfaitement incorrect, compte tenu du respect que tout élève doit à son maître.

Pourquoi maître Courant tergiversait-il de la sorte ? Que voulait-il ? De l'argent, car c'était sûr qu'il aimait l'argent vu ce que payaient ceux qui fréquentaient la Pergola ? À moins qu'il ne le considérât comme trop jeune pour l'admettre à la lisière de son lit ?

C'est alors que Droit Devant, à deux doigts de prendre congé du taoïste, hésita quelques secondes, puis extirpa de sa poche le mystérieux ustensile dont il avait hérité de Lune Rousse.

Courant Vital écarquilla les yeux de stupéfaction et s'écria :

— Ça par exemple ! Une Clochette birmane ! D'où sors-tu cet objet extrêmement rare ? Sais-tu qu'on l'appelle aussi « Clochette de l'Oiseau Lascif » ? Cette clochette permet à la femme d'accélérer la venue du plaisir…

Bien qu'ayant parfaitement saisi ce que Courant Vital avait voulu signifier, Droit Devant, jouant les naïfs, lui demanda :

— Qu'est-ce à dire exactement ?

D'un geste lent, le taoïste approcha la Clochette birmane d'une lanterne. Droit Devant put admirer le ciselage plus vrai que nature des plumes de ces minuscules volatiles campés sur leurs ergots à ressorts, de part et d'autre d'un axe central qui s'achevait par une anse minuscule.

— La Clochette birmane agit sur tous les types de femmes : les petites, les grandes, les jeunes, les vieilles, les maigres, les grosses et même les velues ! Quel que soit le cas de figure, il suffit de l'introduire dans la Caverne Enchantée de ta partenaire et elle atteindra l'orgasme en un rien de temps… Les femmes les plus froides et les plus rétives ne résistent pas aux effets de cet ustensile.

Courant Vital poursuivit son examen, faisant tourner l'ustensile afin de l'examiner sous toutes les coutures avant de désigner une minuscule trace de poinçon, sous la patte avant gauche d'un des volatiles, que Droit Devant n'avait même pas remarquée et sur laquelle apparaissait la marque d'un des prédécesseurs de Cheng Hua.

— Cet objet porte une marque impériale. À dire vrai, je m'en doutais un peu… Une telle perfection ne court pas les rues !

Le fils de Rocher Impérissable en demeura sans voix.

Un objet de provenance impériale ? C'était à n'y rien comprendre. Comment un objet si précieux avait-il pu atterrir chez une petite prostituée ?

— La qualité du sertissage des pierres est extraordinaire ! ajouta le maître qui paraissait ne plus vouloir lâcher l'ustensile au grand dam de Droit Devant qui voulait à tout prix le récupérer.

Au moment où Droit Devant tendait la main en direction de la Clochette, son maître l'arrêta d'un geste et, plantant ses yeux dans les siens, lui demanda d'un ton sec :

— Où as-tu trouvé cette Clochette de l'Oiseau Lascif ?

— On me l'a donnée…, répondit Droit Devant dans un souffle.

— Il est rare qu'on fasse cadeau à quelqu'un d'un objet aussi précieux, remarqua Courant Vital en fronçant les sourcils, si bien que son visage ressemblait à ce moment à un masque de personnage maléfique d'opéra.

Faisant fi des convenances, Droit Devant arracha l'ustensile des mains du taoïste, le rangea dans sa boîte puis fourra celle-ci dans sa poche avant d'éluder sa question par une autre :

— Maître Courant Vital, quel est, selon vous, le meilleur endroit pour essayer cette Clochette ?

Le taoïste avait tourné son visage vers la fenêtre, de sorte que son jeune élève ne pouvait pas voir son expression.

— Sans conteste le *Pavillon des Dix Mille Plaisirs*... Toutes les filles y sont excellentes. Avec la Clochette, tu les auras toutes...

Droit Devant, qui ne s'attendait pas que le taoïste lui fît une réponse si prompte, jubilait intérieurement.

Sans le savoir, maître Courant venait de lui tracer la route. Il avait déjà entendu parler du *Pavillon des Dix Mille Plaisirs* et en connaissait de surcroît l'adresse pour être passé devant à de nombreuses reprises.

Il comptait s'y rendre dès le lendemain soir, après son cours de calligraphie cursive : il lui suffirait de convaincre une fille d'essayer ce cadeau du Ciel qu'était sa Clochette et là, délivré du problème de la jouissance de sa partenaire, il n'aurait plus qu'à s'occuper du contrôle de sa Tige...

— Maître Courant, vous ne m'en voudrez pas si je prends congé..., dit-il en s'inclinant respectueusement devant son maître.

Le taoïste, qui avait recouvré son flegme, avala une gorgée de thé et répondit, l'air ailleurs :

— Pas le moins du monde...

7

Trois Marches au comble du désespoir

Trois Marches regardait les clients quitter un à un la salle des *Joyeux Souvenirs* qui non seulement n'avait jamais si mal porté son nom, mais qui, à cet instant, imprégnée par l'odeur rancie des vieux corps jamais lavés, lui faisait plutôt l'effet d'un tombeau lugubre.

Cela faisait deux heures qu'il attendait et la jeune femme avec laquelle il avait rendez-vous se faisait toujours désirer.

Une sombre pensée lui traversa l'esprit : et s'il était arrivé malheur à Lune Rousse ?

Désireux de chasser ce raisonnement néfaste, il commanda un dernier verre de jus de raisin fermenté alors que d'ordinaire il ne prenait que du thé.

— Nous fermons à la tombée du jour ! lui annonça d'un ton revêche la serveuse trapue dont le visage rouge brique et les traits grossiers trahissaient les origines campagnardes.

Un sentiment de tristesse, lourd comme une épaisse chape de plomb, l'envahit. Tout en achevant d'un trait son vin, il ne tarda pas à comprendre, au regard comminatoire de la serveuse, qu'il était temps pour lui de partir.

Lorsqu'il se retrouva, accablé, dans la rue vidée de ses passants et de leur tintamarre par un froid vif et coupant, la gifle de cette bise glacée ajouta encore à sa souffrance.

Jusque-là, il avait fait en sorte de ne jamais s'attacher à personne. Mieux, il y avait mis un point d'honneur, et était ainsi passé maître dans l'exercice consistant à se faire désirer pour mieux monnayer son corps et ses services. « Ne jamais s'attacher à quiconque » avait toujours été sa devise. Pour autant, la stupéfiante attirance qu'il avait immédiatement éprouvée pour Lune Rousse n'avait pas été pour lui déplaire.

Mais ce qu'il constatait à cet instant, ainsi qu'en témoignait son mal-être, c'était qu'il y tenait désormais plus que tout…

Entre le fait d'aimer et celui d'être aimé, il y avait un monde dont Trois Marches découvrait l'ampleur.

Cette quête effrénée du Triangle qui l'avait poussé à venir à Pékin lui paraissait maintenant étrangement vaine et il mesurait combien l'irruption de Lune dans la morne existence qu'il menait jusque-là rendait celle-ci totalement insupportable en l'absence de la jeune femme.

Quand Lune Rousse, lors de leur dernière rencontre, lui avait annoncé, toute fière et contente de l'aubaine, qu'elle avait été désignée pour passer la nuit dans le lit du Fils du Ciel, c'est peu dire que cette perspective ne l'avait pas ravi.

Malgré son manque d'expérience, notre jeune éphèbe faisait partie de ceux qui se méfient des pouvoirs quels qu'ils soient et qui pensent qu'à s'approcher trop près du feu on risque fort de s'y brûler.

— Tu es sûre de revenir entière ? lui avait-il demandé, mi-figue mi-raisin.

D'un geste, Lune avait balayé ses doutes.

— Ne t'en fais pas ! Je sais ce que j'ai à faire… Je connais des filles qui ont gagné leur liberté grâce au pécule que le Gynécée leur a remis à l'issue de la nuit. La générosité du Fils du Ciel n'a d'égale que son contentement.

— Puisse le Ciel t'exaucer !

— Bientôt, je serai libre et nous pourrons nous marier…

Lorsqu'ils s'étaient quittés, alors qu'elle s'apprêtait à se rendre à la Cité Pourpre, Trois Marches, de moins en moins rassuré par cette perspective, n'avait pu s'empêcher de la serrer longuement dans ses bras.

Il paya l'addition, se leva et se dirigea vers la sortie d'un pas lourd, tel un condamné à mort qu'on amène au bourreau.

Quand reverrait-il sa chère Lune ?

À l'idée que ce moment ne viendrait peut-être jamais, il essuya du revers de sa manche la larme qui perlait au coin de sa paupière puis, le cœur rongé par une sourde inquiétude et manquant de se faire renverser par les palanquins qui véhiculaient les premiers noctambules vers leurs lieux de débauche favoris, il s'enfonça dans la nuit pékinoise.

8

Droit Devant revient chez Rocher Impérissable

De retour chez lui, Droit Devant aperçut le vase à libations posé sur l'autel des ancêtres au milieu de la cour. Son père avait probablement imploré la grâce de l'un d'eux. Mais, vu que Rocher Impérissable n'était pas du genre à convoquer les mânes de ses ascendants pour un oui ou pour un non, ce n'était pas forcément très bon signe.

Regagnant sa chambre en marchant sur la pointe des pieds pour ne pas se faire remarquer et tout en se posant mille questions, au moment où il passait devant la porte du bureau de son père, il entrevit, de trois quarts, la silhouette de Rocher Impérissable affalée dans un fauteuil.

Contre toute attente, son père, qui ne dormait pas, le héla :

— Où étais-tu passé ?

Droit Devant se dirigea vers son père qui lui faisait signe d'approcher.

Rocher Impérissable était méconnaissable. Vu de près, il semblait avoir pris au bas mot dix ans d'âge. La pâleur de sa face, accentuée par le bleu nuit de la couverture en laine dans laquelle Écume des Jours l'avait emmitouflé, témoignait s'il en était besoin du poids des soucis qui pesaient sur ses épaules.

Rocher Impérissable répéta sa question.

— Chez maître Courant Vital. J'avais une leçon à lui réciter..., bredouilla son fils, atterré par le triste spectacle.

Esquissant un pâle sourire, Rocher Impérissable lui glissa :

— Au fait, je ne t'ai pas demandé comment s'était passée ta rencontre avec Lune Rousse...

Son fils se racla la gorge puis lui répondit :

— Fort correctement, mon père. C'est une jeune femme bien sous tous rapports.

Ne voulant pas ajouter ses propres tracas à ceux de son père, dont il pensait qu'ils devaient être autrement plus graves que les siens, il avait décidé de lui en dire le moins possible et surtout de rester positif.

— Dame Prunier m'avait assuré que c'était la fille qui te convenait..., souffla Rocher Impérissable.

Puis, entre deux bâillements à s'en décrocher la mâchoire et telle une carpe géante lorsqu'elle remonte à la surface d'un étang pour y capter les Souffles Régénérateurs, il ajouta :

— Tant mieux. Avec les femmes, on ne peut jamais rien prévoir. Il en va avec elles comme avec ces plats que le cuisinier a omis d'épicer : leur aspect magnifique donne l'eau à la bouche mais lorsqu'on les goûte leur fadeur déçoit parfois le palais.

— Ce ne fut pas le cas. Lune Rousse avait le piment nécessaire.

À ces mots, Rocher Impérissable fit un petit signe entendu à Écume des Jours. Quelques instants plus tard, l'amah lui apporta une flasque d'alcool de riz et un petit bol, ce qui plongea Droit Devant dans un abîme de perplexité : son père ne buvait jamais.

L'heure était assurément encore plus grave qu'il ne le pensait.

Dans ces conditions, faire comme si de rien n'était en feignant l'indifférence devenait impossible, l'exercice était au-dessus de ses forces.

— Mon père, je suis sûr que vous avez des soucis…, osa donc dire, enfin, le fils.

Après avoir ingurgité une goulée d'alcool, Rocher Impérissable s'exclama :

— Qui n'en a pas !

Des yeux, Droit Devant interrogea la vieille amah, qui leva les siens au ciel.

Voyant qu'il ne tirerait rien de plus de son père, Droit Devant s'inclina face à lui et repartit.

C'est alors que le Pinceau Rouge lui lança, dans un éclat de rire, mais d'un rire qui sonnait terriblement faux :

— Mon fils, sache qu'un homme qui a peur des femmes est comme une charrette à laquelle il manquerait une roue…

9

Le secret de Lune Rousse

Lorsque Lune Rousse ouvrit les yeux, elle ne vit que du noir.

Et comme le noir est l'absence de vie, notre pauvre petite Lune crut non seulement que sa dernière heure était venue, mais qu'elle était déjà passée.

C'était donc ça, la mort, cette sensation de calme extrême, ce sentiment d'être dans un cocon à l'abri du bruit et de la fureur du monde extérieur ?

Cette sensation de néant était somme toute plutôt agréable.

À vrai dire, après ce qu'elle venait de vivre, la certitude qu'elle était morte était des plus apaisantes, si apaisante qu'elle ne pensait même plus à Trois Marches…

Mais, au bout de quelques minutes, cette nuit impénétrable laissa filtrer un trait d'or. Constatant que le néant se constellait de planètes disposées selon deux lignes verticales qui partaient de la rayure dorée et qu'au milieu de l'ensemble brillait une étoile plus grosse que les autres qui devait être à coup sûr celle du

Berger, elle se dit qu'elle avait dû dormir à la belle étoile et s'en voulut de ne pas avoir compris plus tôt qu'elle était devenue un pur esprit flottant dans le ciel nocturne. Son âme errante voguerait bientôt dans le firmament des nuées obscures, ces nuées mélancoliques qui parsèment le chemin des enfers et dont on sort de temps à autre, lorsque Guanyin vous permet d'observer l'étoile salvatrice, pour aller porter secours à des proches…

Les histoires d'âmes de morts venant rôder auprès de leurs enfants pour les protéger que lui racontait sa grand-mère lui revinrent soudain à l'esprit. Son aïeule prétendait même qu'elles faisaient un vol stationnaire au-dessus de l'autel des ancêtres. Si leur progéniture avait eu la bonne idée d'y faire brûler les bâtonnets d'encens dont elles raffolaient, elles pouvaient y rester une bonne journée à voleter au-dessus de leurs têtes pour y dispenser leurs bienfaits. Un jour que Lune Rousse lui avait demandé comment procédaient les âmes des personnes n'ayant pas d'enfants à qui procurer des bienfaits, sa grand-mère, nullement démontée, lui avait assuré que les âmes ayant quitté leur enveloppe charnelle sans avoir de descendance avaient la possibilité de se rabattre sur leurs neveux ou nièces et même, le cas échéant, sur de simples cousins.

Où irait-elle déverser ses charités et ses indulgences ?

Certainement pas sur la tombe de ses parents, étant donné qu'ils n'avaient même pas eu de sépulture. Restait son frère, mais elle gardait un souvenir cuisant de la gifle qu'il lui avait flanquée lorsqu'elle avait chipé un biscuit sec dans le garde-manger familial toujours vide tellement elle avait faim. Aux dernières nouvelles, après s'être enrôlé dans l'armée il était devenu sergent et projetait de se marier…

Elle n'eut pas le temps de se demander si son frère méritait ou non qu'elle lui dispensât la moindre grâce, car, après être passée de la position couchée à la position assise et s'étant longuement frotté les yeux à trois reprises, elle s'aperçut que ce qu'elle croyait être une nuit étoilée n'était en réalité que l'obscur cachot où elle avait été jetée la veille et dont la porte laissait filtrer de la lumière.

Cette constatation la ramena à la dure réalité qu'elle devait affronter.

C'est peu dire que le dernier acte de l'équipée de la malheureuse Lune Rousse chez le Fils du Ciel avait tourné à la catastrophe pure et simple.

Car on ne touche pas impunément à ce qui appartient à l'Empereur du Centre !

Aveuglée par son désir de plaire à Trois Marches et croyant saisir une occasion inespérée, la pauvre fille avait pris pour un cadeau de la chance l'objet qui l'avait conduite à sa perte.

Droit Devant venait de sortir de son alcôve, à la *Maison des Douceurs Nocturnes*, quand une escouade de policiers s'y était engouffrée, suivie de la grosse tenancière que poussait aux fesses le gigantesque commissaire qui dirigeait les opérations.

— C'est bien elle, n'est-ce pas ? avait hurlé ce dernier à l'adresse de Dame Prunier, que la peur faisait ruisseler de sueur.

La maquerelle, défigurée par le fard à paupière qui envahissait ses orbites, ressemblait à un spectre sorti tout droit de sa tombe. À peine avait-elle acquiescé que de son épaisse main noueuse le flic avait empoigné Lune par l'épaule avant de la plaquer contre le mur.

— Tu es sommée de rendre au Fils du Ciel ce que tu lui as dérobé !

Prenant son courage à deux mains, la jeune femme avait commencé par défier son agresseur du regard.

— Je ne vois pas de quoi vous parlez !

— Fouille générale ! avait ordonné le commissaire à ses hommes qui avaient commencé à retourner la chambre de fond en comble.

Après avoir passé ses moindres recoins au peigne fin, secoué les draps et les oreillers, la maréchaussée s'était attaquée à cette pauvre Lune, dont la joue gauche avait reçu le premier coup. Sous le choc, la jeune femme avait vacillé et ses bras avaient labouré le vide. Une deuxième gifle l'avait lancée contre un mur puis une troisième manchette, encore plus violente, l'avait projetée au sol comme une mouche abattue en plein vol et avec ce bruissement sourd et profond, comme un sanglot, qui semble monter des racines vivantes d'un arbre foudroyé. Lorsqu'elle avait repris ses esprits, elle avait senti le goût douceâtre du sang qui lui remplissait la bouche. Sa tête endolorie, dont la tempe avait heurté au passage un pied du lit, résonnait d'un sinistre battement de cloche. Quant à son dos, ce n'était plus qu'une colonne de douleur, une douleur insupportable qui irradiait depuis son ventre, se répandait dans ses membres et dont le parcours s'achevait dans sa tête pour s'y épanouir sous la forme d'une atroce migraine. Pendant un long moment, une éternité de malheur où le sang et la salive qui gargouillaient au fond de sa gorge l'empêchaient de respirer, les coups de ses horribles bourreaux, que ses yeux figés par la douleur et embués par les larmes ne lui permettaient même plus de voir, avaient continué à pleuvoir.

Bien qu'à demi consciente, elle avait rassemblé ce qui lui restait de lucidité pour tenter de comprendre ce qui lui arrivait.

Et la pauvre petite avait de quoi se perdre en conjectures.

Comment le Fils du Ciel avait-il pu découvrir son stratagème alors qu'il n'y avait aucun témoin, vu que le Roi des rois n'avait pas souhaité, cette nuit-là, la présence d'un Pinceau Rouge pour consigner ses ébats ? Sans compter que même si elle s'était comportée de façon impulsive et en écoutant son cœur bien plus que son cerveau, elle s'était entourée de mille précautions avant d'accomplir son geste…

À peine s'était-elle installée sur l'immense lit que le tyran avait congédié son Pinceau Rouge, lequel était reparti à reculons, sans demander son reste et avec moult courbettes, trop heureux de s'éloigner d'une source majeure d'ennuis.

Elle avait trouvé curieux le geste de l'Empereur du Centre, car le Secrétaire du Gynécée lui avait expliqué que les ébats de l'Auguste se déroulaient toujours en présence d'un Pinceau Rouge. Mais peut-être le Fils du Ciel ne souhaitait-il pas qu'on le vît utiliser cet objet qu'il avait sorti du tiroir de sa table de nuit et dont les effets s'étaient révélés extraordinaires…

Après l'avoir jaugée de pied en cap, Cheng Hua avait ouvert cette drôle de petite boîte verte en forme de cœur qui contenait une cage à oiseaux pas plus grande que le pouce et lui avait dit :

— Je vais te faire essayer quelque chose que tu ne connais pas… On appelle ça une Clochette birmane…

Mets-la dans ta Ravine ! avait ajouté l'Auguste en lui tendant l'objet.

Lune Rousse n'en croyait pas ses oreilles. La Clochette birmane que son Trois Marches chéri rêvait de posséder, par la grâce du Dieu de la Chance et de celui du Bonheur réunis pour la circonstance, atterrissait soudain dans sa main !

Sans compter que ce diable de petit grelot avait fonctionné à merveille. À peine l'avait-elle introduit dans sa Ravine, sous le regard attentif et concupiscent de Cheng, qu'elle avait ressenti les premiers picotements annonciateurs de la jouissance.

Enfin, et pour tout arranger, le Fils du Ciel ne s'était pas montré particulièrement vorace puisque, après s'être contenté de la voir jouir à deux reprises, il avait longuement humé le grelot comme s'il s'était agi d'une fleur au délicieux nectar, puis, l'ayant copieusement léché, l'avait remis à sa place.

Quant à la suite, preuve que les Dieux précités étaient avec elle, cela avait plutôt été un jeu d'enfant qu'un parcours du combattant.

De fait, il lui avait suffi de profiter du moment où, quelque part au milieu de la nuit qu'elle avait évidemment passée les yeux ouverts et le cœur battant, le souverain s'était absenté afin d'assouvir un besoin pressant pour glisser la petite boîte verte dans son corsage non sans avoir dûment vérifié que personne ne l'observait.

À son retour, le Fils du Ciel s'était rendormi comme une masse et c'était à peine s'il avait daigné la regarder d'un air renfrogné et quelque peu méprisant – l'air des gens que leur insatisfaction perpétuelle rend malheureux – quand l'eunuque de permanence était venu la chercher pour la raccompagner, après lui avoir fait enfiler un ample manteau à capuche qui dissimulait son visage, au Bureau des Entrées de la Cité Pourpre. Là, un Chambellan reconnaissable à sa tunique noire chamarrée de rouge lui avait fait signer un engagement de confidentialité par lequel elle acceptait de ne jamais évoquer devant quiconque, sous peine de mort par découpage lent, ce moment qu'elle venait de passer avec Cheng Hua.

Folle d'excitation dans le palanquin qui l'avait ramenée à la maison close, la pauvre Lune se faisait une joie à l'idée de remettre à son cher Trois Marches l'objet de tous ses désirs.

Dame Prunier l'avait accueillie avec soulagement.

Il faut dire qu'il y avait de quoi. Comme toutes les tenancières qui confiaient à la Cité Pourpre l'une des filles les plus douées de leur établissement, Dame Prunier avait craint de ne jamais la revoir. Nombre des courtisanes prêtées à la Cité Interdite n'en revenaient jamais, soit qu'elles avaient intégré le Gynécée parce qu'elles convenaient au Fils du Ciel, soit qu'elles avaient été trucidées parce qu'elles avaient failli à l'étiquette ou qu'elles présentaient des défauts considérés comme rédhibitoires ou qu'on avait tout simplement considéré qu'elles risquaient d'être trop bavardes.

Pressée de cacher la Clochette en lieu sûr, Lune s'était contentée de répondre à la maquerelle qui la harcelait de questions qu'elle s'était engagée par écrit à ne rien dévoiler.

Ce n'était qu'en recevant le dernier coup de pied au menton qui l'avait expédiée dans les limbes, alors que lui apparaissait l'image de l'homme dont elle était tombée amoureuse, qu'elle avait compris la folie du geste qu'elle avait accompli par amour et sur un coup de tête, deux choses qui vont souvent ensemble.

Malgré tout, Lune Rousse ne regrettait rien, chérissant dans son cœur le sentiment du devoir accompli par amour, ce sentiment qui apaise et aide à endurer les pires souffrances.

10

Senteur Douce rencontre enfin sa Branche Fleurie

La matinée allait bientôt s'achever et Senteur Douce, qui en était déjà à son troisième client, se passa un gant de toilette sur tout le corps puis entreprit de se recoiffer. Elle procédait toujours à des ablutions entre deux passes, car il convenait qu'elle fût impeccable.

La fille de Sud se sentait calme et sereine, si apaisée même que c'en était quelque peu étonnant. Après tant d'événements néfastes, comment aurait-elle pu imaginer qu'elle vivrait avec tant de flegme son dernier jour au *Pavillon des Dix Mille Plaisirs* ?

Les êtres qui se lancent dans des aventures excessivement dangereuses et dont, à l'inverse de leur degré de lucidité, la témérité est sans bornes, ne se doutent jamais de ce qui les attend. S'ils le savaient, il y a fort à parier que seuls un petit nombre d'entre eux se risqueraient à emprunter le chemin sur lequel ils s'engagent.

Mais sans une bonne dose d'inconscience, on ne saurait réaliser de grandes choses. C'est pourquoi, quand on a décidé de changer de vie ou de cadre, bref quand on décide de rompre les amarres, on éprouve toujours ce mélange de jubilation et d'angoisse où la satisfaction de faire ce qu'on a projeté et la peur de l'inconnu se mêlent de façon inextricable. Bref, on est sur le qui-vive. On est fragilisé. On est susceptible de passer en un éclair de l'euphorie la plus douce à l'inquiétude la plus noire.

Senteur Douce était bien trop occupée à peaufiner le plan qu'elle avait échafaudé pour se poser ce genre de questions.

Elle quitterait le *Pavillon* avant l'aube. Il ferait nuit noire et ce maudit Face Plate serait assoupi derrière son comptoir lorsqu'elle passerait devant lui, recroquevillée sur elle-même et marchant en canard en formant des vœux pour que ses genoux ne craquent pas. Puis, telle une louve, silencieusement et à grandes enjambées, elle traverserait la ville et se rendrait à la porte orientale de la Cité Pourpre Interdite où il ne lui resterait plus qu'à séduire l'un des innombrables fournisseurs du palais du Fils du Ciel qui y faisaient la queue pour présenter aux Intendants Impériaux leurs marchandises, afin de pénétrer dans l'Enceinte Inaccessible.

Des milliers de marchands y accouraient chaque jour des quatre coins de la Chine, avec leurs fruits et leurs légumes, leurs poules, leurs canards et leurs pintades, leurs épices et leurs fourrures, leurs pierres rares et leurs étoffes précieuses – certains, même, avec de la vaisselle grecque et de la verroterie romaine dont on trouvait encore des spécimens en parfait état enfouis dans le sable de certaines oasis de la Route de la Soie. Tous étaient inspirés par l'espoir d'avoir l'insigne honneur de les vendre à la Cour Suprême, ce qui leur permettrait de prétendre au titre fort prestigieux de « Fournisseur Officiel de la Cité Pourpre ». Le Fils du Ciel ne touchait lui-même qu'à une infime part de ces denrées qui atterrissaient tout droit dans les poches des parasites de tous ordres qui gravitaient autour de lui. Malgré ces « déperditions » dont nul n'ignorait l'existence et bien plus que le profit – la marge de ces pauvres commerçants étant en réalité le plus souvent négative, car il était de bon ton de ne jamais discuter du prix offert par les Intendants Impériaux, ce qui revenait à faire cadeau au Roi des rois d'une partie de la marchandise –, c'était l'honneur que ce dernier faisait aux heureux élus qui motivait leur démarche.

Pour mettre toutes les chances de son côté auprès de ces hommes harassés par les milliers de kilomètres parcourus avant d'arriver à Pékin, Douce comptait bien leur faire miroiter le repos du guerrier en revêtant sa robe la plus échancrée, une tunique de soie rose ornée de minuscules perles en lapis-lazuli qui faisait se pâmer ses clients. Pour mieux dégager son cou et ses épaules, elle relèverait sa chevelure dans un chignon où elle passerait sa plus belle aiguille sur laquelle était gravée la formule suivante : « Tirez-moi, et vous ne serez pas déçu. »

Quand une si délectable invite est proposée au guerrier, il est rare qu'il vous oppose un refus…

Mais elle conditionnerait la friandise à l'octroi d'un sauf-conduit qui lui permettrait d'accompagner ledit marchand à l'intérieur de la Cité Pourpre. Là, il ne lui resterait plus qu'à se fondre dans la foule des milliers de serviteurs et de fonctionnaires qui y travaillaient afin d'obtenir les renseignements qui pourraient la mettre sur les traces de Yadil… Quand elle en saurait plus sur le sort de son amie, elle partirait à Luoyang.

Satisfaite par cette perspective, elle reposa le peigne et s'aspergea de parfum.

Mais avant cela, il lui fallait s'occuper de l'inconnu qui patientait sagement devant son alcôve.

Son quatrième client de la journée était un jeune homme plutôt mignon. Il n'avait ni les yeux injectés de sang ni les narines dilatées de la plupart des hommes qui, tels des fauves sentant l'odeur de la femelle, peinaient à contrôler leurs pulsions en sa présence.

— Entre ! fit-elle d'un air quelque peu indifférent.

Elle ne fit pas attention à la lueur de défi qui brillait dans le regard de l'intéressé et, considérant sa manière de marcher à pas comptés comme s'il pénétrait dans un sanctuaire inviolable, le rangea dans la catégorie des « timides et réservés », c'est-à-dire particulièrement inexpérimentés. À moins que ce ne fût un puceau…

Si tel était le cas, ce ne serait pas la première fois qu'elle devrait initier un jeune homme à Nuage et Pluie, alors même qu'elle n'avait jamais pu y goûter de façon convenable…

Quant à Droit Devant, dont le cœur battait à coups redoublés, il était subjugué par la beauté de la courtisane qui lui avait été réservée. Les formes avantageuses de Senteur Douce donnaient au fils de Rocher Impérissable, qui se sentait – ô miracle ! – bien plus à l'aise que face à Lune Rousse, l'envie de découvrir ce que cachait cette robe au corsage largement échancré.

D'un geste un peu las, la jeune femme dégrafa son vêtement en laissant apparaître deux adorables petits seins dorés et rebondis comme des pêches.

Droit Devant, qui n'avait jamais vu de femme si belle, écarquillait les yeux comme un dévot devant une apparition divine.

— Comment t'appelles-tu ? lui demanda-t-elle.

Quand un client lui semblait timide, elle commençait toujours ainsi, d'abord en s'enquérant de son nom, puis en faisant en sorte, comme le serveur qui apporte sur un plateau au client le mets qu'il dégustera, que l'intéressé se fît une idée plus précise de l'ampleur de ses charmes. En l'espèce, il s'agissait de ses deux seins qu'elle avait pris dans chacune de ses mains pour les lui présenter comme des melons juteux dans lesquels il convenait de mordre à pleines dents.

Le jeune homme, les yeux exorbités devant ces fruits merveilleux et adorables, répondit dans un souffle :

— Droit Devant.

Elle se retourna pour mieux caler les oreillers contre le mur. De crainte d'être abîmée, face à un nouveau client elle ne pouvait pas s'empêcher d'être sur ses gardes et, afin d'obtenir un minimum de respect de sa part, elle s'arrangeait toujours pour prendre l'initiative, car un homme qui est guidé est forcément moins nerveux et, par conséquent, moins agressif.

C'est lors de ce joli mouvement que Droit Devant découvrit avec stupéfaction le contraste saisissant – et ô combien troublant… – de deux versets du saint *Livre de la Voie et de la Vertu* gravés à l'encre noire sur la peau immaculée du creux des reins de Douce : « La Voie est le mystère des mystères ; la Voie est la Porte de toute Merveille. »

Enhardi par la présence de ces formules indiquant la voie du bonheur et qu'il connaissait par cœur comme tout Han un tant soit peu instruit, il aventura une main timide sur la cuisse de l'intéressée, qui la repoussa fermement.

Ce geste le rassura. Bien que faisant commerce de son corps, la fille paraissait à tout le moins aussi timide que lui.

Quelque peu rasséréné, il dit à la fille :

— Et toi, comment t'appelles-tu ?

— Senteur Douce… Mais il suffit de dire Douce…

La réserve de la jeune femme, dont la voix se résumait à un souffle à peine audible, acheva de le combler d'aise.

La méfiance est le signe de la richesse intérieure. La pudeur en est l'écrin. Seuls les êtres vils et grossiers, ceux dont le degré d'intelligence et de profondeur d'esprit est faible, agissent sans précaution et ignorent la pudeur, en saccageant sans le savoir de délicates plates-bandes.

Et puis, le tatouage de Douce le rassurait. Il se disait qu'une jeune femme dont le bas du dos était gravé d'une marque indélébile de cette ampleur devait posséder des qualités qui allaient bien au-delà de la simple pureté…

Il n'avait pas tort. Un tatouage n'est jamais anodin. Il est la traduction d'un rapport au corps particulier, fait de singularité mais aussi de distance, qui augure d'une certaine appétence pour Nuage et Pluie.

D'ailleurs, sa paume, qui était revenue se poser sur la cuisse de Douce, semblait le lui confirmer… sous la forme d'une intense sensation de chaleur à laquelle s'ajoutait un délicieux picotement qui lui remontait le long du bras jusqu'à la tête.

De son côté, Douce commença à se préparer mentalement pour continuer à faire bonne figure pour la suite.

Se préparer mentalement à quelque chose de désagréable consiste à faire abstraction du contexte et, quand on ne peut pas faire disparaître totalement ladite chose de son esprit, à la positiver afin d'en minimiser l'impact négatif. Par exemple, le patient qui se fait enlever un kyste par le chirurgien a intérêt à oublier la présence menaçante du scalpel et l'odeur du camphre pour ne penser qu'au bout de chair maligne qu'il doit se faire ôter s'il veut recouvrer la santé. On appelle ce genre d'exercice « sélection mentale ». Pour éliminer du champ de sa pensée ce qui peut angoisser et ne garder que ce qui est positif, il n'existe pas de recette toute faite. Chacun doit inventer sa méthode afin de domestiquer les chevaux sauvages qui galopent dans sa tête.

Celle de Douce consistait à se focaliser sur les parties intimes de ses clients, en faisant abstraction du reste, de telle sorte que leur Tige devînt un simple objet.

Tout en gardant les yeux pointés dans ceux de son jeune client, elle abaissa doucement ses braies.

Ensuite, comme à l'accoutumée, une fois sa préparation mentale achevée, elle se défit de son épingle de chevelure avant de passer un doigt sur lequel elle avait au préalable posé sa langue à l'orée de sa Vallée des Roses.

Puis elle prit la main du jeune homme pour faire accomplir cette fois à son doigt le même geste qu'elle.

— Le mot Douce te va bien..., souffla Droit Devant, dont la Tige était déjà en feu.

Douce fit allonger le jeune homme sur le dos.

C'est alors qu'elle constata qu'il dissimulait quelque chose dans son poing serré. Si une courtisane ne veut pas risquer quoi que ce soit avec un client, elle a intérêt à ce qu'il soit dénudé comme un poulet plumé quand il entre dans son lit. Craignant que ce ne fût un objet dangereux, voire une arme tranchante, elle lui dit :

— Si tu veux que nous allions plus loin, toi et moi, il va falloir me ranger ça.

Docilement, comme un élève auquel son professeur a donné un ordre, Droit Devant, dont les yeux n'arrivaient plus à se détacher de la fente par laquelle s'achevait le bas du ventre nacré de Douce, posa l'étui de la Clochette sur la table de nuit.

— C'est ton premier Nuage et Pluie ? s'enquit Douce.

Bien que tenté de ne pas répondre à une telle question étant donné qu'il comptait bien se servir de la Clochette birmane pour gommer les effets de son inexpérience, Droit Devant considéra qu'il valait mieux ne rien cacher à la courtisane. Après tout il ne s'était jamais servi du grelot en question, lequel pouvait fort bien ne pas avoir les propriétés dont maître Courant avait fait état.

— Le deuxième.

— Quand as-tu été dépucelé ?

Le jeune homme se racla la gorge avant de déglutir avec peine.

— Hier…

Douce lui lança en souriant :

— C'est tout neuf !

Elle préférait de loin l'inexpérience sexuelle aux bizarreries pas forcément des plus ragoûtantes exigées par certains hommes mûrs et qui consistaient, par exemple, à se faire attacher par les poignets aux montants du lit, à enduire leurs parties de confiture de coing avant de les lécher ou encore, l'introduction de la douleur dans Nuage et Pluie étant l'apanage des blasés et des revenus de tout, alors qu'ils étaient à quatre pattes comme des chiens, à les chevaucher en les fouettant jusqu'au sang.

Porté par l'attirance étrange qu'il ressentait pour la fille, Droit Devant se mit à déclamer quelques strophes tirées d'un recueil de poèmes salaces de l'époque des Tang qui commençait par les métaphores suivantes :

— « La rosée matinale perle sur la rose éclose, le tambour résonne la quatrième veille, la branche du saule se balance doucement au bord de la rivière, bientôt, les nuages deviendront pluie… »

Même si elle ne percevait pas bien les sous-entendus exprimés par le poète, Douce était sous le charme.

D'ailleurs, elle avait beau chercher dans le regard de Droit Devant dont les yeux étaient à cet instant collés aux siens, il n'y avait rien de bestial. C'était tout juste si elle voyait un peu de fébrilité, ce qui était aisément explicable étant donné que ses doigts avaient entrepris de lisser l'instrument du jeune homme, lequel, alors même que tous ses sens étaient sollicités, réussissait le tour de force de ne rien en laisser paraître, ou presque.

La suite du poème était à l'avenant :

— « … admirer le chrysanthème par une nuit pluvieuse, y a-t-il quelque chose de plus délectable ? Le gracieux Nuage Rose cerné de blanc et de rouge va s'écarter pour dégager le ciel au regard du Dragon Noir… »

La courtisane, qui, désormais, considérait Droit Devant d'une autre façon, lui glissa :

— Qui est le Dragon Noir ?

— Devine ?

Elle pouffa.

Le fils de Rocher Impérissable, tout en posant sa main sur l'entrecuisse de la courtisane qui, cette fois, se laissait faire, ajouta :

— En tout cas, pour ce qui te concerne, tu es le plus gracieux des Nuages Roses…

Douce émit un petit gloussement. Aucun homme ne lui avait jamais parlé de la sorte ni ne l'avait considérée, en fait, comme autre chose qu'un vulgaire morceau de viande qu'on s'apprête à engloutir sans prendre le temps de le déguster.

Elle n'eut pas à se forcer pour écarter les jambes ni, après s'être emparée de la main de Droit Devant, à lui faire caresser le haut de ses cuisses, en insistant particulièrement sur l'entrée de sa Vallée des Roses.

Le fils de Rocher Impérissable, aux anges, continuait à puiser dans sa mémoire des formules qui faisaient mouche dans l'esprit de Senteur Douce, car elles étaient parfaitement adaptées aux circonstances :

— « Le papillon folâtre commence par butiner de façon étourdie, mais quand il tombe sur la fleur au nectar, il ne s'en détache plus… »

Enhardie par des vers si explicites, elle aida l'index du jeune homme à s'introduire dans le couloir qui mène à la Ravine Sombre. C'était la première fois que la présence d'un corps étranger dans le sien ne déclenchait pas ce sentiment de répulsion qui gâchait tout et la faisait se refermer comme une huître qu'on est venu déranger.

Droit Devant, pressentant qu'il allait enfin passer aux choses sérieuses, ôta sa main de l'endroit stratégique où l'avait amenée Douce afin de la libérer pour ouvrir la petite boîte dont son autre main venait, entre-temps, de s'emparer.

En même temps qu'il faisait tous ses efforts pour empêcher la sève de trop monter à l'intérieur de sa Tige gonflée comme une outre de Liqueur Précieuse, il lui tendit la Clochette birmane.

Légèrement désappointée, Douce, qui ne s'attendait pas qu'il stoppât net son élan alors même que les choses avaient si bien commencé entre eux, s'enquit :

— À quoi sert ce petit truc ?

— J'ai un service à te demander…

— Vas-y toujours…

— C'est précisément pour vérifier à quoi sert le « petit truc » en question que ton précieux concours m'est nécessaire… Ce bijou en argent est une Clochette birmane. La femme doit l'introduire dans sa Caverne de Velours et, quand elle remue, il se met à sonner…

Il brûlait tellement de constater si la Clochette marchait avec Douce que c'était d'une voix rauque et qui ne lui était pas habituelle qu'il lui avait soufflé ces mots, de surcroît ponctués de petits éclats de rire nerveux.

Constatant que la fille de Sud était partagée entre l'étonnement et le doute, il ajouta :

— Quand on fait bouger la Clochette, les ressorts sur lesquels sont montés les deux oiseaux se mettent à vibrer, ce qui est censé déclencher un orgasme chez la femme.

Non sans une certaine dose d'amertume, Douce, qui ignorait tout de l'existence de ces Clochettes et avait tendance à n'y voir qu'un de ces stimulateurs utilisés par certains clients particulièrement pervers, lâcha tristement :

— Je vois. Tout cela me paraît assez peu drôle…

Droit Devant eut alors l'idée de génie qui consistait à cesser de tourner autour du pot et à faire entrer immédiatement la Clochette en action.

Tel le cormoran qui veut prendre le poisson, il plongea vers l'huis de la Vallée de sa partenaire et y appliqua la Clochette.

À sa grande surprise, Douce ressentit aussitôt une petite onde de plaisir prolongée par la sensation fort agréable qu'elle se mettait à flotter dans les airs. Enhardi par le contentement de la fille qui ne lui avait pas échappé, Droit Devant se permit d'aller plus loin en jouant au même endroit une partition plus subtile, faite de l'usage alternatif de sa langue et de la petite cage.

D'ordinaire incapable de se laisser lécher de la sorte, notre jeune courtisane, que cette chanson douce et coquine avait achevé de convaincre, semblait y prendre tellement goût que son front en perlait de sueur tandis que la pointe de ses tétons durcissait à vue d'œil. Décidément, ce Droit Devant n'était pas fait du même bois que les autres. Qui sait ? Peut-être possédait-il cette Branche Fleurie dont elle attendait depuis si longtemps la visite…

Du coup, c'était non seulement sans le moindre dégoût mais même avec un certain allant qu'elle osa demander à l'intéressé :

— Si j'ai bien compris, je dois l'introduire tout au fond ma Ravine ?

Elle acceptait !

Désireux de ne pas louper sa cible, en l'espèce de ne pas faire mal à Douce et encore moins de la blesser lorsqu'il introduirait la Clochette dans sa Vallée des Roses, tel le tireur à l'arc qui détend son ustensile pour considérer la cible en question une dernière fois avant le tir, il se redressa.

À la vue des doux replis formés à la jonction de ses cuisses par sa peau nacrée et qui ressemblaient à s'y méprendre à de délicats pétales de pivoine, notre désormais sémillant jeune homme faillit à nouveau perdre le contrôle de sa Tige mais, dans un sursaut d'orgueil, il parvint *in extremis* à l'empêcher de se vider d'un trait.

Compte tenu des circonstances, l'entrée en matière était plutôt bonne entre les deux protagonistes.

Quant à la fin de la chanson, ainsi qu'on pourra en juger ci-après, elle ne fut pas moins mélodieuse que le début.

Car Nuage et Pluie n'est rien d'autre qu'une musique.

Pour faire résonner correctement la cithare qu'est le corps de la femme, l'homme doit en jouer avec la précision de ces grands musiciens virtuoses qui connaissent l'emplacement exact de la corde où leurs doigts doivent appuyer pour que ses vibrations produisent la note désirée. Pour arriver à un tel résultat, un minimum d'expérience est nécessaire. Les mélomanes avertis n'ignorent pas que la viole ou la flûte répondent d'autant mieux à une main ou à une bouche qu'elles auront subi un long entraînement et que ces mêmes instruments sont strictement incapables de produire un son harmonieux lorsqu'ils sont sollicités par des doigts ou par des lèvres qui n'y ont jamais touché auparavant.

C'est dire si le jeune Droit Devant manquait cruellement de cette virtuosité qui ne s'acquiert qu'au prix d'une longue pratique. Sans l'aide décisive de la Clochette, nul doute que sa première approche de Douce se fût déroulée de façon bien moins harmonieuse, et ce malgré son attirance pour la jeune femme.

Quant à la fille de Sud, malgré le caractère plutôt inusité de la situation, elle n'éprouvait aucune gêne tandis que sa main se frayait un chemin à l'intérieur de sa cavité glissante et chaude afin d'y déposer avec d'infinies précautions, comme une relique dans un tabernacle, le petit bijou sonore dont la présence ne tarda pas à se manifester sous la forme d'un délicieux chatouillis.

À l'orée du plaisir, quelques instants plus tard, elle murmura, tandis que son ventre se mettait à onduler comme une vague :

— Crois-tu que je l'ai mise au bon endroit ?

N'y tenant plus, il se rua sur elle comme le tigre sur le daim qui passe sous la branche de l'arbre d'où le roi de la jungle le guette.

— On va le savoir vite…, répondit Droit Devant dont la Tige appuyait déjà sur le Bouton de Rose de Douce.

Elle qui, d'ordinaire, se raidissait comme une planche à la simple vue d'un instrument déployé se sentait pour la première fois envahie par cette délicieuse sensation de perte de contrôle de soi qui précède l'orgasme.

Lorsque, ne suivant que leur instinct, les deux mains du fils de Rocher Impérissable commencèrent à labourer et à malaxer sa Fleur, la jeune femme – ô miracle ! – se mit à remuer de la croupe et à souffler comme la vache qui mugit.

Il ne fallut pas longtemps à Droit Devant, qui jubilait comme un élève ayant réussi une composition particulièrement difficile, pour constater que sa partenaire présentait les « Cinq Symptômes » du désir féminin tels qu'ils sont décrits par la Fille sans Complexes : la respiration qui devient irrégulière, signe que ses pensées se tournent vers l'accomplissement de Nuage et Pluie ; les narines qui se dilatent et la bouche qui s'entrouvre, signe que son vagin désire l'union du *Yin* et du *Yang* ; le corps qui commence à se soulever puis à s'abaisser lentement, signe que son essence vitale *Yin* veut être activée par l'essence vitale *Yang* de son partenaire ; la Vallée des Roses qui se mouille, signe que le désir de son cœur veut être comblé ; le corps qui se tend et les yeux qui se ferment, signe qu'elle va avoir un orgasme.

Il fourra son doigt dans la Vallée de Douce et frôla la Clochette birmane, qui se mit à vibrer un peu plus fort.

Douce se cabra. Ses lèvres entrouvertes, d'où s'échappaient jusque-là de petits râles extatiques semblables à des roucoulements de tourterelle, s'écartèrent brusquement. Après avoir émis un rugissement de tigresse en chaleur, elle lui lança à deux reprises :

— C'est bon… c'est bon… encore… j'en veux encore…

Tout émoustillé par ce doux aveu, le fils de Rocher Impérissable décida d'aller plus loin dans son doux manège somme toute assez efficace, au point qu'il en devenait démoniaque.

— Tu veux que je mette un doigt de plus ?

Douce, dont les orteils et les cuisses se tendaient et se relâchaient à la même cadence, au rythme des orgasmes qui se suivaient comme les perles d'un précieux collier, répondit :

— Oui !

— Tiens ! fit-il, joignant le geste à la parole.

Après qu'il eut ajouté le majeur à l'index, tout au fond de la Caverne Enchantée, elle lui murmura, dans un doux râle et faisant fi de toute pudeur :

— Continue à me donner satisfaction et je te le rendrai au centuple… Avant toi, je n'ai jamais pris le moindre plaisir en compagnie d'un homme…

Droit Devant n'en croyait pas ses oreilles. Comment une jeune fille si attirante et qui accumulait les expériences pouvait-elle souffrir de frigidité ?

C'était d'autant moins compréhensible qu'elle ne présentait pas – c'était peu dire ! – les symptômes de la femme inapte à l'orgasme tels que les définit le *Manuel de la Fille sans Complexes* : un visage grossier et des cheveux en bataille clairsemés et raides, un cou musclé comme la cuisse d'un lutteur, une pomme d'Adam protubérante, une dentition en bataille, des yeux glauques, un épais duvet sur la lèvre supérieure et des os épais et, pour finir, un clitoris proéminent ainsi qu'une touffe de poils pubiens drus comme de l'herbe… L'intéressée possédait au contraire toutes les caractéristiques des femmes aptes à jouir au cours de Nuage et Pluie : une chevelure d'un noir soyeux, une peau lisse et dépourvue de rougeurs, sans oublier ces fines attaches, sur lesquelles il lorgnait à présent comme un fou et qui sont le propre des très belles femmes.

Il dit :

— Je vais faire de mon mieux. Tu seras le Dragon Vert et je serai le Tigre Blanc…

Elle était apaisée d'avoir enfin réussi à ouvrir la porte du coffre où étaient enfermées ces sensations délicieuses intimes et tandis que les doigts continuaient à s'en donner à cœur joie à l'intérieur de sa Ravine, elle lui murmurait à son tour des mots doux.

La Clochette birmane avait ouvert de nouveaux horizons à Douce.

Il est vrai que fort peu de femmes savent se jouer des mille serrures parfaitement inviolables qui, bloquant l'arrivée du plaisir, les rendent insensibles aux assauts plus ou moins charmants de leur partenaire au cours de Nuage et Pluie. On se garde bien de leur expliquer que jouir est non seulement un droit, mais également un bienfait.

À cet égard, Douce découvrait qu'entre l'idée qu'elle se faisait du plaisir et le plaisir lui-même il y avait un monde, un monde extraordinaire, constitué d'étonnements et de ravissements qui la transformaient de fond en comble et faisaient qu'elle n'était déjà plus tout à fait la même.

Voyant que Douce prenait un plaisir certain, Droit Devant, qui continuait à œuvrer du mieux qu'il pouvait à l'intérieur de la Caverne Enchantée, poussa soudain sa Tige le plus loin possible, de telle sorte qu'elle entre en contact avec la Clochette birmane blottie au fond de sa Ravine. Aussitôt, le bijou se mit à vibrer et Droit Devant fit aller et venir sa Tige comme la lame d'une épée que le guerrier fait monter et descendre dans son étui de bois pour intimider l'adversaire avant de dégainer et de lui porter l'estocade finale.

Entre deux soupirs, la fille de Sud, qui voyait s'approcher l'extase, lui souffla :

— C'est encore meilleur qu'avec tes doigts…

Sur un petit nuage mais parfaitement maître de lui, Droit Devant, qui ne ressentait plus la moindre appréhension, mesurait le chemin que la Clochette lui avait fait parcourir en à peine deux jours.

Désireuse que le doux manège de son partenaire dure le plus longtemps possible, Douce lui glissa, dans une sorte de feulement :

— Je t'en supplie, fais en sorte de ne pas abréger trop vite… Les bonnes choses doivent se déguster lentement…

Pour calmer la folle envie que ces propos élogieux faisaient naître en lui, il ralentit quelque peu le rythme de son va-et-vient.

La fille de Sud ferma les yeux. À plusieurs reprises, son dos s'arqua et son ventre s'étira longuement.

Quand l'oiseau rare et subtil de la jouissance déploie ses ailes dans le ventre de la femme, l'homme, y compris le moins expérimenté, le perçoit de façon fort explicite : elle n'est plus tout à fait la même : tel l'épineux rabougri du désert dont les piquants disparaissent comme par miracle pour laisser place à une symphonie multicolore de fleurs odorantes dès qu'il reçoit quelques gouttes de pluie, sa beauté grandit jusqu'au ciel et elle s'épanouit.

Elle dit à Droit Devant :

— Tu as été un bon amant !

Puis, au grand dam de ce dernier, que ledit compliment avait rendu heureux comme un enfant, la courtisane se dégagea en un tournemain. Il n'eut pas le temps de récriminer qu'elle s'empara de sa Tige avant de la porter à ses lèvres et d'y passer sa langue à plusieurs reprises, ce qui lui ôta toute velléité de protester.

Résister à ces aspirations et à ces succions qui commençaient à faire claquer au vent son drapeau était rigoureusement impossible. Devait-il déverser sa liqueur de Jade dans le calice formé par la gorge de Douce ? Entre le calice et la Ravine, où devait-il aller ?

La question fut résolue par la gestuelle particulièrement efficace de la fille.

Les yeux révulsés et dans un râle extatique, il ressentit soudain la délicieuse explosion libératrice qui lui fit perdre le contrôle de la situation et sa source jaillissante libérée vint inonder la bouche de sa partenaire dont le diabolique manège avait fini par porter ses fruits.

Hébété de plaisir, Droit Devant pesta intérieurement contre son manque d'expérience qui l'empêchait de domestiquer sa nature impétueuse.

— Tu n'es pas trop déçue ?

Douce éclata d'un rire cristallin et répondit :

— Non ! Tu m'as comblée…

Après une conclusion aussi hâtive que décousue, le propos ne manqua pas de l'étonner, au point qu'il se demanda si ce n'était pas un pieux mensonge.

Il demanda, mi-figue mi-raisin :

— Tu parles sérieusement ?

Elle vint se lover contre lui. Elle était chaude et molle. Elle posa ses lèvres sur les siennes. Il sentit le goût de sa Liqueur Essentielle. D'ordinaire aigrelette, son acidité était atténuée par la salive, ce qui la rendait encore plus subtile.

Après l'avoir embrassé, elle s'écarta, le laissant sur le dos, le regard fixé sur le plafond.

Pressé d'avoir sa réponse, il réitéra sa question.

La réponse ne venant pas, il se tourna vers elle.

Elle s'était endormie.

Épuisé, il tomba à son tour dans les bras de son *gui* préféré qui était celui du sommeil.

La Clochette avait bel et bien réussi à transformer le plomb en or…

11

Exhaustivité du Savoir et Fine Fleur

L'aube commençait à poindre quand Exhaustivité du Savoir, qui était insomniaque et écrivait la nuit, trempa une dernière fois son pinceau dans l'encre pour mettre un point final à la nouvelle qu'il avait intitulée *Le Moine taoïste au chapelet de boules jaunes*.

Il absorba une gorgée de thé, tout égayé du contentement de l'écrivain qui a réussi à aller jusqu'au bout de son œuvre.

Le court récit qu'il venait d'achever plairait à coup sûr à ses lecteurs.

Tant sur le plan stylistique que sur celui de la narration, n'était-ce pas un vrai petit bijou ?

Son héros monastique, du nom de Chaude Lampe, collectionnait les conquêtes féminines après leur avoir fait miroiter le pouvoir magique de sa kyrielle de petites boules d'ambre de cachalot qu'il introduisait dans leur Caverne Enchantée. Les belles de toutes conditions et de tous âges raffolaient de ces « pilules du bien-être » et en redemandaient. Forcément, vu le contexte de frustration sexuelle dans lequel elles évoluaient. Elles étaient si nombreuses à se presser autour du moine qu'il ne savait plus où donner de la tête. Devenu roi de la gent féminine de la petite ville où se passait l'histoire, Chaude Lampe cocufiait des centaines d'époux jusqu'au jour où Petits Pieds de Satin, une très jolie jeune femme plus futée que les autres, profita d'un moment d'inattention de son amant pour lui dérober son chapelet magique. Exhaustivité avait corsé son histoire en relatant, avec une précision diabolique et l'exagération nécessaire, la somme des exploits réalisés par Petits Pieds grâce à cet ustensile dont les boules dorées étaient bien plus efficaces que le bâton légèrement arqué et muni de deux embouts en ivoire de forme sphérique dont quelques rares femmes particulièrement au fait se servent comme d'une Tige de Jade en l'introduisant dans leur Creuset Précieux. Pendant que Petits Pieds batifolait à qui mieux mieux avec ses amants, le pauvre moine, réduit à errer de montagne en montagne à la recherche de l'âme sœur, essuyait toutes les rebuffades possibles de la part des femmes qu'il croisait. Pleurant amèrement la perte de son talisman, Chaude Lampe regrettait de s'être comporté si naïvement avec Petits Pieds de Satin. Un malheur n'arrivant jamais seul, l'un des maris qu'il avait trompés avait retrouvé sa trace et le faisait jeter en prison. C'est alors qu'Exhaustivité, sachant fort bien que les lecteurs n'aiment pas les histoires qui finissent mal, appelait à la rescousse la Princesse des Nuages Azurés – ce qui lui était d'autant plus facile qu'elle se cachait sous l'apparence de la belle voleuse Petits Pieds – qui sortait le malheureux de son cachot en le faisant monter dans son carrosse propulsé par des dragons de Jade afin de l'emmener jusqu'au Ciel où il devenait le Prince

Secourable de l'Amour, la divinité bénéfique à laquelle tous les amoureux qui veulent couler ensemble des jours heureux ont intérêt à se vouer.

Notre romancier, après avoir rangé son matériel d'écriture, s'apprêtait à aller prendre son petit déjeuner lorsqu'il entendit un bruit de pas.

Craignant que ce ne fût un cambrioleur, il se retourna vivement.

C'était Fine Fleur.

À la vue de la jeune fille, le visage de l'écrivain s'illumina et, comme s'il s'agissait de l'héroïne de la nouvelle qu'il venait d'achever, Exhaustivité se mit à la détailler de la tête aux pieds et d'un œil averti, avec ce souci du détail qui caractérise le regard de l'amateur face à une œuvre d'art de grande qualité.

Même si Exhaustivité du Savoir avait bon goût et l'habitude de se délecter des belles choses, c'était la première fois qu'il la contemplait ainsi.

— Bonjour, papounet…

C'était ainsi que notre écrivain se faisait appeler par Fine Fleur dont le père, qui était également homme de lettres et son meilleur ami, ainsi que sa femme avaient été emportés par le choléra, laissant orpheline la jeune fille alors qu'elle n'avait pas encore trois ans.

En raison de sa plume généreuse et de son style alerte, Exhaustivité du Savoir, qui était né à Nankin, avait commencé par être un auteur reconnu de pièces de théâtre moralisantes destinées à un public mandarinal qui le rémunérait fort bien.

Mais notre dramaturge ne se contentait pas d'écrire des scènes édifiantes dont les héros étaient des modèles de piété filiale. Grand amateur de femmes, cet écrivain au double visage s'adonnait aussi à l'écriture de textes érotiques qu'il signait sous le pseudonyme de « La Vieille Carpe ».

Bien trop osés pour franchir le barrage de la censure officielle, ses récits épicés, fort bien troussés et particulièrement scabreux, se vendaient sous le manteau, ce qui n'était pas étranger à leur énorme succès. Pour pimenter ses intrigues, ce célibataire endurci n'avait qu'à puiser dans ses aventures amoureuses, qu'il collectionnait d'autant mieux qu'elles lui servaient d'alibi.

Mais il lui arrivait aussi de s'inspirer de l'expérience d'autrui.

Pour ce faire, Exhaustivité se rendait au *Trésor des Mille Sensations*, un établissement qui comptait une bonne centaine d'hôtesses et dont il avait fait son repaire favori. Caché derrière un miroir sans tain, notre joyeux drille des lettres consignait soigneusement dans un petit carnet les postures diverses auxquelles se livraient les occupants de l'alcôve spécialement aménagée à cet effet.

Cette double carrière d'écrivain dépravé encourageant ses lecteurs à la débauche et d'auteur de pièces de théâtre destinées à l'édification des familles aurait pu durer longtemps si elle n'avait pas été brutalement interrompue par une vile dénonciation. Un auteur particulièrement médiocre à qui le succès d'Exhaustivité du Savoir faisait de l'ombre avait alerté le vice-roi de Nankin, un confucéen étriqué qui ne badinait pas avec les bonnes mœurs.

À cette époque, l'incitation à la dépravation sexuelle était déjà punie de dix ans fermes.

Sur le point d'être traduite devant le tribunal des bonnes mœurs pour incitation publique à la débauche,

La Vieille Carpe – *alias* Exhaustivité – avait préféré prendre la tangente.

C'est ainsi qu'avec la petite Fine sous le bras il avait fui Nankin pour s'installer à Luoyang.

Quelle joie pour le visiteur de découvrir pour la première fois cette sainte Ville aux Mille Pagodes, cernée de montagnes couvertes de conifères, la cité aux marchés gais et colorés où affluent des milliers de marchands des quatre saisons, les allées des somptueux jardins publics ornées de calligraphies éphémères réalisées par des lettrés rivalisant de virtuosité, l'atmosphère ineffable de ses vénérables temples !

Tous les cinq ans, Luoyang, où les adeptes du Bienheureux Bouddha sont largement majoritaires au sein de la population, accueille le Grand Pèlerinage, une manifestation religieuse qui rassemble plusieurs dizaines de milliers de pèlerins. La ville subit alors une cure d'embellissement qui la fait resplendir de mille feux. Tous les édifices publics sont repeints de couleurs vives et des artisans spécialisés encadrés par des soldats en armes redorent les pointes terminales des pagodes en y apposant de la feuille d'or pur. Pendant trois mois, et sous le regard extatique des fidèles qui y déferlent, d'immenses processions de toges orangées la sillonnent : ce sont les moines qui transportent d'un temple à l'autre une dent du Bienheureux Bouddha enchâssée dans son reliquaire d'or et de cristal de roche en forme de cœur.

Mais on peut être adepte du Bouddha et des Vallées des Roses en même temps.

À peine arrivée dans la Ville aux Mille Pagodes, La Vieille Carpe avait publié coup sur coup deux textes qui lui avaient valu un nombre inouï de lecteurs :

Baisers d'Or, où il relatait les prouesses d'une belle jeune femme aux prises avec deux jeunes gens insatiables, et *La Caverne Enchantée du Lotus Rouge*, un récit très original dont le personnage principal possédait un anneau de Jade qu'il lui suffisait de fixer à la base du sexe pour faire retourner la semence dans le Champ de Cinabre où elle est fabriquée, ce qui le libérait des quatre actions décrites par la célèbre phrase du *Vrai Classique de l'union parfaite* : « la tortue se retire en elle-même, le dragon aspire, le serpent avale et le tigre se tient à l'affût », sans lesquelles il ne saurait y avoir de Retour.

Malgré l'impressionnant étalage de dévotions sincères auquel donnait lieu le Grand Pèlerinage, Exhaustivité du Savoir demeurait relativement imperméable aux enseignements du Saint Bouddha. Il n'était pas enclin à méditer sur ses Vies Antérieures et Futures ni à se lancer dans la quête de ce Nirvâna qu'on n'atteignait, aux dires des prédicateurs, qu'à coups de mortifications et de privations toutes plus terrifiantes les unes que les autres.

Ce n'était pas le cas de Fine Fleur, qui fréquentait avec assiduité la pagode de l'Oie Sauvage, un couvent de nonnes dont la mère supérieure, du nom de Clarté Existentielle, l'avait prise sous son aile.

La jeune fille était fascinée par l'atmosphère apaisante des salles de prière et la féerie des lumignons qui scintillaient sur les tables d'offrandes où s'amoncelaient les guirlandes de fleurs et de fruits. Elle pouvait passer des heures à écouter les sutras que mère Clarté Existentielle prononçait d'une voix profonde et rien ne lui plaisait tant que de demeurer immobile au pied d'une icône en bois doré dont le doux visage souriait à l'au-delà. Quant à la perspective de vivre d'autres vies, des millions de vies postérieures à la sienne, que ce soit sous la forme d'un rat, d'un tigre, d'un chat, d'un éléphant ou même d'un papillon, cela l'enchantait au plus haut point. À l'instar de mère Clarté Existentielle, Fine Fleur se fût bien vue devenir moniale et prononcer les vœux de pauvreté et de chasteté auxquels étaient astreints les membres du clergé du Grand Véhicule.

Baignée par cette dévotion qui confinait à la bigoterie, elle n'avait cure de l'intérêt suscité par sa beauté et sa grâce auprès de la gent masculine.

Et, à cet égard, les hommes avaient de quoi être troublés.

Sans oublier tout le reste, d'une perfection remarquable, ses yeux en amande nichés sous des paupières recouvertes d'une peau aussi fine que la porcelaine des bols Song à décor secret et son sourire innocent qu'exhalaient ses adorables lèvres délicates comme des pétales de rose faisaient de Fine Fleur, bien qu'elle sortît à peine de l'adolescence, un véritable bourreau des cœurs.

Exhaustivité du Savoir, qui continuait à fixer ses yeux sur Fine Fleur, constata, non sans un certain effarement, que sa Tige commençait à fourmiller comme c'était le cas lorsqu'il était en présence d'une femme désirable et sur qui, par voie de conséquence, il se sentait en droit d'avoir des vues.

Même s'il n'était pas son père – un père n'a pas le droit de regarder sa fille avec concupiscence – et s'il n'y avait entre eux aucun lien du sang, il se sentit tout remué et préféra détourner le regard.

— Pourquoi viens-tu si tôt ? Quelque chose ne va pas ? lui lança-t-il, sur un ton quelque peu agressif.

— Je voulais simplement savoir si vous aviez, comme prévu, achevé votre nouvelle… Quand je suis rentrée de la pagode, vous n'étiez pas là…

— J'étais allé faire une partie de go… Quant à ma nouvelle, je viens de l'achever ! s'écria, tout en avalant sa salive, l'écrivain qui pratiquait avec assiduité ce jeu fait de ruse et de spéculation.

Particulièrement troublé, Exhaustivité du Savoir constatait qu'il avait suffi de quelques jours pour que celle qu'il considérait jusqu'alors comme sa fille change totalement d'apparence, tel un papillon sorti de sa chrysalide.

Comme pour s'assurer qu'il ne rêvait pas, il réexamina de pied en cap la jeune fille d'une beauté à couper le souffle qui avait succédé à l'adolescente au visage poupin et aux manières enfantines.

Le « melon » de Fine Fleur s'était bel et bien « ouvert ».

« Le melon est ouvert », « le prunus ombreux a fleuri », « la pêche de Jade est devenue comestible », « la carpe de lune est cuite à point », « la flamme du Ciel luit sur la braise terrestre » ou encore « la grenade est bien mûre » font partie des expressions signifiant qu'une jeune fille est devenue une femme.

Elle s'écria en battant des mains :

— Je suis heureuse pour vous !

Fine Fleur avança vers Exhaustivité, ce qui la fit entrer dans le cône de lumière projeté par la lanterne fixée au plafond. Étant donné qu'elle n'était vêtue que d'un fin peignoir, l'écrivain découvrait les formes éblouissantes de celle qu'il n'avait pas vue grandir et qui était désormais une créature éminemment désirable.

Effaré, il ferma les yeux jusqu'à ce que la voix de Fine, quelque peu étonnée par son absence de réponse, ne le sortît de sa sidération.

— Vous n'avez pas l'air bien, mon oncle…

Les prémices de cet irrépressible désir qu'il sentait monter en lui et qui risquait de l'entraîner à des gestes ou des attitudes déplacés le mettaient de plus en plus mal à l'aise.

Pour se donner une contenance, il lui glissa, d'un air qui trahissait un désarroi certain :

— En effet, ça pourrait aller mieux ! Je n'arrive toujours pas à mettre la main sur mon fortifiant…

— Celui qui vous permet de vous lever le matin sans être en proie à la migraine ?

— Oui ! La Liqueur du Dragon Volant.

Fine, qui, à de nombreuses reprises, avait entendu son père adoptif se plaindre que ce célèbre remède était devenu introuvable, soupira avant de déclarer d'un air compatissant :

— Dommage que le docteur Tripode ait arrêté sa fabrication…

De plus en plus gêné par la situation, Exhaustivité, qui n'osait plus affronter le regard innocent de la jeune fille, se mit à maugréer, en regardant par la fenêtre :

— Quand on est riche à millions et qu'on se fiche éperdument de l'argent, on n'en fait qu'à sa tête !

Puis il alla s'asseoir dans un fauteuil en bois de rose.

Même s'il s'était bien gardé de préciser à Fine la raison de son malaise, il s'en voulait terriblement de lui avoir fait part des tracas que lui causait l'indisponibilité de ce fortifiant.

La Liqueur du Dragon Volant lui était devenue indispensable. Sans ce remède miracle, il ne pouvait plus s'adonner aux travaux pratiques qui avaient fait de lui cet auteur à succès dont le réalisme des situations décrites permettait à ses lecteurs de se glisser dans la peau d'un bourreau des cœurs. L'inspiration ne pouvant, en l'occurrence, découler que des actes, il avait eu maintes occasions de tester toutes sortes de produits aphrodisiaques. La plupart n'avaient aucun effet sur sa virilité. Il est vrai que ce marché est inondé de poudres et de gélules de plantes dont l'innocuité n'a d'égale que leur absence totale de résultat. Quant aux autres, leurs effets secondaires, qui allaient de la courante à la jaunisse en passant par l'aérophagie, étaient rédhibitoires. La seule à combiner efficacité et tolérance était la fameuse Liqueur du docteur Tripode aux Pieds Fourchus.

Or, voilà qu'un beau jour, ce vieux médecin obsédé par l'Immortalité avait changé son fusil d'épaule.

Comme beaucoup de savants qui ne cessent d'explorer de nouvelles pistes, il avait orienté ses recherches vers d'autres directions. C'est ainsi que, au grand dam d'Exhaustivité du Savoir, le praticien, que beaucoup prétendaient centenaire, ayant considéré qu'il avait fait le tour des substances chimiques, avait tout bonnement cessé de fabriquer sa Liqueur.

L'écrivain avait eu beau le supplier de reprendre la production de son remède miracle, allant même jusqu'à mettre sur la table une somme faramineuse, puis lui proposer de s'en occuper lui-même, bien sûr sous son contrôle, Tripode lui avait opposé une fin de non-recevoir.

Le vieux pharmacologue faisait partie de ceux qui, poursuivant une quête dont ils sont les seuls à connaître les tenants et les aboutissants, ne sont pas du genre malléable, même moyennant finance.

Les mains agrippées aux accoudoirs de son fauteuil comme celles d'un roi bientôt déchu à ceux de son trône, Exhaustivité ne put s'empêcher de jeter une nouvelle œillade à Fine Fleur.

Son éclatante beauté le faisait penser aux magnifiques vers du *Shijing* écrits en l'honneur de l'éternel féminin par ses illustres prédécesseurs :

Ses mains sont douces comme des jeunes pousses de chicorée ;

Sa peau est lisse et blanche comme le saindoux ;

Son cou est long et blanc comme le ver de l'arbre ;

Ses dents sont aussi pointues que les graines de pastèque ;

Son front est large comme celui de la cigale ;

Ses sourcils sont minces comme des antennes de phalène ;

Un gracieux sourire illumine ses joues ;

Ses beaux yeux brillent d'un éclat où le noir et le blanc se répondent[1].

La jeune fille s'écria :

— Mon oncle… j'aimerais tant vous aider…

Puis elle alla se blottir dans les bras de celui qui l'avait élevée et pour lequel elle éprouvait une immense affection.

Au contact de ce corps souple et chaud à moitié assis sur ses genoux, il baissa la tête en même temps qu'une sensation de vertige l'envahissait.

Vertige de l'amour !

1. Le *Shijing* ou Livre des odes fut composé vers 800 av. J.-C.

C'était toujours la même étrange sensation de sol qui se dérobe qu'il éprouvait lorsqu'il était en présence d'une femme dont il devinait par ce fait même qu'elle était douée en amour.

Est-il vraiment utile de préciser qu'en matière de Nuage et Pluie, le jugement d'Exhaustivité était pour ainsi dire infaillible ?

Constatant que, dehors, il s'était mis à pleuvoir des hallebardes, il bredouilla :

— Dès qu'il fera beau, nous irons marcher dans les montagnes…

Fine, qui adorait se promener avec son père adoptif entre les haies de théiers que les paysannes sculptaient minutieusement, comme on taille les cheveux des nourrissons pour ne laisser sur leur crâne que la petite houppe céleste, au moyen de leurs minuscules ciseaux, acquiesça en battant des mains comme une petite fille.

Il est vrai qu'il n'y a rien de plus beau que le spectacle de ces grosses nervures arrondies épousant les pentes des collines aux courbes alanguies, au moment où les rayons du soleil au crépuscule y parsèment leur poudre d'or.

Toujours collée à lui, Fine déclara :

— Avec joie !

Il se raidit pour ne pas succomber à la tentation de mettre ses mains sur ses seins.

C'est alors que, sans plus attendre, la jeune fille, qui était venue poser à Exhaustivité une question précise, se leva puis, après s'être raclé la gorge, demanda :

— Mon oncle, à quel âge une femme doit-elle se marier ?

Comme si une mouche l'avait piqué, Exhaustivité du Savoir bondit sur ses pieds et se mit à marcher de long en en large. La simple idée que Fine Fleur pût le quitter afin de convoler en justes noces avec un inconnu lui était insupportable. Sans pouvoir s'empêcher de laisser percer une pointe d'agacement, il lâcha :

— Je croyais que tu voulais professer des vœux de nonne, et voilà que tu me parles de mariage !

Quelque peu désorientée, étant donné que lorsqu'elle avait fait part à Exhaustivité de son projet d'entrer dans les ordres ce dernier avait déployé des trésors d'arguments pour l'en dissuader, Fine s'écria :

— J'avais cru comprendre que vous souhaitiez que je me marie !

L'écrivain haussa les yeux au Ciel et dit :

— Je veux avant tout que tu sois heureuse… Tu es encore très jeune…

Puis, comme s'il avait voulu en rester là, il ajouta, avant même qu'elle ait pu ouvrir la bouche :

— Sache aussi que le *Yin* de la jeune femme qui se marie trop tôt n'a aucune chance de tirer le parti qui convient du *Yang* du jeune homme qu'elle épouse et encore moins d'accéder à l'Extase Suprême.

— Qu'est-ce que l'Extase Suprême, mon oncle ? lui demanda Fine, qui entendait cette expression pour la première fois.

— Il s'agit d'un moment très particulier de Nuage et Pluie, ou si tu veux d'un état qui ne s'obtient qu'après un certain type d'apprentissage…, se borna à répondre le romancier d'un air énigmatique.

La jeune fille ouvrit de grands yeux. Il est vrai que sa Ravine de Cinabre n'avait toujours pas connu ce premier écoulement périodique qui signe le glas de l'enfance chez une femme.

— Cet apprentissage s'obtient auprès de quel genre de professeur ?

Après un instant d'hésitation, Exhaustivité éclata de rire.

— Auprès d'un homme, pardi, ma petite Fine !

Sur le beau visage de Fine Fleur qui ne comprenait goutte, et pour cause, aux propos de l'écrivain, une moue dubitative apparut, creusant de part et d'autre de ses lèvres entrouvertes deux adorables fossettes.

— C'est une affaire de *Yin* et de *Yang*, ajouta-t-il sobrement, tout en frissonnant à l'idée d'une Extase Suprême avec elle.

Tout heureuse de pouvoir se raccrocher à quelque chose dont elle avait déjà entendu parler, la jeune fille s'écria drôlement :

— Je connais le *Yin* et le *Yang* ! Le signe du *Yin Yang*, c'est noir et blanc, avec un rond et un trou !

D'un geste théâtral, le romancier désigna les oiseaux Biyiniao au dos de son fauteuil en bois de rose et déclara :

— Il s'agit de trouver le *Yang* qui correspond exactement à ton *Yin*. Au cours de Nuage et Pluie, l'Extase Suprême vient aux partenaires qui sont parfaitement complémentaires, semblables à ces deux oiseaux qui ne sont dotés que d'une seule aile, ce qui fait qu'ils ne peuvent voler qu'en couple.

D'un air pensif, Fine caressa le dossier ouvragé.

— Je ne vois pas ce à quoi vous faites allusion…

Elle ne mentait pas.

Tel l'enfant mal chaussé du cordonnier, tant en matière de *Yin* et de *Yang* que de Nuage et Pluie, ses connaissances étaient pratiquement nulles.

— C'est comme la clé et la serrure, si tu veux… À chaque serrure correspond une clé. Quand la clé ne correspond pas à la serrure, la porte ne s'ouvre pas.

La jeune fille éclata de rire, puis, après s'être frappé le front, déclara à celui qui l'avait élevée :

— À présent, je comprends mieux. Mais alors, il faut beaucoup de chance à une femme pour trouver le bon mari !

Elle vint à nouveau se coller à Exhaustivité, qui la repoussa doucement. Il ne voulait à aucun prix se laisser envahir de nouveau par sa chaleur animale. Après avoir reculé de trois pas, il lui souffla, en détournant le regard, car le spectacle de cette jeune beauté devenait de plus en plus troublant :

— Je ne te le fais pas dire. C'est pourquoi il ne faut pas se précipiter dans les bras du premier homme venu.

Puis, sous le prétexte d'aller fermer la fenêtre de sa chambre qu'il avait laissée ouverte, il s'éclipsa, perplexe et mal à l'aise.

Tout cela prenait un tour fort dangereux.

Fine Fleur était devenue bien trop séduisante.

12

Senteur Douce prend goût à la Clochette birmane

Une fois qu'il a répandu sa semence à l'issue de Nuage et Pluie, l'homme est pris du vertige du doute. Sa tête se vide. Ses pensées vagabondent. Ses jambes peinent à le porter. La lassitude le gagne. Il arrive même que cette perte d'énergie le conduise à broyer du noir.

La Fille sans Complexes qualifie ce phénomène de « Mort Minuscule », qu'elle décrit comme « un degré de satisfaction suprême dont la munificence est telle qu'il paraît impossible à reproduire, ce qui engendre dans l'organisme, par ailleurs épuisé, une forte poussée de mélancolie ».

Ce n'était pas, en l'espèce, l'état de Droit Devant, que les propos de Douce en forme de satisfecit avaient rendu tout guilleret et qui planait sur son petit nuage.

La jeune fille ne s'était pas encore réveillée qu'il avait déjà échafaudé son plan, lequel se résumait désormais, à dire vrai, à la seule conservation de sa Clochette birmane. Le fils de Rocher Impérissable n'avait aucune envie de rendre à Lune Rousse un ustensile qui permettait de faire bonne figure face à n'importe quelle femme sans avoir à se préoccuper de la maîtrise de sa Tige, et avait décidé de le garder par-devers lui.

Encore fallait-il aller le chercher dans son nid douillet, ce qui supposait que la courtisane fût d'accord... car il ne se voyait pas aller fouiller son intérieur après l'avoir assommée. Accepterait-elle de rendre l'accélérateur de plaisir qui lui avait fait découvrir la vraie nature de Nuage et Pluie ?

Il commençait à sentir monter en lui une certaine fébrilité lorsque Douce, qui dormait depuis une bonne heure, ouvrit un œil puis l'autre et s'écria, toute guillerette :

— J'ai si bien dormi ! C'est la première fois que je dors comme ça, après ce genre d'exercice.

Droit Devant, qui ne voulait rien laisser filtrer de son impatience, lui lança, l'air de rien :

— Pourrais-tu me rendre mon bien ?

La courtisane dit en gloussant :

— Je l'avais oublié ! Il me va si bien...

Comme elle s'était levée et avait entrepris de se coiffer, les mouvements de son corps activaient le mécanisme du grelot magique dont les ondes bénéfiques recommençaient à se répandre dans ses entrailles.

Droit Devant, qui ne voulait à aucun prix du scénario dont l'issue ne faisait guère de doute, décida de précipiter le mouvement. Vu les circonstances, tel celui qui n'a aucune envie de laisser échapper un trésor, il était incapable de faire autrement. Il s'écria :

— Cet instrument n'est pas à moi ! Je dois le rendre à quelqu'un !

Aussitôt, la fille de Sud, qui était aux antipodes de la garce rouée, gagna à nouveau le lit, écarta les jambes, se pencha au-dessus de son entrecuisse puis, après avoir introduit sa main droite dans sa Ravine, entreprit d'aller chercher le grelot magique resté blotti au creux de son petit nid de chair humide et tiède.

Lorsque son pouce et son index s'emparèrent de la petite cage pour la tirer vers la sortie, elle eut un ultime orgasme à l'issue duquel la Clochette apparut enfin aux yeux émerveillés d'un Droit Devant totalement rassuré.

Frémissante, elle lui demanda dans un souffle :

— Où as-tu trouvé cette délicieuse petite chose ?

Tout à sa hâte de récupérer sa Clochette birmane et de partir à la conquête de toutes les femmes, il répondit :

— Quelqu'un me l'a confiée qui m'a fait jurer de ne jamais divulguer son nom…

Elle referma machinalement la main sur le grelot et dit :

— La personne qui te l'a prêtée t'a fait un beau cadeau !

Et avant qu'il n'ait eu le temps de passer à l'acte, voilà qu'elle avait réintroduit le grelot dans sa Ravine !

Droit Devant haussa le ton :

— Je dois partir. J'ai un rendez-vous urgent… Tu dois me rendre immédiatement la Clochette !

Devant un ton si comminatoire, Douce, qui avait agi de façon impulsive et n'envisageait nullement de porter le moindre tort au jeune homme, remit aussitôt, si j'ose dire, la main à la pâte.

Mais allez savoir pourquoi, autant le fait de pousser la Clochette vers le fond de sa Ravine avait été un jeu d'enfant, autant c'était une autre paire de manches que de l'en extirper ! Son moi intime ne voulait pas se séparer de cette ineffable source de bonheur ! Du coup, elle avait beau essayer de pousser en avant les deux doigts qu'elle avait placés à l'entrée de sa Vallée des Roses, ses chairs leur résistaient, leur faisaient barrage, se desséchaient à toute vitesse et se coagulaient, rendant leur passage totalement hermétique.

Voyant qu'elle ne pourrait plus procéder toute seule à l'extraction de l'Oiseau Lascif, il lui intima sèchement l'ordre suivant :

— Laisse-moi faire. Ce sera plus facile.

Non sans moult précautions mais avec la dose d'assurance nécessaire, il aventura son index droit à l'intérieur de l'étroit corridor. Après avoir fait en sorte que cet appendice se frayât un chemin jusqu'à la minuscule cage d'argent, il s'en servit comme d'une cuiller et, sans tenir compte des petits grognements de Senteur Douce, qui n'était manifestement pas à la fête, il parvint à écarter doucement les parois de la Caverne en Forme de Grain afin d'en faire sortir le petit grelot magique.

Une fois l'opération accomplie, il ne put s'empêcher d'examiner la minuscule machine à déclencher les orgasmes dont les barreaux fins comme des aiguilles n'étaient pas rattachés au sommet de leur axe central, de sorte qu'ils vibraient sur leur base en même temps que les deux volatiles. Puis il porta cette Clé du Paradis à ses narines avant d'en renifler profondément l'odeur. Elle embaumait l'essence *Yin* dont elle était recouverte et qui formait une minuscule pellicule qui opacifiait sa brillance. Il la secoua légèrement et aussitôt les ressorts sur lesquels étaient juchés les oiseaux émirent un petit vrombissement semblable à celui des ailes de la guêpe lorsqu'elle fond sur le morceau de viande.

— Je comprends mieux comment ça marche ! s'écria Douce. À l'instar de l'homme et de la femme dont le concours mutuel est indispensable à la fusion du *Yin* et du *Yang*, c'est le couple d'oiseaux qui fait vibrer l'ustensile !

Après tout ce temps pendant lequel son corps n'avait jamais rien senti de bon pendant Nuage et Pluie, les vibrations de la Clochette birmane lui donnaient envie de recommencer à jouir.

Une fois qu'on a goûté à la plénitude de la fusion du *Yin* et du *Yang*, la soif du plaisir sexuel ne vous lâche plus, si bien que l'on n'a de cesse qu'elle ne soit étanchée.

Faisant fi de toute pudeur, elle ajouta :

— Tu m'as charmée… Peut-être pourrait-on se revoir…

La proposition de la courtisane, outre qu'elle flattait son ego, constituait pour Droit Devant une agréable surprise.

À l'idée de l'hommage qu'elle pourrait à nouveau recevoir de la bouche de Douce, la Tige du fils de Rocher Impérissable commença à se raidir.

Convaincu qu'il avait mieux à faire qu'aller chercher ailleurs ce qu'il avait sous la main, il lui répondit tout à trac :

— Demain si tu veux, ton heure sera la mienne !

Le visage de Douce se rembrunit. Elle lâcha dans un long soupir :

— Demain, j'aurai quitté cet endroit…

Le propos lui ayant fait l'effet d'une douche froide, il s'écria :

— Tu n'habiteras plus ici ?

Sans la moindre fioriture, considérant qu'elle n'avait rien à lui cacher vu ce qu'il savait déjà d'elle, elle lui avoua la raison pour laquelle elle avait décidé d'aller à Luoyang.

À l'issue de ses explications, il s'esclaffa et dit :

— Si je comprends bien, ta Liqueur de Dragon Volant produit le même genre d'effets que ma Clochette birmane !

Elle acquiesça.

Droit Devant, dont la Tige brûlait encore plus de désir pour Douce, lui proposa aussitôt :

— Viens chez moi tout à l'heure, au coucher du soleil… La chambre du jardinier est inoccupée et il y a un grand lit…

Douce, de plus en plus haletante, écrasa sa bouche contre celle de Droit Devant. En même temps que la langue humide et chaude de la fille de Sud, le fils de Rocher Impérissable sentait son souffle tiède, caressant, déjà complice.

Cela augurait du meilleur pour l'étreinte crépusculaire à venir.

Dans un souffle, elle lui confia :

— J'aimerais déjà être tout à l'heure !

— Et moi donc !

Droit Devant, dont le cœur débordait de joie, se mit à rêver que, grâce à la Clochette birmane de Lune Rousse, qui était son bien le plus précieux, il deviendrait l'Empereur des Femmes, qu'il les ferait toutes défaillir de bonheur et que leurs cris perçants en diraient long sur l'intensité du plaisir qu'elles ressentiraient dès qu'il l'introduirait dans leur Ravine avant d'y faire aller et venir sa Tige de Jade…

Comme c'est le cas pour tout trésor, mieux valait que personne ne soupçonnât l'existence ni l'identité du possesseur de ce redoutable petit grelot qu'il aurait appris, à force de pratique, à extraire en un tournemain de leur Caverne en Forme de Grain, profitant de ces quelques instants au cours desquels, à l'issue de l'orgasme, les créatures *Yin* sont si comblées qu'elles en viennent à perdre toute notion du temps et de l'espace…

Pris par son rêve comme le poisson dans le filet du pêcheur, comment ce pauvre Droit Devant aurait-il pu imaginer que le rêve en question allait rapidement virer au cauchemar ?

13

Trois Marches et Grue Cendrée

Grue Cendrée, tel un prédateur guettant sa proie, fixait intensément ses yeux sur un très séduisant jeune homme assis à la table voisine.

Quoique presque vide, l'arrière-salle du *Bol à riz en Fer* empestait ce mélange de sueur et de fumée qui caractérise les lieux de beuverie après le passage d'une horde de soûlographes. L'estaminet en question tirait son nom de l'expression par laquelle on désigne la sécurité de l'emploi à laquelle aspirent les candidats aux concours mandarinaux qui y venaient quotidiennement par dizaines afin de noyer dans l'alcool leurs angoisses académiques.

D'un genre plutôt efféminé, l'individu, qui lisait tranquillement un livre devant son bol de thé, avait des traits d'une beauté à couper le souffle. L'eunuque soupira. D'où pouvait donc provenir un si beau spécimen de l'espèce humaine ? La blancheur de la carnation du jeune homme, ses yeux en amande ourlés de longs cils, la finesse de ses poignets et de ses mains aux doigts effilés, tout cela faisait penser à ces statues de Guanyin devant lesquelles il allait s'incliner en leur offrant des fruits quand il croyait encore – avant qu'il ne fût castré, ce qui lui avait fait perdre toutes ses illusions sur la nature humaine – à la voie du Salut du Bienheureux Bouddha.

Qu'il me soit permis, à ce stade de l'histoire, de donner à mes chers lecteurs un conseil d'ami : il faut toujours se méfier des castrats, car ils n'ont pas leur pareil pour tromper leur monde.

Malgré leurs allures efféminées et les cris d'orfraie pour le moins ridicules qu'ils poussent dès qu'ils aperçoivent une souris ou une araignée, ces êtres pervers et malfaisants ne reculent devant rien pour anéantir les personnes ou les entités susceptibles de leur porter ombrage et d'amoindrir leur influence. Pour un eunuque, peu importent les moyens pourvu qu'ils lui permettent d'arriver à ses fins.

À vrai dire, ce n'est pas par hasard si les membres de cette engeance, qui sont à l'intrigue ce que le champignon est à l'arbre, acceptent d'être amputés de leurs parties intimes au motif que ce sésame leur vaut d'entrer dans le premier cercle du pouvoir suprême.

L'existence de cette maudite caste remonte au fond des âges.

Là où il y avait un Prince ou un Roi, il y a toujours eu des castrats qui rôdaient. Au fil du temps, leur nombre s'est accru au point que, d'une dizaine sous les Princes, ils étaient déjà passés à plusieurs centaines sous les Rois Combattants. Avec les Empereurs, on commença à en dénombrer un bon millier.

Sous Cheng Hua, ils n'étaient pas moins de mille huit cent cinquante-trois à hanter la Cité Pourpre…

Ces hommes furent les premiers à comprendre que l'union fait la force.

Plus on se rapproche du pouvoir suprême et plus on est en danger, plus on est à la merci d'une cabale qui fait passer de la lumière du Palais du Roi aux ténèbres de ses cachots. Les postes prestigieux étant aussi les plus rares et, par voie de conséquence, fort difficiles à obtenir, ceux qui les convoitent n'ignorent pas que, pour y accéder, il est nécessaire d'en éliminer les occupants. Du coup, pour monter toujours plus haut, pour continuer à compter, et surtout pour ne pas finir soi-même assassiné, il faut assassiner ses ennemis, les frapper plus vite qu'eux-mêmes, bref, ne jamais hésiter à leur porter le coup de grâce quand l'occasion se présente.

La conquête du pouvoir est un champ de bataille où, aucune situation n'étant jamais acquise, tous les coups sont permis.

Quant à ceux qui sont dans le cercle rapproché du pouvoir, c'est encore pis car, près du prince, qui n'avance pas recule ; qui n'est pas sur ses gardes risque à tout moment le coup de poignard dans le dos. Plus un ministre est important, et plus il doit faire surveiller sa chambre quand il dort et faire goûter sa nourriture avant chaque repas.

Familiers du pouvoir depuis des lustres, les eunuques ont compris tout cela plus tôt que tous les autres et chassent en meute.

Si Grue Cendrée avait ses habitudes au *Bol*, c'était aussi parce que cet établissement qui ne payait pas de mine servait de quartier général à la Société des Cavaliers Rouges de l'Esplanade de l'Ouest, la très puissante et fort discrète organisation des castrats dont il avait contribué à la mise sur pied sous l'Empereur précédent. Tous les mois, le comité de direction de cette société secrète se réunissait dans l'un des cabinets privés situés au-dessus de la salle. Les murs noircis par la fumée d'opium témoignaient des nombreux complots qui y avaient été ourdis ainsi que des innombrables conclaves qui s'y étaient tenus.

L'avènement de Cheng Hua avait sonné le glas de l'écrasante domination des Cavaliers Rouges qui faisaient jusque-là la pluie et le beau temps à la Cité Pourpre. Quelques mois après être monté sur le trône, le nouvel Empereur du Centre avait procédé à la création du Cercle de la Surveillance Interne, cette police secrète exclusivement à sa solde et dont l'un des objectifs était de rendre compte des agissements des eunuques.

Les deux mille hommes qui le constituaient étaient placés sous les ordres du général Rouge-Gorge, un brillant militaire que Cheng Hua était allé chercher sur la Grande Muraille où ses troupes contenaient les assauts des barbares de Mongolie.

Diviser pour régner étant une méthode de gouvernement vieille comme le monde, le Roi des rois se délectait de la lutte sournoise, d'autant plus implacable qu'elle visait le contrôle pur et simple de la Cité Pourpre, qui opposait les Cavaliers Rouges à la Surveillance Interne. Mais entre le clan des « coupés » et celui des « entiers », dans ce combat où chacun cherchait à anéantir l'autre, le Fils du Ciel se gardait fort habilement de prendre parti, allant même jusqu'à nier l'existence de ces services secrets.

C'est ainsi qu'au général Rouge-Gorge, venu se plaindre des agissements des Cavaliers Rouges qu'il suspectait d'avoir empoisonné l'un de ses colonels, l'Empereur avait répondu en ricanant :

— Les Cavaliers Rouges de l'Esplanade de l'Ouest ? C'est bien la première fois que j'entends ce nom-là… Si tu veux m'en croire, quand on commence à prendre pour argent comptant tout ce qui se dit à la Cité Pourpre, on devient paranoïaque…

Le dernier épisode de cette lutte à mort avait eu pour objet le remplacement du Grand Chancelier, un ministre dont l'éminente fonction consistait à faire en sorte que soient affichés dans tout l'Empire les décrets et les lois du gouvernement central. Le dernier titulaire du poste était un vieil eunuque qui l'avait occupé pendant plusieurs décennies. À sa mort, la corporation des marchands, intéressée par la charge, s'était mise sur les rangs. Pour arriver à ses fins et déloger les castrats, le président de la puissante Guilde du Commerce avait pactisé avec le général Rouge-Gorge. L'affaire avait fait grand bruit. Pendant des mois et sous l'œil goguenard de l'Empereur, les commerçants aidés par les agents secrets s'étaient confrontés aux eunuques, jusqu'à ce que le Fils du Ciel mît un terme à cette guerre intestine en nommant à ce poste l'un de ses affidés qui n'appartenait à aucune des deux engeances en cause.

Au sein de la Société des Cavaliers Rouges, Grue Cendrée était une sorte de secrétaire général dont la tâche consistait à tenir le registre de ses membres et à organiser les débats préalables aux décisions qui s'y prenaient de façon collégiale.

Outre ses fonctions de grand ordonnateur de la confrérie des castrats de la Cité Pourpre, Grue Cendrée présidait également son jury de recrutement et veillait avec la plus grande attention à la qualité intellectuelle de ses futurs membres.

Pour un jeune garçon venu de la campagne et sans instruction, il n'y a guère que deux façons d'échapper à l'enrôlement dans l'armée : entrer dans les ordres ou devenir eunuque. Chaque jour, des centaines de parents amenaient leurs rejetons devant le guichet spécialement aménagé à cet effet dans l'espoir que leur enfant pourrait rejoindre la haute caste des castrats de la Cité Pourpre. Pour ces pauvres gens, l'abandon par leurs enfants de leurs organes sexuels contre la certitude de ne plus jamais connaître la faim et la misère n'était pas un marché de dupes mais au contraire une bonne occasion à saisir.

Persuadé que l'intelligence était la plus importante des armes, Grue Cendrée faisait passer à ses jeunes recrues une batterie de tests destinés à déceler leurs capacités manœuvrières avant même qu'ils fussent la proie du scalpel du chirurgien.

Pour se rapprocher du bel inconnu sur lequel il avait jeté son dévolu, Grue Cendrée opéra une sorte de mouvement tournant.

L'individu, à mille lieues de se douter qu'il faisait l'objet d'un examen attentif, était toujours plongé dans sa lecture, picorant de temps à autre dans une assiette de fruits coupés en petits dés. La façon qu'il avait de les saisir avec maestria, du bout de ses baguettes, était si ravissante que Grue Cendrée décida d'aller s'asseoir sans plus attendre à la table voisine.

Cela faisait longtemps qu'il n'avait pas assisté à un spectacle si délectable.

Quant à l'intéressé, il était assurément du même bord que le sien, c'est-à-dire de celui de ceux qui préfèrent associer le *Yang* au *Yang* plutôt qu'au *Yin*…

Les narines ouvertes à la façon d'un animal qui se met en chasse, l'eunuque fit un signe au serveur. Ce dernier, un candidat à la castration qui s'était révélé d'un quotient intellectuel trop faible pour subir l'opération chirurgicale et que Grue Cendrée avait dûment recommandé au propriétaire de la maison de thé, accourut comme le chien qu'on siffle.

— Peux-tu dire à ce jeune homme que je le trouve très sympathique ? lui glissa le chef des castrats de la Cité Pourpre.

Le serveur s'empressa de transmettre le message au jeune homme en question, qui n'était autre que Trois Marches.

Mais Trois Marches n'avait aucune envie de répondre à une telle sollicitation et, sans même lever le nez du recueil de poèmes de l'immense Dufu[1] dans lequel il s'échappait du vide de son existence, fit celui qui n'avait rien entendu.

— Tu as tort de ne pas répondre à Grue Cendrée…, lui chuchota le serveur. C'est quelqu'un de très important…

Trois Marches, qui se fichait comme d'une guigne de la qualité de l'importun, finit par demander :

— Que fait donc ce Grue Cendrée ?

— Il dirige le Gynécée Impérial.

Stupéfié par la réponse, le beau prostitué referma brusquement son livre poétique et déclara, comme s'il sortait d'un songe :

— Tu as bien dit qu'il travaillait à la Cité Pourpre ?

— Mieux que ça, il y vit. Cet homme, enfin, cette créature… est un eunuque de rang très élevé. Grue Cendrée aurait bien voulu que je devienne castrat à

1. Le plus célèbre poète chinois, actif sous les Tang.

mon tour mais ça ne s'est pas fait..., poursuivit, en grimaçant et d'une voix saccadée, le serveur qui n'en finissait pas de ruminer son échec.

— Tu peux dire à maître Grue Cendrée que c'est très volontiers que je l'accueillerai à ma table.

Le serveur répercuta cette réponse au Secrétaire du Gynécée Impérial, qui, le cœur battant comme au premier jour de ses entreprises de séduction et tirant vers le haut sa robe pour lui épargner de s'empêtrer dans ses cothurnes, vint aussitôt s'asseoir face à Trois Marches.

Ce fut l'éphèbe qui prit la parole en premier :

— Vous travaillez à la Cité Pourpre ? Il y a longtemps que je rêve moi-même d'y entrer...

— Pourquoi ne l'as-tu pas déjà fait ?

— Ce n'est pas si facile que ça ! Il faut montrer patte blanche !

Sans se rendre compte du grotesque de sa mimique, Grue Cendrée se rengorgea et s'écria, tout en ondulant du cou comme le mâle de l'oiseau dont il portait le nom lorsqu'il entame une parade amoureuse destinée à séduire la femelle :

— Je ne te le fais pas dire !

Trois Marches, mesurant la chance qui était la sienne, alla droit au but :

— Pourriez-vous m'y introduire ? J'ai l'impression que vous en avez les moyens...

Face à une si délicieuse témérité, l'eunuque, qui ne s'attendait pas que le bel inconnu fût si accessible, décida d'user du prosélytisme qu'il servait habituellement à tous les jeunes gens dont l'apparence le séduisait.

— J'ai encore mieux à te proposer. Ne veux-tu pas devenir un des nôtres ? La confrérie à laquelle j'appartiens est très puissante. Nous nous serrons les coudes et sommes à l'abri du besoin. À vrai dire, nous tenons beaucoup de choses tout au sommet de l'État…

Trois Marches haussa un sourcil puis l'autre.

— Eunuque, vous me voyez eunuque ?

Grue Cendrée acquiesça bruyamment.

— Oui, bien sûr ! Bien des eunuques aimeraient avoir un visage aussi fin que le tien !

L'éphèbe, songeur, dit en soupirant :

— Se faire enlever les Petits Trésors… à l'âge adulte, l'opération doit être très douloureuse…

Grue Cendrée haussa les épaules en secouant vigoureusement la tête :

— Après l'intervention chirurgicale, je suis sorti en marchant ! Le médecin sait calmer la douleur avec une décoction de plantes appropriée !

— Quel genre de plantes ?

Grue Cendrée, pour qui la demande de précision de Trois Marches valait acquiescement, se mit à glousser de joie.

Quant à Trois Marches, il n'était pas loin de l'euphorie.

En acceptant la proposition de Grue Cendrée, il pourrait accéder à l'intérieur de la Cité Pourpre, ce qui le mettrait à pied d'œuvre pour en savoir plus sur le sort de sa chère Lune Rousse. Après quoi, il serait toujours temps de trouver un prétexte pour échapper au scalpel du chirurgien…

Et en tout état de cause, quand la chance vous tombe devant les pieds comme le fruit de l'arbre, le mieux à faire est de la saisir sans se poser trop de questions.

— Toutes sortes de plantes antidouleur…

— Peux-tu me préciser en quoi consiste exactement l'intervention chirurgicale ? demanda Trois Marches, qui n'entendait pas éveiller chez son interlocuteur le moindre soupçon quant à la sincérité de son propos.

Grue Cendrée, brandissant la petite boîte contenant ses attributs que tout eunuque doit porter sur lui jusqu'à sa mort puisque, sous peine de déplaire aux ancêtres, un corps doit être entier lorsqu'il est inhumé, lui déclara :

— C'est très simple. On fait boire au patient une bolée d'alcool de sorgho et le scalpel du praticien entre en action très vite, de sorte que l'intéressé ne s'aperçoit même pas qu'on lui a ôté ses deux Petits Trésors !

— Ne suis-je pas trop âgé pour être castré ? demanda l'éphèbe, ne voulant pas laisser croire au castrat qu'il était en terrain conquis.

Piqué au vif comme c'était prévisible, Grue Cendrée s'empressa de le rassurer :

— Comme dit le proverbe : « Il n'est jamais trop tard pour bien faire »… Et puis notre chirurgien a une longue habitude de ce genre d'intervention. Sans compter que tu es encore très jeune !

D'un battement de cils, le jeune homme au minois de fille laissa tomber :

— Ta proposition m'intéresse…

Aux anges, Grue Cendrée pinça délicatement la joue de Trois Marches et, d'un air langoureux et gourmand à la fois, lui déclara :

— J'étais sûr que toi et moi nous étions faits pour nous entendre…

14

Pour Rocher Impérissable, les vrais ennuis commencent

De retour de son équipée au *Pavillon des Dix Mille Plaisirs*, Droit Devant, qui se faisait une joie de goûter aux petits plats d'Écume des Jours, ne tarda pas à comprendre que sa maison était le théâtre d'un événement des plus ennuyeux.

Des policiers en armes avaient investi les lieux.

Pressentant le piège, il jugea préférable de faire demi-tour et, après avoir contourné la demeure de son père, s'y faufila par la porte arrière.

Une voix de stentor beuglait des injures :

— Mon salaud, tu finiras bien par parler ! Dis-nous où est la Clochette birmane que tu as volée à l'Empereur… Triple couillon, on te fera la peau !

Caché derrière la stèle de l'autel des ancêtres, le fils de Rocher Impérissable entendait tout ce que disait la voix tonitruante. Il fit un pas, ce qui lui permit de constater que ladite voix s'adressait à son père qu'il entrevoyait prostré dans un fauteuil de son bureau dont la porte-fenêtre était demeurée grande ouverte.

— Mais je vous l'ai déjà dit : je n'ai rien volé au Fils du Ciel… et j'ignore tout de ce dont vous me parlez…

C'était bien la voix de son père, désespérée et suppliante.

Atterré, notre jeune homme manqua défaillir. Mais il ne tarda pas à se reprendre pour essayer de saisir ce qui se passait.

Il comprit que les policiers accusaient Rocher Impérissable d'avoir dérobé un ustensile semblable à celui qui se trouvait dans sa poche et qui appartenait au Fils du Ciel ! C'était tellement effarant qu'il se pinça pour bien s'assurer qu'il n'était pas en train de faire un mauvais rêve.

Le flic, un petit personnage au visage odieux, pointa sa matraque en direction de Rocher Impérissable et lui dit d'un ton menaçant :

— Tu finiras bien par avouer…

Puis, joignant le geste à la parole, il assena un violent coup de poing sur le nez du Pinceau Rouge qui éclata comme un pruneau mûr.

Rocher Impérissable, le visage ruisselant de sang, poussa un gémissement déchirant qui fit se tordre les boyaux de son fils.

— Je vous jure que je n'ai pas volé la Clochette de l'Empereur ! D'ailleurs, comment serais-je assez fou pour commettre un tel méfait ?…

— Ton fils se balade partout avec la Clochette birmane du Fils du Ciel. Qui d'autre que toi a pu la lui fournir ?

En entendant ces mots, Droit Devant eut l'impression que son cœur, qui battait jusque-là la chamade, s'arrêtait brusquement.

Comment la police avait-elle su ? Qui avait bien pu le dénoncer ?

Les murs, comme on disait, avaient des oreilles… mais à ce point… c'était à croire que ceux de l'alcôve de Senteur Douce en étaient truffés !

Rocher Impérissable se défendait comme il pouvait :

— Je vous jure que ce n'est pas moi ! Mon fils ne m'a jamais parlé de cette chose !

— Tu finiras par avouer le crime… faute de quoi ton nom sera placardé aux portes des Cours de Justice !

Pour dissuader tous ceux qui étaient susceptibles de le trahir et faire réfléchir la populace, Cheng Hua ordonnait que soit placardée aux portes des tribunaux des grandes villes la liste des condamnés à mort pour haute trahison qu'il faisait exécuter en public le dernier jour de chaque mois lunaire devant la porte septentrionale de la Cité Pourpre.

Comme s'il voulait vérifier que l'étui de la Clochette s'y trouvait toujours, le fils de Rocher Impérissable porta machinalement la main à sa poche avant de s'affaler, ses jambes ne pouvant plus le soutenir, contre la face arrière de l'autel des ancêtres. Puis, d'un geste précautionneux, il déposa sur le sol l'objet qui était la cause de tous les malheurs de son père et le considéra avec horreur.

Si au moins la Clochette birmane avait pu parler !

Mais bien qu'il fixât intensément les yeux sur les deux petits oiseaux qui avaient fait chanter le corps de Douce, ceux-ci demeuraient parfaitement muets.

C'est alors qu'il songea à Lune Rousse. Car cela lui parut à présent évident : ce ne pouvait être que cette pauvre fille, qui, sous la torture, avait vendu la mèche…

Il est vrai qu'en matière de question, les services de renseignement de la Cité Pourpre étaient réputés pour leur imagination sans limites. Cela allait des pointes de bambou enfoncées sous les ongles à la crucifixion sur une planche, en passant par une sorte de garrot en bois qu'on serrait progressivement autour du cou du supplicié jusqu'à ce qu'il étouffât comme la civette prise dans les muscles du boa constrictor.

Soudain, les gémissements de Rocher Impérissable cessèrent, faisant craindre à son fils qu'il ne se fût évanoui sous les coups, à moins qu'il ne fût mort.

Au bout de longues minutes qui lui parurent des siècles, il entendit un nouveau râle, signe que son père était toujours vivant, mais dans quel état ?

Alors, et quoi qu'il lui en coûtât, Droit Devant replaça la clochette dans sa petite boîte et la posa bien en vue sur la tablette de l'autel des ancêtres, à un endroit où elle ne pouvait pas passer inaperçue, puis, défait à l'idée de la terrible déception de Douce lorsqu'il lui expliquerait qu'il avait été obligé d'abandonner sa Clochette birmane, il prit ses jambes à son cou.

À peine monté sur le trône, l'Empereur des Femmes était déjà déchu !

15

Clarté Existentielle

Fine Fleur entra dans la pénombre de la salle de méditation où flottait cette légère odeur de ranci des pièces perpétuellement closes.

Dès qu'elle aperçut la fille adoptive d'Exhaustivité, Clarté Existentielle, qui était assise dans la posture du lotus, immobile comme un rocher et les paumes tournées vers le ciel, leva les yeux vers elle. Comme à l'accoutumée, Fine Fleur se sentit transpercée par ce regard qui brillait comme les billes de Jade incrustées dans les yeux des gigantesques statues de Guanyin la Compatissante vénérées dans la grande salle de prière du monastère de l'Oie Sauvage

— Tu veux me parler, ô ma fille ?

Pétrifiée par son respect envers cette mère supérieure qui commandait à une petite armée de mille trois cents moniales, Fine Fleur n'osait pas bouger.

Clarté Existentielle ayant réitéré sa question, la jeune fille acquiesça, avant de faire un pas timide vers la nonne bouddhiste.

Comme c'est le cas des ascètes qui ne mangent presque rien et dorment peu, Clarté Existentielle impressionnait par son regard lointain et doux, un crâne lisse comme un genou et luisant comme un vieux bol à offrandes, sans oublier sa maigreur cadavérique qu'accentuaient sa faible taille et son aspect chétif.

— Eh bien, je t'écoute ! murmura la supérieure de sa voix sourde et grave à la fois, une voix encore plus impressionnante que le reste, une voix qui témoignait de la force inaltérable qui se cachait derrière cette fragilité apparente.

— Tu n'as pas tout saisi des subtilités du chapitre sur le Vide du sutra du Lotus ? ajouta la moniale en faisant allusion à leur dernière discussion au cours de laquelle elle avait exhorté Fine Fleur à poursuivre la lecture de ce grand texte saint dont le sens ne saute pas toujours aux yeux de celui qui le découvre.

La jeune fille se racla la gorge puis, la voix enrouée par la timidité, elle murmura dans un souffle et l'air quelque peu gênée :

— Non… Je l'ai lu trois fois et pense en avoir compris les fondements… du moins les plus importants.

Mère Clarté, qui avait dépassé les soixante-dix ans, déplia ses jambes, ce qui provoqua un craquement sec des articulations de ses genoux qui supportaient de plus en plus mal les contraintes de la posture assise, puis se leva avec difficulté.

— Quel est donc l'objet de ta visite ?

Au prix d'un immense effort, la jeune fille se lança et déclara à la nonne :

— Une de mes connaissances manque d'un certain remède. Si cet homme ne le prend pas, il risque d'aller de mal en pis.

La vieille nonne ascétique, qui n'aimait pas être dérangée pendant sa méditation « assise devant le mur », renoua sa ceinture, puis, s'étant approchée de sa jeune visiteuse, lui demanda, non sans un certain agacement :

— Que vient faire ici une histoire de remède ?

— Très Sainte Mère Clarté Existentielle, sans ce remède la personne en question risque de mourir. Je la vois péricliter de jour en jour…

La vieille femme toisa sa jeune visiteuse.

— Je ne suis pas médecin !

Fine lui rétorqua en se tordant les mains :

— Vous guérissez les âmes… Et puis je ne connais pas de médecin !

Consciente qu'elle était allée trop loin, Mère Clarté se radoucit et dit :

— De quel remède cette personne a-t-elle besoin ?

— La Liqueur du Dragon Volant… Connaissez-vous cette potion ?

La nonne marqua un temps d'arrêt, poussa un long soupir puis alla allumer une bougie. Aussitôt, les Apsaras multicolores qui voletaient au plafond apparurent, semblables à des papillons.

— Qui n'a pas entendu parler de cette Liqueur ? Elle est source de malheur pour ceux qui la consomment… et pourtant, ils sont nombreux à en prendre… Comme l'a dit le Bienheureux, c'est dans la renonciation aux plaisirs terrestres que la sérénité vient aux êtres. Plus l'homme désire la femme et plus il est malheureux… et *vice versa.*

Fine Fleur, interloquée, essaya de faire parler sa directrice spirituelle.

— Mère Clarté, pourquoi cette Liqueur rencontre-t-elle un tel succès alors que vous semblez dire qu'elle est dangereuse ?

De plus en plus agacée, la nonne leva les yeux au ciel.

— Parce qu'il s'agit du plus célèbre des aphrodisiaques, pardi !

— Qu'est-ce qu'un aphrodisiaque ?

Excédée, la mère supérieure se borna à répondre d'un ton sec :

— Une potion dont les hommes abusent…

Les nonnes bouddhistes sont réputées pour leur pruderie.

Ce n'est pas le cas des moines, qu'il s'agisse de ceux des Églises du Grand ou du Petit Véhicule, sans oublier ceux de la branche du bouddhisme tantrique, où l'union sexuelle remplace purement et simplement la méditation transcendantale, dont les frasques sexuelles rempliraient des pages entières. Alors que ces lamas sont d'apparence fort chaste, leur Tige de Jade est toujours prête à bondir de dessous leur pagne. Un moine tibétain du nom de Kalinshen avait réussi à convaincre l'inestimable empereur Huizong[1] de s'adonner au culte tantrique de l'union des Seize Dakinis et des Huit Mâles. Sur les conseils de ce lama qu'il avait nommé par la suite « Maître du Grand Empire Yuan », le souverain-poète était allé jusqu'à ordonner à des jeunes gens et à des jeunes filles de se dévêtir puis de s'accoupler devant lui entièrement nus. Ces fornications censées lui redonner un surcroît de vigueur avaient lieu plusieurs

1. Cet empereur régna de 1333 à 1357.

fois par semaine, sous le regard effaré, et au grand désespoir, des mandarins confucéens de stricte obédience qui assistaient les bras ballants à ce qu'ils qualifiaient pourtant de « tourbe monastique ».

Mais il y a plus.

Sait-on que les Églises bouddhistes ont toujours rivalisé d'imagination pour permettre à leurs grands protecteurs, latifundiaires et richissimes marchands susceptibles de leur faire de considérables donations, d'assouvir leurs instincts sexuels en toute tranquillité ? L'exemple devant venir d'en haut, on a longtemps représenté, sous l'appellation de « Bouddha Joyeux », le Bienheureux en érection pénétrant sa compagne. Les statues en question, dont la fabrication est désormais interdite, étaient dotées de sexes amovibles. Ce qu'on appelle communément « Tige de Jade » ou « Branche Fleurie », ou encore « Tronc Céleste », prit opportunément le nom de « Dent de Bouddha ». Ces « Bouddhas Joyeux » furent utilisés par certaines familles impériales mongoles lorsqu'un prince non déniaisé épousait une princesse. Le chef des eunuques du palais impérial demandait aux futurs mariés de s'agenouiller et de prier devant ces statues aux postures coquines avant de boire une coupe nuptiale remplie d'aphrodisiaque…

Ce n'était pas un hasard si l'immense monastère de la pagode de l'Oie Sauvage était exclusivement réservé aux moniales. Les bonzes, y compris les tout jeunes novices, n'étaient pas autorisés à pénétrer dans cette austère bâtisse construite à l'aplomb d'une abrupte falaise sculptée mille ans plus tôt de Bouddhas géants.

La mère supérieure eût volontiers stoppé là leur conversation, mais, continuant à aggraver son cas, la fille adoptive d'Exhaustivité du Savoir, dont la naïveté n'avait d'égale que l'innocence, lui lança :

— Et pourquoi pas les femmes ?

— Les hommes sont plus vaniteux que les femmes… C'est d'ailleurs la raison pour laquelle ils se croient supérieurs à elles. Or il n'en est rien. Pour tout te dire, j'estime les femmes mieux placées que les hommes pour atteindre le Nirvâna…

— Parce qu'elles sont moins vaniteuses ?

Ce propos, qui témoignait de la pureté de son auteur, eut le don de réjouir Clarté Existentielle.

Elle sourit, ce qui rendit à son visage une allure plus humaine, et dit à Fine Fleur :

— Tu devrais dire à ta personne malade qu'elle ferait mieux de se convertir…

— Elle croit aussi à la bonté et à la sagesse du Bienheureux…

— Les hommes ne devraient pas penser aux femmes. Et réciproquement…

Je dois ici au lecteur une précision au sujet de Luoyang, car la Ville aux Mille Pagodes est également un gigantesque lupanar.

Depuis les valeureux Tang, Luoyang est un lieu de pèlerinage où convergent les dévots pour s'y laver de leurs péchés dans l'espoir d'atteindre le Nirvâna. Mais la ville est également la capitale de la soie où accourent des marchands venus des quatre coins du monde.

Le corps humain ayant besoin de se détendre après l'effort, la densité des bordels y est aussi grande que celle des temples. À Luoyang on peut trouver tous les plaisirs possibles et ce à tous les prix. Aisément reconnaissables à leur peau basanée, à leurs narines frémissantes largement ouvertes et à leurs attaches très fines, complaisantes et généreuses avec le client qu'elles attirent dans leurs filets comme le pêcheur expérimenté qui se joue des ruses de la carpe, les filles de joie y sont plus jeunes et plus attirantes que celles de Pékin, qui sont pour la plupart d'origine mongole.

Fine Fleur s'approcha de la fenêtre.

Baignées par la nuée de lumière dorée du crépuscule, des fillettes en toge orangée maniaient la balayette pour nettoyer la cour du monastère. La pureté étant, selon les propres termes du Bouddha, l'antichambre du Paradis, son dallage de pierre, pourtant foulé aux pieds par des milliers de dévots, était maintenu en permanence propre comme un sou neuf.

— Mère Clarté Existentielle, que dois-je faire ?

— Tu dois convertir cette personne à la Vérité ! Que je sache, c'est plutôt son intérêt de monter au Nirvâna. D'ailleurs, c'est le tien aussi.

— Si je comprends bien, la personne en question n'en prend pas le chemin…

Après s'être retournée, Fine Fleur fit un pas vers Clarté Existentielle. La vieille femme posa sa main sur le bras de la fille adoptive d'Exhaustivité du Savoir.

— Si cela peut te consoler, je dirai qu'il n'est pas le seul à être dans ce cas… La voie du Paradis est étroite…

— Y compris pour les femmes ?

— Bien sûr, même si, pour les femmes, elle est un peu plus large que pour les hommes. D'ailleurs, si ce n'était pas le cas, je ferais un autre métier et toi et moi nous ne serions pas là, à discuter de ces choses-là…

Ce n'était pas la première fois que Clarté entreprenait la jeune fille sur ce thème. Un jour, elle lui avait même expliqué que, si elle voulait éviter d'être soumise à des tentations coupables, elle devait se faire couper la chevelure. Comme elle ne s'imaginait pas revenir avec le crâne rasé chez son père adoptif, cette préconisation l'avait quelque peu refroidie.

Embarrassée, Fine Fleur se rapprocha de la fenêtre.

Dehors, une très vieille nonne au dos si courbé qu'il formait une demi-roue donnait à manger des grains de riz aux oiseaux. Seuls les plus gros arrivaient à picorer tout en envoyant de violents coups de bec aux autres, plus petits, pour les éloigner.

Pourquoi ces volatiles, dans lesquels s'étaient pourtant réincarnés d'autres êtres, d'essence supérieure, ne respectaient-ils pas les Lois du Bienheureux ?

Mais plus encore que ce spectacle de la loi du plus fort, c'était l'attitude de mère Clarté Existentielle qui plongeait Fine Fleur dans un abîme de perplexité.

Ce n'était pas faire preuve de beaucoup de compassion que d'abandonner quelqu'un à son triste sort… et la générosité dont Exhaustivité du Savoir avait fait preuve à son égard, lorsqu'il l'avait recueillie à la mort de ses parents, méritait bien qu'elle l'aidât à trouver un remède à sa souffrance.

Et si c'était mère Clarté Existentielle qui, en l'espèce, faisait fausse route ?

Se priver des plaisirs terrestres, renoncer à toute forme de plaisir et de satisfaction, c'était bien beau, mais encore fallait-il que le Paradis existât. Or, nul ne pouvait prétendre avoir été au Nirvâna puisqu'on n'y accédait qu'après la mort.

Était-il bien raisonnable de sacrifier aujourd'hui à des lendemains si incertains ?

Autant de questions qui n'étaient pas totalement absurdes…

C'était même le genre de questions dont on a la réponse quand on commence à se les poser…

En quittant mère Clarté Existentielle, Fine Fleur, qui commençait à mesurer les dégâts des dogmes que les Églises professent au détriment de l'être humain, se jura qu'elle ne se raserait jamais le crâne.

Elle avait de si beaux cheveux !

16

Force de la Loi

Lorsque Droit Devant, hors d'haleine, déboula chez Force de la Loi dans l'espoir d'obtenir un conseil, le vieil homme, assis à la table de travail de sa bibliothèque, avalait à petites gorgées la soupe aux orties et aux champignons noirs que son médecin lui conseillait de prendre chaque soir en raison de ses vertus thérapeutiques.

La pièce où travaillait le professeur confucéen était de vastes dimensions. Ses murs étaient tapissés de livres, la plupart fort rares, ce qui amenait de nombreux bouquinistes à faire le siège de Force de la Loi dans l'espoir qu'il acceptât de leur céder quelques-unes des préciosités accumulées au fil du temps.

Face à Force de la Loi se tenait Jurisprudence Irréprochable, un de ses élèves que le fils de Rocher Impérissable détestait particulièrement parce qu'il était le prototype même du mauvais camarade, n'hésitant pas à dénoncer ses condisciples à la moindre de leurs incartades.

Arrivé en plein milieu de son cours, Droit Devant n'osa pas interrompre le vieux professeur qui, fidèle à son habitude, était en train de soumettre son élève à un feu roulant de questions relatives à la morale et aux Rites.

Bien que resté sur le seuil de la pièce, le fils de Rocher Impérissable ne perdait pas une miette de l'échange entre les deux hommes, le plus vieux interrogeant l'autre sur les moyens dont les parents devaient user s'ils voulaient épargner les Neuf Calamités à leur enfant.

Lorsque, avec le ton horripilant de l'élève dont le seul but est de se faire mousser auprès de son professeur, Jurisprudence Irréprochable déclara que l'enfant conçu hors du mariage serait victime des Neuf Calamités, le sang de Droit Devant ne fit qu'un tour.

Il haïssait le rigorisme étriqué de Confucius, dont le propos était en contradiction totale avec celui de l'Empereur Jaune qui tirait quantité d'avantages de son batifolage avec un très grand nombre de femmes.

Comment ce supposé Grand Sage osait-il prétendre qu'un couple était fait pour la vie, alors même que l'homme ne pouvait acquérir les Huit Bienfaits qu'à condition d'avoir fait l'amour avec un grand nombre de femmes ?

Le reste de la discussion entre Jurisprudence et son professeur parut plus terrible encore au fils de Rocher Impérissable, surtout lorsque le vieux confucéen, sur un ton docte et de sa petite voix aigrelette, se mit à déclamer l'énumération suivante, faite pour insinuer la peur de sortir des sentiers battus lorsqu'on pratique Nuage et Pluie :

— Un enfant conçu en plein jour sera sujet aux vomissements ; si c'est en pleine nuit et sous l'effet d'une mauvaise interaction entre le soleil et la lune, il pourra être mort-né ; si c'est pendant une éclipse de soleil, il pourra naître brûlé ; si c'est pendant un orage, il risque d'être dérangé mentalement ; si c'est pendant une éclipse de lune, il sera persécuté et connaîtra un mauvais sort ; si c'est sous un arc-en-ciel, il sera maudit ; si c'est au moment du solstice d'été ou d'hiver, il fera le malheur de ses parents ; si c'est pendant les nuits de lune croissante et décroissante, il naîtra aveugle ; si ses parents sont ivres, il souffrira de bubons et d'épilepsie.

Force de la Loi, toujours aussi imperturbable, continuait à assener des inepties :

— Le fils, le père doit le regarder avec considération ; le père, le fils doit le considérer avec respect : tel est l'axe central de la solidité de la famille qui doit être érigée au rang de Vertu !

Droit Devant, à cet instant, faillit lui rétorquer qu'il était parfaitement absurde de cantonner ainsi la solidité familiale aux rapports entre un père et son fils, en faisant si peu de cas de la gent féminine étant donné que, sans filles, il n'y aurait pas de femmes et donc pas de procréation possible, c'est-à-dire ni père ni fils, mais il préféra s'abstenir, considérant qu'il avait mieux à faire que de se lancer dans une joute oratoire stérile.

À ceux dont le propos consiste à inciter à canaliser les ardeurs sexuelles des couples qui convolent en justes noces, que peut-on répondre si ce n'est que leur attitude est absurde et que leur rigorisme étriqué conduit le plus souvent les individus à adopter des postures fausses en s'adonnant secrètement à ce qui leur est interdit par les Rites ?

À moins de se conduire comme un fourbe et de faire l'inverse de ce qu'il prône, un confucéen se prive de tout accès au bonheur.

Enfin, le cours s'acheva, et, après s'être incliné devant son maître, Jurisprudence Irréprochable prit congé, sans un regard pour Droit Devant.

Le vieux lettré confucéen chaussa ses bésicles et replongea dans ses livres. Afin d'attirer son attention, le fils de Rocher Impérissable se racla la gorge.

D'une main parcheminée et tremblante, le vieux professeur ôta lentement ses lunettes, puis leva des yeux vitreux vers le jeune homme avant de laisser tomber, d'une voix morne et comme si de rien n'était :

— Pour ce qui nous concerne, mon cher Droit Devant, il ne nous reste plus qu'à attaquer les Mille Supplémentaires, et tu pourras te présenter au concours du sous-mandarin du troisième grade !

Maître Force faisait allusion aux quatre mille caractères d'écriture que tout candidat aux concours administratifs était contraint d'emmagasiner dans sa mémoire pour avoir une chance de passer la barrière de l'écrit et dont il avait déjà forcé le fils de Rocher Impérissable à apprendre les trois quarts.

Le jeune homme, qui avait d'autres préoccupations en tête, lui rétorqua, non sans une certaine impatience :

— Maître Force, je ne suis pas venu vous parler de calligraphie.

— As-tu au moins acheté un pinceau en poil de loutre ?

Cela faisait des mois que le professeur tarabustait son élève pour qu'il se procurât ce type de pinceau fort coûteux, réalisé avec la moustache de l'animal en question et que tous les calligraphes considèrent comme la crème de la crème des pinceaux en raison de l'extrême finesse des traits qu'on peut réaliser avec.

Coupant court, Droit Devant lança d'une voix forte :

— Mon père est dans l'embarras…

Impavide, Force se contenta d'un haussement d'épaules qui exaspéra un peu plus son jeune visiteur.

En deux mots mais tout en se gardant bien de mentionner l'affaire de la Clochette birmane, Droit Devant expliqua au vieil homme ce qu'il avait découvert en arrivant chez lui.

— Si ton père est dans la panade, c'est qu'il y a sûrement de bonnes raisons pour ça…, conclut doctement le professeur confucéen en se curant l'oreille avec son auriculaire, un auriculaire, comme il se doit, de lettré, c'est-à-dire à l'ongle recourbé comme une serre de rapace et mesurant cinq bons centimètres.

Alors que, d'ordinaire, la longueur des terminaisons de Force de la Loi le faisait plutôt sourire, la vision de cet ongle dont la démesure témoignait du métier purement intellectuel de son propriétaire mais également du peu de cas que les gens de son espèce faisaient des paysans et des ouvriers, suscita pour la première fois en lui un profond dégoût.

Droit Devant cherchait désormais à provoquer son professeur :

— Et dire qu'il voulait que j'embrasse la même carrière que lui…

Du tac au tac, ce vieux renard de Force de la Loi rétorqua à son jeune élève :

— J'espère bien que tu accéderas aux souhaits de ton père…

— Pour être massacré par la police impériale ? Très peu pour moi !

Le vieux confucéen haussa également le ton.

— Que fais-tu de l'autorité paternelle, ce « temple sacré qu'on ne doit jamais profaner » ?

L'expression était tirée du *Livre des rites*, ce traité de bonne conduite rédigé sous les Zhou et dont les thèses sont rigoureusement inverses de celles du *Livre de la Voie et de la Vertu*.

Le fils de Rocher Impérissable serra les poings et dit :

— N'est-on pas en droit de refuser le malheur qu'on vous impose ?

En bon lettré moralisant, Force laissa tomber :

— Ce que tu dis est contraire à tous les idéaux de maître Kong. La parole d'un père est sacrée…

Alors que tout autre que lui, de rage, eût volontiers serré jusqu'à l'étouffement le cou décharné qui sortait du mantelet de drap de laine ourlé de vison de Force de la Loi, Droit Devant, dont la sagesse était déjà grande malgré sa jeunesse, préféra s'en aller sans demander son reste.

17

Droit Devant et Senteur Douce filent le parfait amour

Dans la nuit qui enveloppait le vieux quartier de son manteau opaque, Senteur Douce devinait au loin les hurlements des meutes de chiens errants qui couraient vers la ville endormie. La jeune femme n'était qu'à moitié rassurée. Soudain, elle fut brusquement tirée par la manche et poussa un cri.

C'était Droit Devant.

— Tu m'as fait peur..., lui souffla-t-elle.

Il la poussa vers une encoignure.

— Nous ne pouvons pas aller chez moi. La maison a été investie par la police.

D'une voix haletante, il lui expliqua qu'il avait attendu dans un terrain vague, emmitouflé dans son manteau, et s'était réveillé les pieds à moitié gelés.

Plutôt surprise, la jeune femme lui demanda :

— Tu es recherché par la police ?

Le cœur battant, il lui fit part de la situation et, bien décidé à ne rien lui cacher, lui expliqua comment il avait été obligé d'abandonner la Clochette birmane dans l'espoir de sauver son père.

Ce faisant, il s'attendait à tout, y compris, vu qu'il n'était plus en possession du petit grelot salvateur, qu'elle le plantât là, séance tenante.

Aussi, lorsqu'elle lui répondit, les yeux brillants de larmes :

— Tu as bien agi ! J'aurais fait la même chose pour sauver maman…

Soulagé d'un poids immense, il l'attira vers lui et crut bon d'ajouter :

— J'aurais fort bien compris que tu décides d'en rester là avec moi.

Senteur Douce, après avoir collé son ventre contre celui de Droit Devant, lui murmura dans le creux de l'oreille :

— Je tiens trop à toi…

Le propos mit du baume au cœur du fils de Rocher Impérissable qui respirait avec délice la délicate odeur de l'eau de jasmin dont elle s'était aspergée.

Tandis qu'il lui prenait la main, elle lui demanda, plus que jamais désireuse de recommencer Nuage et Pluie avec lui :

— Où as-tu prévu de m'emmener ?

— Il y a une auberge deux rues plus loin… Du moins si tu acceptes.

Aussitôt, elle acquiesça.

Sa Ravine avait tellement envie de la Tige de Droit Devant que, le temps de se rendre à ladite auberge, ses parois se mirent à suinter.

Elle les sentait dégouliner lorsqu'ils prirent possession de la chambre que leur avait louée l'aubergiste.

Quant à Droit Devant, lorsque Douce entra dans le halo de lumière dorée projeté par la grosse lanterne en papier huilé qui pendait du plafond, il crut en perdre le souffle. Dans cette robe de soie ajustée qui soulignait l'élégance générale de ses formes, elle le faisait penser à la Princesse des Nuages Azurés telle que les peintres la représentent sur les bannières accrochées aux pilastres des temples de la Voie.

Il n'eut même pas le temps de lui faire un compliment que, avec une audace sidérante, elle commença à ôter ses vêtements et se retrouva nue en un tournemain.

Malgré cette mise en bouche fort appétissante, il ressentait une légère appréhension lorsqu'il s'étendit à côté d'elle. À l'instar du combattant qui n'a que ses mains nues face à l'adversaire, il ne pourrait compter que sur ses capacités propres.

La suite démontrerait qu'il s'était inquiété pour rien.

Douce, qui savait parfaitement où elle voulait en venir, tira l'épingle qui retenait les cheveux de Droit Devant, ce qui les fit retomber sur ses épaules en un rideau luisant et souple. Puis elle les rabattit vers l'avant, de sorte qu'ils lui occultassent la vue, car, lorsqu'on ne voit rien, l'ouïe, le goût, le toucher et l'odorat, qu'aucun spectacle ne perturbe, répondent de façon bien plus efficace aux sollicitations extérieures.

Droit Devant, qui trouvait délicieuse cette appréhension de Douce au moyen de son seul toucher et de son seul odorat, n'eut pas besoin d'y ajouter le goût et l'ouïe pour atteindre le stade où la retenue des pulsions d'une Tige de Jade devient une mission impossible.

Étant donné que, pour faire bonne figure devant le partenaire du sexe opposé, il convient de se retenir le minimum nécessaire, lorsqu'il arriva au bord de ce délicieux gouffre, le fils de Rocher Impérissable se raidit.

Mais Douce, qui s'était agenouillée devant lui et avait entrepris de lui déboutonner la braguette avec une agilité stupéfiante, s'empara de sa Tige.

Partagé entre gêne et désir, Droit Devant, qui, en essayant de se dégager, avait relevé d'un coup sa chevelure, voyait la bouche ouverte de la jeune femme prête à se poser sur son instrument. Dans un effort désespéré et sachant que, s'il demeurait inerte, son assaillante aurait tôt fait d'arriver à ses fins, il poussa la jeune fille vers le lit avant de l'y renverser.

Prenant ce geste comme une aubaine qui ne se refuse pas, Douce écarta aussitôt les cuisses en offrant à notre héros le voluptueux spectacle d'une posture fort lascive.

— Viens en moi, mon chéri !

Droit Devant, dont la semence risquait de jaillir à tout moment, se racla la gorge.

Pris de court, il ne savait plus que faire face à une situation qui devenait de plus en plus périlleuse et dont l'issue risquait de faire regretter à Douce de s'être choisi un si piètre amant.

Mais, Nuage et Pluie se jouant à deux, ce fut la fille de Sud qui, parfaitement consciente du danger, vint à son secours. Elle pinça fortement, à l'aide de son pouce et de son index, la zone située entre sa Porte Étroite et la base de son Sac aux Petits Trésors, de sorte que sa Tige explosa sans libérer la moindre goutte de liqueur *Yang*, tout en lui permettant de ressentir la sensation de délivrance et de plaisir mélangés concomitante à l'éjaculation.

Après avoir repris ses esprits et tout en pensant qu'il venait, dans l'histoire, de gagner quelques mois de vie supplémentaires, Droit Devant la remercia chaudement.

Tels deux vieux amis qui ont l'habitude de festoyer ensemble, la Tige de Droit Devant et la Ravine de Douce s'entendaient si bien qu'elles paraissaient avoir été créées l'une pour l'autre.

Notre jeune homme posa le bout de son nez à l'entrée de la Vallée des Roses de Senteur Douce. Elle exhalait cette odeur légère, suave et entêtante, sucrée et aigrelette, à mi-chemin entre celles du musc, de la cannelle et du gingembre.

Quand la Rosée Désirable commence à perler sur les parois de la Grotte d'Émeraude, l'odeur, en tous points semblable à celle du champignon sacré en forme de Tige de Jade, devient entêtante. Elle imprègne définitivement le nez de celui qui y a goûté, si bien qu'il n'a de cesse qu'il ne la respire à nouveau.

Senteur Douce se mit à frissonner. C'était plutôt bon signe.

Pleinement rassuré, il aventura un doigt, puis un deuxième, dans le Doux Corridor humecté de Miel.

Il songea au Nuage d'Or du poème, « qui se répand au-dessus de la plaine ensoleillée avant de se dissiper brusquement pour laisser place au spectacle inoubliable du tapis de fleurs que le printemps déroule »… et appuya doucement le pouce sur le Bouton de Rose de la fille de Sud dont le front se parait de sueur.

Elle le complimenta :

— Ta main est aussi efficace que la Clochette de l'Oiseau Lascif de Birmanie…

Puis ce fut la langue, qu'il posa au début des doux méandres de la Vallée de Senteur Douce dont les petits gloussements prometteurs en disaient long sur ce qu'elle ressentait.

Lorsque la Tige de Droit Devant y pénétra à son tour, avec la solennité du prêtre dans le temple, la fille de Sud se mit à crier des sons inarticulés.

D'un seul coup, le ventre de Douce, dans lequel Droit Devant allait et venait et qui ondulait jusqu'à ce moment comme une vague, devint aussi tendu que la peau d'un tambour de pluie. Signe que la jeune femme se trouvait à l'instant précis où la Source de l'Amour jaillissante exhume un plaisir si extrême qu'il fait perdre tout repère, ses yeux se révulsèrent.

Pour Droit Devant, à qui il suffisait désormais d'un peu plus d'expérience pour être à même de pratiquer le Retour de la Semence à sa guise, ce qui lui permettrait de conjuguer indéfiniment Plaisir et Longévité, c'était partie gagnée.

Quant à Douce, lovée contre son partenaire, tel un petit chat contre sa mère, elle se sentait repue.

Malgré l'absence de Clochette, Droit Devant l'avait autant satisfaite qu'au cours du précédent Nuage et Pluie.

Il se pencha sur elle et lui glissa :

— Ton corps et le mien s'accordent parfaitement... Quand la clé trouve sa serrure, la porte s'ouvre toute grande...

— Je le pense aussi...

— Ce serait dommage de refermer cette porte.

— Que veux-tu dire ?

— Je veux dire que, derrière cette porte, il y en a sûrement plein d'autres... et qui doivent probablement donner sur des pièces de plus en plus somptueuses...

Senteur Douce soupira et dit :

— Elles doivent être belles à visiter…

Droit Devant, qui n'envisageait plus de la quitter, lui demanda :

— Comment faire, si tu t'en vas ?

C'est alors que Douce, qui n'avait aucunement l'intention d'abandonner le projet qu'elle avait forgé depuis de si longs mois, et ce bien qu'elle commençât à être quelque peu rassurée sur sa capacité à jouir, lui fit la proposition suivante :

— Et si tu m'accompagnais à Luoyang ?

Dès l'aube et sans un regard pour la ville qu'ils quittaient, nos deux amants filèrent vers le Grand Canal Impérial que la lueur froide de la lune faisait briller comme la lame argentée d'une longue épée…

Ils étaient seuls au monde et tout à leur bonheur.

Quand on aime, il n'y a ni passé ni regrets.

Il n'y a pas besoin d'espoir : il n'y a que le présent puisque le bonheur, c'est ici et maintenant…

18

Trois Marches et Yadil

Il ne faut jamais se fier aux apparences données par les lieux.

La puissance ne se niche pas forcément dans ce qui est grand et qui brille.

Le plus souvent, les complots se trament dans des lieux minuscules, bas de plafond et faiblement éclairés, bref, qui ne payent pas de mine…

Tel était précisément le cas du bureau de Grue Cendrée, cet obscur réduit à peine propre auquel on accédait par un étroit couloir.

C'était là que Grue Cendrée avait amené Trois Marches après l'avoir introduit dans la Cité Pourpre.

Décidé à explorer toutes les pistes qui pourraient le mener à Lune Rousse, le jeune éphèbe savait qu'il n'avait pas intérêt à laisser le chef des castrats impériaux mener le bal mais qu'il devait, au contraire, l'amadouer. Aussi, sans laisser le temps à l'eunuque de consulter la pile de courrier qu'un de ses assistants au torse nu recouvert de tatouages d'animaux à poils et à plumes lui présentait, il lui lança :

— Y a-t-il, à la Cité Pourpre beaucoup d'hommes dont les qualités sont aussi grandes que les vôtres ?

Flatté, Grue Cendrée crut bon de se lancer dans un véritable cours d'histoire.

Sait-on que, même si l'homosexualité n'eut jamais très bonne presse dans les cours impériales, les amours entre hommes y ont existé depuis la nuit des temps ?

À l'époque des Royaumes Combattants, certains princes entretenaient déjà des mignons dont ils n'hésitaient pas à faire des chambellans et même des ministres. Le plus célèbre d'entre eux était Longyangjun, le ministre et amant du prince du royaume de Wei, dont le nom était devenu le terme générique par lequel on désignait les homosexuels. L'empereur Wu des Han[1] avait un ami de cœur et de sexe du nom de Hanyan, qui finit par être dénoncé avant de périr malgré tous les efforts déployés par son maître pour le sauver. Le même souverain s'était entiché d'un giton qui n'eut de cesse qu'il ne séduisît des dames du harem impérial. Aidi[2], l'un des successeurs de Wu, avait un amant nommé Dongxian. Une nuit, l'intéressé s'était endormi sur la manche de la robe de l'Auguste qui avait été appelé à traiter d'une affaire importante. Plutôt que de réveiller son favori, Aidi avait préféré couper la manche de sa robe, d'où l'expression « couper la manche » par laquelle on désigne les amours masculines…

À la fin du propos de Grue Cendrée, Trois Marches déclama le vers suivant, tiré d'un poème de Huang-

1. Il vécut entre 180 et 87 av. J.-C.
2. Cet empereur régna entre 6 et 1 av. J.-C.

bong, un célèbre poète eunuque de la dynastie des Song :

— Ce lien particulier et étrange, qui « brise le métal tout en possédant le parfum des orchidées »…

— Je vois que tu es cultivé ! s'exclama, admiratif, le Secrétaire du Gynécée qui, comme tout bon eunuque, vénérait cet auteur fétiche.

Trois Marches répondit, en clignant de l'œil :

— Je l'ai appris de la bouche d'un très charmant client.

L'impudeur est le propre des gens purs, de ceux qui n'éprouvent pas de gêne à parler de sexe parce que, contrairement aux autres, qui préfèrent ne pas se vanter de pratiquer assidûment Nuage et Pluie, ils n'y voient aucune vilenie.

La main aux longs ongles peints de Grue Cendrée effleura la joue de Trois Marches, telle la serre de l'aigle qui saisit l'agneau par la peau du dos pour l'enlever à sa mère.

— Si tu entrais dans notre confrérie, tu connaîtrais de grands succès !

Le jeune éphèbe, qui n'avait aucune envie de subir l'assaut du scalpel du chirurgien, ne put s'empêcher de lâcher :

— La vue du sang m'est insupportable !

— L'opération est bénigne. C'est une toute petite intervention de rien du tout ! D'ailleurs, le mieux est d'aller voir !

Bien décidé à défendre son intégrité bec et ongles, l'éphèbe à la face d'ange le suivit pourtant. Après avoir traversé d'innombrables cours et jardins, fendu des cohortes de mandarins flanqués de leurs assistants qui croulaient sous leurs dossiers, il entra au Pavillon des

Papillons Multicolores, cette élégante bâtisse aux pilastres rouge vif où officiait l'eunuque qui procédait à l'ablation des Petits Trésors. Là, Trois Marches aperçut, accrochée à l'un des murs du bloc opératoire, juste au-dessus de la table sur laquelle les impétrants étaient couchés de force et qu'éclairait une grosse lanterne en forme de tête de buffle, une imposante rangée de bistouris suspendus à leur crochet par ordre de taille.

Décrite avec force détails dans les plus anciens manuels de médecine, l'extraction des Petits Trésors est une opération délicate et qui nécessite un parfait doigté. Pour faire en sorte que le patient souffre le moins possible, la main du chirurgien doit aller très vite. Si elle hésite un tant soit peu, la douleur devient insupportable, amenant certains opérés, avant même qu'ils soient recousus, à se ruer sur leur chirurgien pour lui infliger une sévère correction.

Dix ans plus tôt, Bronze Incrusté, le prédécesseur de Bronze Inaltérable, l'eunuque d'une dextérité peu commune qui, à l'époque où se situe cette histoire, opérait une bonne dizaine d'infortunés chaque jour, avait été réduit en miettes par un jeune homme fort comme un esclave turc à qui il avait découpé par inadvertance le haut de la cuisse juste au moment où il procédait à l'ouverture du Sac aux Petits Trésors de l'intéressé.

Grue Cendrée fit asseoir le malheureux Trois Marches dans la salle d'attente.

Outre deux adolescents candidats à la castration dont les yeux écarquillés par l'angoisse faisaient peine à voir, une femme attendait, sagement assise sur une chaise.

Bronze Inaltérable, accompagné de deux gros bras, vint chercher l'un des jeunes gens pour le conduire au bloc. Pâle et crispé, l'intéressé n'en menait pas large lorsque la porte se referma derrière lui.

Histoire de meubler l'atmosphère et tout en cherchant le moyen de battre en retraite, Trois Marches désigna la patiente et, sur un ton mi-figue mi-raisin, glissa dans le creux de l'oreille au chef de la confrérie des castrats :

— Je croyais que seuls les hommes pouvaient devenir eunuques !

Étrangement calme compte tenu des circonstances, la femme, d'une beauté à couper le souffle et, à en juger par la blancheur de sa peau et ses yeux non bridés, probablement d'origine occidentale, se mit à dévisager le jeune éphèbe qui, sous le charme, lui sourit timidement.

La bouche de Grue Cendrée s'approcha à son tour de l'oreille de Trois Marches avant de lui chuchoter :

— C'est une courtisane qui vient se faire poser un Anneau Secret.

— Qu'est-ce à dire ? demanda l'éphèbe.

Fier du bon travail qu'il avait accompli puisque la femme en question n'était autre que Yadil, l'eunuque glousse :

— Il s'agit d'un petit anneau qui perce le capuchon du Bouton de Rose… Le Fils du Ciel le fait poser aux femmes qui lui plaisent particulièrement. Les courtisanes qu'il dote de ce bijou intime se comptent sur les doigts de la main.

C'est alors que Bronze Inaltérable apparut de nouveau, suivi de l'adolescent, encore plus pâle et qui n'eût pas tenu sur ses jambes flageolantes sans l'aide des deux acolytes. À la vue de la robe maculée de sang du chirurgien, Trois Marches eut un gros pincement au cœur.

Le chirurgien prit Grue Cendrée par les épaules et l'entraîna dans le jardin. À la Cité Pourpre, les murs ayant, comme on dit, des yeux et des oreilles, les deux compères ne souhaitaient pas se faire leurs confidences en leur présence.

Trois Marches remercia intérieurement Xinsheng, le Dieu Chance, pour cet extraordinaire concours de circonstances : qui mieux qu'une favorite impériale pouvait lui donner des nouvelles de Lune Rousse ? Le jeune homme s'approcha de celle à qui un Anneau Secret allait être posé et, après s'être respectueusement incliné devant elle, lui dit :

— Mon nom est Trois Marches. Une de mes amies, du nom de Lune Rousse, a été appelée au harem du Palais Impérial. Depuis, elle ne m'a pas donné de ses nouvelles… Je me suis laissé dire que vous pourriez m'aider…

Émue par l'angoisse qu'elle percevait dans le regard de ce jeune homme aux traits si fins qu'ils ressemblaient à ceux d'une femme, la fille du désert répondit volontiers :

— Je m'appelle Yadil. Sache que je ne connais pas de femme de ce nom-là. Je suis nouvelle ici. Mais si tu veux, je pourrai m'informer.

— Je vous remercie ! Quand serez-vous en mesure de me dire ?

Yadil n'eut pas le temps de répondre, car Bronze Inaltérable, qui avait achevé sa conversation avec Grue Cendrée, lui fit signe que c'était son tour.

Ressortie du cabinet chirurgical quelques minutes plus tard, vu que la pose d'un Anneau Secret est un geste extrêmement simple – il suffit de transpercer le capuchon du Bouton de Rose à l'aide d'une petite aiguille avant d'introduire le bijou dans l'orifice réalisé –, elle lui glissa :

— Demain, à la même heure, devant ce Pavillon.

Tandis que Trois Marches, éperdument reconnaissant, regardait Yadil s'éloigner, suivie par une dame de compagnie au visage flétri comme une pomme blette, Grue Cendrée lança d'un air satisfait à l'éphèbe :

— Bien que son agenda soit plein, Bronze est prêt à t'opérer dès demain !

Mais les cris déchirants poussés par le jeune homme qui venait d'entrer au bloc achevèrent de persuader celui qui rêvait de pratiquer le Triangle qu'il valait mieux pour lui, s'il voulait garder ses chances de mener à bien sa quête, demeurer entier…

Aussi, désireux de couper court aux espoirs de l'eunuque, il lui répondit :

— Tout bien réfléchi, je ne me sens pas digne de faire partie de votre honorable confrérie.

Furieux de constater qu'un si bel oiseau prétendait lui échapper, le vieux castrat fit la moue avant de se dire que cet insolent jeune garçon ne perdait rien pour attendre, car il avait tous les moyens de le mettre en cage.

19

Les vertus de l'Anneau Secret

Au moment où il allait frapper à la porte de la chambre de l'Empereur pour lui annoncer que la pose de l'Anneau Secret de Yadil s'était parfaitement déroulée, Grue Cendrée fut saisi d'un doute affreux : son maquillage tenait-il ?

Malgré la température ambiante – la Cité Pourpre Interdite est si vaste qu'elle est toujours fort mal chauffée – l'eunuque transpirait à grosses gouttes, or la transpiration était un ennemi redoutable pour le fard.

Pour en avoir le cœur net, il alla s'enfermer dans l'un des cagibis du Grand Vestiaire et, approchant sa face du petit miroir devant lequel les courtisanes se recoiffaient après avoir batifolé avec le Fils du Ciel, contempla le spectacle consternant que lui renvoyait le bronze poli.

Aucun onguent – même le plus cher – ne résistant à la sueur, l'épaisse couche de fard dont il enduisait chaque matin son visage était si profondément lézardée de vilaines craquelures qu'elle faisait penser à la steppe au moment de la débâcle des glaces, lorsque la neige et la terre s'incorporent pour former cet étrange mélange collant et froid où les convois s'enlisent ; quant à la raie sommitale de sa perruque, elle accusait un angle dangereux et qui témoignait de la carence de la cire avec laquelle il fixait ses faux cheveux sur la peau de son crâne.

Comme il n'était pas question de se présenter devant Cheng Hua dans un état si déliquescent, l'eunuque se précipita derrière un grand paravent de laque et fouilla fébrilement dans sa poche pour en retirer la petite boîte à onguent en forme de fleur de lotus dont il ne se séparait jamais. Il en huma machinalement le contenu avant d'y passer fébrilement l'index et le majeur collés l'un à l'autre. Enfin, tout en contrôlant ses gestes grâce à l'intérieur dépoli du couvercle, il entreprit de combler en toute hâte ses rides une à une. Une fois cette délicate besogne accomplie, il ôta en un tournemain son postiche et, après avoir soufflé sur la cire dont la doublure était enduite, le refixa à sa juste place en poussant un petit gloussement de satisfaction.

Fardé de frais et aspergé de patchouli, Grue Cendrée annonça d'un air satisfait au Fils du Ciel que Bronze Inaltérable s'était si bien débrouillé que la petite plaie qu'il avait infligée à Yadil n'avait même pas besoin de cicatriser tellement elle était minuscule.

— Qu'on fasse venir immédiatement cette femme ! tonna aussitôt Cheng Hua.

À peine Yadil apparut-elle qu'il lui intima l'ordre de se déshabiller.

À la vue de cet admirable corps nu dont l'intimité était désormais marquée du précieux petit sceau, un ineffable bonheur, qui n'était pas, au demeurant, une de ces impressions trompeuses qui s'estompent très vite devant la triste réalité, envahit le Fils du Ciel.

Car c'était bel et bien une évidence : tel le Phénix qui renaît de ses cendres, son oiseau se réveillait, ses ailes se déployaient, ses serres et ses plumes repoussaient ; son bec était prêt à saisir sa proie. Eh oui : ce qui n'était jusque-là qu'une chouette peureuse était redevenu un aigle triomphant.

À peine Yadil abaissa-t-elle le haut de sa robe, avec des gestes lents et précis, en laissant apparaître le bout de ses tétons sombres et grumeleux tel le fruit de la ronce, que la Tige de Cheng Hua, soudain aussi impétueuse et fière que jadis, se mit à gonfler, prête à accomplir son devoir.

Le rêve du Roi des rois était devenu réalité : après des semaines de jeûne fort pénible, voilà que son estomac criait à nouveau famine !

Mais, du côté de la Mauresque, c'était une autre paire de manches… Pour une jeune femme étrangère de son espèce, tout était intimidant à la Cité Pourpre, depuis l'ampleur des lieux qui en faisait une véritable ville avec ses quartiers, son dédale de rues et ses places, jusqu'à l'étiquette à laquelle étaient astreints tous ceux qui approchaient le Fils du Ciel, si complexe qu'un volume entier ne suffisait pas à en décrire les arcanes.

Son sentiment de malaise s'expliquait aussi par l'étrange sensation, à vrai dire plutôt agréable, que lui procurait l'Anneau Secret, ce petit corps étranger fiché dans ses chairs qui lui rappelait qu'elle ne s'appartenait plus tout à fait. Or, comme le dit excellemment le proverbe : « Un singe tenu en laisse n'est plus tout à fait un singe… »

Elle répugnait à devenir une créature du Roi des rois et, sachant par ailleurs que le harem de Cheng comptait déjà plusieurs milliers de femmes, elle ne comprenait rien aux motivations impériales.

Yadil, et pour cause, ne se doutait pas de l'effet qu'elle avait fait au Roi des rois qui était bien décidé à capter le maximum de son énergie vitale *Qi*.

Les femmes disposent d'une réserve de *Qi* nettement supérieure à celle des hommes, d'où le nom que lui donnaient nos ancêtres, lesquels, ayant noté que les espèces animales féminines telles que la tortue ou la cigogne vivaient plus longtemps que les espèces masculines, tels le rat ou le coq, la qualifiaient de « Vertu féminine » ou encore de « Courant Jaune » et parfois même de « Pêche d'Immortalité »...

La fille du désert était donc perplexe face aux assauts de la Lance Impériale qui s'enhardissait à vue d'œil et, pour tout dire, plutôt heurtée par le spectacle de ce membre viril que son lent réveil par petites saccades faisait ressembler au serpent qui sort de son trou au début du printemps après sa longue hibernation.

Craignant que l'Empereur ne perçût sa répulsion, elle se fit violence et, après avoir, d'une main timide, effleuré son instrument, lui déclara :

— Je me tiens à la disposition de Sa Majesté.

Émoustillé par le propos, Cheng Hua se hissa sur le lit et s'y allongea jambes écartées avant de murmurer à l'oreille de la jeune femme :

— Tu es à nulle autre pareille, Yadil... Grâce à toi je me sens revivre. Je me sens rajeunir... Je sens déjà ton énergie *Yin* m'inonder des pieds à la tête. À coup sûr, Tianyi est avec moi. Cela fait des mois que je la supplie en vain de m'aider ! Honneur et gloire à

Tianyi qui a eu pitié du pauvre Cheng Hua dit le Grand !

Pour les lecteurs qui l'ignoreraient, Tianyi, qui est l'étoile de l'Amour, préside au Yinde, la Voie du *Yin,* celle-là même qui permet à l'homme de capter l'énergie sexuelle de la femme.

Quand Yadil fit lentement glisser vers ses pieds la partie inférieure de sa robe en dévoilant le calice évasé et parfaitement dessiné de sa Vallée des Roses, le Fils du Ciel qui terrorisait son peuple se mit à jubiler comme un enfant auquel on a donné une friandise.

Il faut préciser ici un détail qui n'était pas sans lien avec la soudaine renaissance de la Tige impériale désormais prête à cracher ses flammes bénéfiques dans la Ravine de Yadil.

Depuis des siècles et selon la coutume en vigueur dans la péninsule Arabique et au royaume de Perse, les femmes de la tribu de Yadil s'épilaient entièrement le sexe de sorte que pas le moindre brin d'herbe folle ne poussât sur le bord de leur Ravine de Cinabre, laquelle était aussi lisse et douce au toucher que la mamelle de la chamelle.

Si ces diablesses avaient opté pour cette pratique qui fait perdre la tête à tous les hommes, ce n'était pas parce qu'un sexe glabre est à la fois plus beau, plus pur et plus excitant qu'un sexe recouvert de son duvet et que, *ipso facto*, il réagit beaucoup plus efficacement aux caresses du partenaire dont il décuple par ailleurs le désir, mais tout simplement pour des raisons d'hygiène, les poux et les morpions des contrées désertiques aimant faire leur nid dans le système pileux des entrecuisses féminins.

Cheng Hua, le regard braqué sur les voluptueuses courbures où scintillait la pierre de l'adorable bijou et qui le faisaient penser aux joues rebondies et immaculées des statues en marbre blanc de Guanyin[1] la Compatissante, gloussa de satisfaction. Comme l'enfant qui ne doute de rien et cherche à attraper un oiseau à main nue, il allongea les bras vers le bas-ventre de la jeune femme.

Yadil fit un pas en arrière pour demeurer hors de sa portée. Aux anges, le Fils du Ciel, dont la voix haletante était devenue méconnaissable, susurra à sa partenaire :

— Laisse-moi toucher ta Ravine Exquise… Laisse-moi juste l'effleurer, et tu feras de moi un homme comblé…

Mais l'idée que Cheng Hua approche de son Bouton de Rose quand même très meurtri par la pose de l'Anneau Secret fit soudain paniquer la fille du désert.

Après un moment d'hésitation qui lui parut des siècles, elle finit par hasarder, la gorge nouée par l'angoisse parce qu'elle s'attendait à essuyer un refus :

— Monseigneur, il plairait à votre servante de danser pour Votre Haute Seigneurie… On dit que j'ai un certain talent à cet égard…

Bon prince, Cheng Hua opina du chef puis, preuve que les plus hauts personnages peuvent employer un langage trivial, ajouta :

— Vas-y de bon cœur, ma petite fleur… Je ne vais surtout pas te contrarier vu ce que tu me plais. Mais sache que tu ne perds rien pour attendre. J'ai hâte de cueillir ton Bouton de Rose…

1. Guanyin, toujours représentée sous les traits d'une femme, est la forme chinoise du bodhisattva indien Avalokiteçvara.

Notre jeune courtisane s'empressa de caler le dos du Roi des rois avec un gros coussin, puis, après être montée sur le lit, se mit à onduler lentement de la croupe, jambes écartées et tout en passant et repassant sa main sur sa Vallée des Roses. Après quoi, dans un geste accessible aux seuls contorsionnistes, elle s'empara de sa jambe droite et la ramena derrière sa nuque, ce qui provoqua l'ouverture de sa Ravine de Cinabre dont le tréfonds carmin apparut comme éclot une fleur, en même temps que l'Anneau Secret.

Le Fils du Ciel, de plus en plus désireux de passer à l'acte pour consommer ce fruit mystérieux, gémit, en avalant sa salive :

— Tu m'as l'air vraiment très souple… un vrai serpent…

Yadil se plia en deux comme une feuille, en avant et en arrière, avant de se nouer les bras dans le dos en adoptant la forme de l'anse du panier.

Cette nouvelle posture, qui s'ajoutait à la précédente, eut pour effet de provoquer un brusque afflux d'énergie *Yang* dans l'organisme de l'Empereur du Centre, dont le visage se figea brusquement, tandis qu'il s'agrippait à Yadil, tel un noyé à la bouée de sauvetage, et qu'un filet d'écume blanche apparaissait aux commissures de ses lèvres.

Paniquée à l'idée de la somme des ennuis dont elle risquait d'hériter si le Roi des rois passait de vie à trépas, la Mauresque s'apprêtait à tirer sur le cordon de la sonnette du camérier lorsque le Fils du Ciel, qui avait recouvré ses esprits et ne voulait pas rater une occasion si belle, lui annonça sur un ton guilleret :

— Inutile d'appeler au secours ! Je vais très bien !

La Mauresque, revenue sur le lit, fut soulagée de constater que la Tige du Roi des rois se dressait fièrement vers le Ciel.

Cheng lui fit signe d'approcher.

Tel le coupable qui se voit infliger une peine bénigne alors qu'il pensait être condamné à mort, c'est avec soulagement que Yadil se soumit, sans barguigner et même, on peut le dire, avec un certain allant, à l'ordre impérial.

Après s'être accroupie sur les cuisses du Fils du Ciel, elle écarta les jambes, de sorte que la pointe de la Divine Lance du Roi des rois effleurât l'Anneau Secret.

— C'est bon !

Ce n'était pas un cri que le Souverain du Monde venait de pousser, mais bel et bien le rugissement du tigre.

Comme par extraordinaire puisque cela ne lui était encore jamais arrivé, tandis que son Oiseau picorait le Grain de Yadil, Cheng s'imaginait expirant au moment crucial où sa Tige mettrait un point final à ses subtiles manœuvres en déversant sa liqueur *Yang* dans l'ineffable calice de la Mauresque.

Peut-on imaginer plus belle mort que celle où l'on se noie dans l'océan du plaisir ? Assurément non, puisqu'on est submergé par les vagues du bonheur !

Mourir en faisant l'amour, expirer au moment du coït, s'évaporer du bas monde terrestre alors qu'on goûte à ses plus ineffables délices est un rêve partagé par bien des hommes mais auquel fort peu peuvent prétendre. Pour avoir cette chance il faut être, comme on dit, « en situation », ce qui suppose de pratiquer quasi quotidiennement le sexe, or, plus l'homme vieillit et moins une telle hypothèse est probable.

En attendant, Yadil s'occupait si bien du Roi des rois, passant et repassant la pointe de ses seins rebondis sur son ventre, qu'il en oubliait les tracas du pouvoir et cette angoisse du complot qui le tenait perpétuellement en éveil et l'empêchait de s'abandonner.

Lorsqu'il ressentit la fulgurance ultime du plaisir, celle qui accompagne la délivrance, le Souverain Magnifique poussa un rugissement formidable qui sembla résonner dans la Cité entière.

Épuisé mais heureux, tel le montagnard qui a réussi à gravir le sommet enneigé, il s'affala sur le lit, les yeux perdus dans la fresque du plafond représentant la bataille qu'il avait gagnée vingt ans plus tôt contre les Huns.

Puis, après être allé à son armoire, il tendit à Yadil, d'un air complice et affectueux, un petit étui qu'elle ouvrit.

À l'intérieur, il y avait une épingle à cheveux en or au bout de laquelle une abeille d'argent butinait une fleur émaillée de bleu, de rose et de blanc.

Cheng lui souriait à présent d'une façon si candide que Yadil crut un instant avoir affaire à un jeune homme insouciant qui cherchait l'occasion de passer du bon temps.

— C'est l'insigne extérieur des concubines favorites. Même si, à mes yeux, ton Anneau Secret compte plus, l'avantage de l'épingle de favorite, c'est que les autres la voient…

Après qu'elle se fut rhabillée, dévorée des yeux par le Fils du Ciel qui regrettait de voir disparaître ce corps sublime dont il venait de se délecter, elle lui demanda :

— Majesté, j'aurais besoin de solliciter votre aide…

Sur le moment, Cheng Hua, à qui aucune concubine n'avait jamais osé présenter ce genre de requête, sursauta. Mais comme il tenait trop à Yadil pour la rembarrer, ce qu'il eût fait devant n'importe quelle insolente à qui l'honneur de coucher avec lui n'aurait pas semblé suffire, il préféra voir dans son propos la preuve manifeste qu'elle n'était pas du même bois que les autres femmes.

Bref, le Roi des rois était bel et bien tombé amoureux fou de la Mauresque.

Doux comme un agneau, il lui dit :

— Je t'écoute !

Constatant que l'Empereur du Centre était dans de bonnes dispositions, la fille du désert décida d'aller au fait.

— On m'a parlé d'une concubine du nom de Lune Rousse… Je souhaiterais avoir de ses nouvelles.

— Lune Rousse ? Tu as bien dit Lune Rousse ?

— Oui, Majesté…

— Et que lui veux-tu ?

Prise de court, elle hésita quelques secondes avant de répondre :

— Je dois lui transmettre un message… voilà… un message de la part d'un ami commun.

Voyant que le Fils du Ciel continuait à la dévorer des yeux, elle s'enhardit et insista :

— C'est important.

Cheng lui prit les mains.

— J'ai compris. Lorsque tu reviendras ici, je demanderai à cette femme d'être présente.

Yadil s'inclina devant le Roi des rois pour marquer sa reconnaissance. Après l'avoir relevée, ce dernier agita une clochette. Vêtue de noir de pied en cap, une duègne fit son entrée. Sous le regard mouillé du Fils du Ciel, elle aspergea Yadil de parfum avant de planter dans sa chevelure la belle épingle à cheveux que Cheng Hua réservait à ses favorites.

La Mauresque était devenue toute-puissante.

20

Droit Devant et Douce chez le docteur Tripode

L'éminent docteur Tripode aux Pieds Fourchus résidait tout en haut de la vieille ville, dans l'un des quartiers accrochés au flanc de la montagne où les pagodes construites à l'époque des Cinq Dynasties étaient encore plus nombreuses que les immeubles d'habitation. Le laboratoire où il concoctait ses remèdes était situé au dernier étage d'une tour de briques dépourvue de la moindre fenêtre et dont les niveaux inférieurs servaient à entreposer les substances végétales, minérales et animales nécessaires à leur fabrication. De nature méticuleuse, Tripode veillait à ce qu'elles fussent classées dans l'ordre voulu par Shennong, le Divin Laboureur qui inventa la médecine et écrivit le fameux traité auquel il donna son nom. Les substances qui réchauffent, également appelées « drogues vénéneuses », étaient rangées au premier étage ; celles qui refroidissent, ou « drogues miracles », au deuxième ; et celles qui sont neutres, également dites « drogues inoffensives », au troisième.

Au moment où Droit Devant et Senteur Douce s'apprêtaient à entrer dans l'immeuble, un gros homme vêtu de noir et armé d'un long bâton à bout ferré jaillit de derrière un des dragons de pierre qui flanquaient l'unique porte.

— Qui êtes-vous pour vouloir entrer ainsi ? Il faut faire la queue comme tout le monde !

L'individu en question, dont le regard brillait d'une lueur méchante, désignait une longue file de patients âgés des deux sexes qui faisait le tour du bâtiment. Ils s'en voulurent de ne pas avoir remarqué cette foule qui les dévisageait avec hostilité.

Droit Devant jugea nécessaire de bredouiller une explication au concierge.

— Euh… voilà… nous sommes venus exprès de Pékin pour demander conseil au docteur Tripode…

— Il ne reçoit que sur rendez-vous. Il faut payer d'avance. Et surtout être patient. Aujourd'hui, la moitié de ces pauvres gens qui attendent ne pourront pas entrer ! Nous fermons au coucher du soleil.

En cette fin du mois de février où le jour allait bientôt tomber, Droit Devant se fût bien vu aller dormir quelque part, mais Douce, qui n'avait nullement l'intention de revenir le lendemain alors qu'elle était si près du but, se mit à fouiller dans le sac qu'elle portait en bandoulière avant d'en extirper une pochette de peau qu'elle brandit d'une main tremblante devant les yeux du cerbère.

— Si vous nous laissez entrer, je vous paierai ce qu'il faut… J'ai de quoi…

Puis elle tendit une piécette au garde-chiourme qui s'empressa de l'empocher avant de les laisser entrer sans tenir compte des protestations qui fusaient ici et là dans la file d'attente.

Lorsque la fille de Sud fit irruption dans l'antre de Tripode, bien avant Droit Devant, car elle avait gravi les marches quatre à quatre, son cœur battait à se rompre.

Tout au fond de la pièce plongée dans une pénombre sépulcrale, elle aperçut un gigantesque feu dans une cheminée. Avançant à tâtons vers les flammes qui crépitaient, elle distingua une haute silhouette de dos, penchée sur une table d'examen. L'hôte des lieux était en grande conversation avec un patient ou plutôt une patiente dont Douce pouvait voir le corps entièrement nu étendu sur un drap immaculé.

Retenant son souffle du mieux qu'elle pouvait, la jeune femme, que Droit Devant avait, entre-temps, rejointe, n'arrivait pas à détacher son regard du visage du praticien. Vue de profil et à la lueur des flammes qui y faisaient danser des ombres évanescentes, la face osseuse et burinée du docteur Tripode contrastait avec son crâne rasé luisant comme un miroir. Quant à la taille imposante de l'inventeur de la Liqueur du Dragon Volant, elle était due aux immenses cothurnes à semelle rouge ornée de nuages d'or sur lesquels il était juché.

Droit Devant, à qui l'émoi de Senteur Douce n'avait pas échappé, lui prit gentiment la main.

Le praticien tenait dans ses mains une de ces statuettes féminines en ivoire quadrillées en zones grâce auxquelles, étant donné qu'il n'est pas permis à une femme mariée de dévoiler sa nudité devant quelqu'un d'autre que son époux, les médecins établissent le diagnostic de leurs patientes. Il leur suffit de les inviter à désigner sur la statuette en question la zone qui leur fait mal, et le tour est joué.

Grâce à sa polychromie et à l'habileté de son ciseleur, l'outil de diagnostic mimétique du docteur Tripode était d'un réalisme et d'une sensualité saisissants.

Ébloui par ces cheveux noirs noués dans un adorable chignon, le galbe de ces seins miniatures pointés vers le ciel, les ongles carmin de ces pieds minuscules et surtout la délicate fente de la Vallée des Roses qui ne pouvaient avoir été sculptés qu'au scalpel vu leur précision, Droit Devant se prit à rêver que cette magnifique petite fée allait se réveiller et s'étirer longuement dans la main du fabricant de fortifiants. Mais il fut encore plus étonné lorsque, ayant fait un pas supplémentaire, il découvrit la jeune beauté entièrement dévêtue étendue sur la table d'examen. Sa ressemblance avec la statuette d'ivoire était si frappante qu'on eût dit qu'une fée l'avait agrandie d'un coup de baguette magique.

Tripode, après avoir longuement lissé sa barbiche, déclara sur un ton docte :

— Les hommes et les femmes ne sont pas égaux devant les assauts du temps. Le temps est sans pitié envers les femmes qui ignorent la façon dont elles doivent régénérer leur énergie pour rester jeunes. Il en va pour elles comme pour ces plantes qui trépassent en un éclair, suite à un brutal coup de chaleur ou de froid, ou encore qui flétrissent dans la nuit et qu'on retrouve avachies, les pétales fripés et à moitié décolorés, dans le vase où, la veille encore, elles faisaient si bonne figure. La femme est comme l'huître. Quand elle perd sa fraîcheur, elle se met à empester et sa Ravine exhale une odeur de vieux raviolis. Contrairement à la femme d'âge mûr, qui ne dispose d'aucun moyen de dompter le Dragon du Temps, quand un homme d'âge mûr couche avec une jeune femme, il lui est possible, sous réserve d'être capable de retenir en lui sa semence *Yang* pour la faire remonter jusqu'à son cerveau, non seulement d'économiser son bien le plus précieux tout en captant l'essence *Yin* de sa partenaire, mais également de transformer celle-ci en élixir de longévité pour son propre usage. C'est ce qu'on appelle « nourrir le principe vital » ou encore « faire retourner la semence », pratique dans laquelle l'Immortel Rongcheng était passé maître...

— L'Immortel Rongcheng ? répéta la jeune fille nue qui n'était autre que Fine Fleur, venue en consultation pour essayer de lui tirer les vers du nez au sujet de la fameuse Liqueur dont maître Exhaustivité avait cruellement besoin, et qui entendait ce nom pour la première fois.

Le docteur leva un doigt crochu vers le ciel.

— Prends-en de la graine, ma petite Fine : grâce à sa légendaire habileté, cet Immortel absorbe la semence du Mystérieux Vagin en empêchant l'Esprit du Vallon de s'évanouir dans les ténèbres du Néant. ...

— Je n'aimerais pas vivre trop longtemps... Vivre dix mille ans de plus, très peu pour moi ! protesta la fille adoptive d'Exhaustivité pour qui une telle longévité, en retardant toute vie postérieure, rendait l'accès au Nirvâna d'autant plus aléatoire.

Tripode fit celui qui n'avait pas entendu.

— Voir noircir ses cheveux blancs, rosir ses joues hâves, se défriper sa peau parcheminée et repousser ses dents pourries... n'est-ce pas le rêve de toute personne âgée qui sent ses forces l'abandonner ? La vieillesse est semblable à la crue d'un fleuve : bien qu'il soit illusoire de prétendre échapper à la montée de ses eaux, cela reste l'espoir de tous ses riverains lorsque arrive la saison des pluies.

Droit Devant et Douce étaient tout ouïe face à ce médecin dont la voix paraissait provenir d'outre-tombe.

— Docteur Tripode, compte tenu de ce handicap, comment les femmes doivent-elles s'y prendre pour plaire aux hommes ?

— La femme est la lampe, l'homme est le papillon.

— Ces rôles sont-ils interchangeables ? s'enquit Fine, qui se souvenait des propos de Clarté Existentielle.

L'alchimiste poursuivit d'un ton grave :

— Derrière l'attirance de l'homme pour la femme, il y a l'instinct de survie de notre espèce. C'est parce qu'il ne supporte pas l'idée de mort que l'homme désire capturer ce que la femme contient de plus immortel et de plus impérissable. À cet égard, l'homme ne diffère pas beaucoup de l'insecte qui, sachant qu'il ne vivra que quelques heures, s'accouple avec la femelle moins pour procréer avec elle que parce qu'il nourrit le fol espoir de vivre quelques secondes de plus à partir du moment où ils auront convolé…

— L'union entre l'homme et la femme est donc ce qu'il y a de plus important dans la vie des gens ? lâcha Fine Fleur, dont les yeux écarquillés en disaient long sur la nouveauté des horizons que lui ouvraient les propos de Tripode.

Pointant le doigt vers le ciel, le médecin poursuivit :

— À ceci près que, si on veut être heureux, il vaut mieux ne pas confondre le sexe et l'amour. Une femme peut jouir parfaitement d'un homme sans pour autant en tomber amoureuse. Il ne faut pas confondre les sentiments avec la fusion du *Yin* et du *Yang* ! Dans la Voie Sombre du *Yin Dao*, le livre qui recense les meilleures façons d'atteindre le plaisir sexuel, il est indiqué que celui-ci fut inventé par nos anciens pour harmoniser toutes les conduites humaines. « Celui qui règle son plaisir sexuel se sentira en paix et atteindra un grand âge, celui qui s'abandonne à son plaisir au mépris des règles énoncées dans le *Yin Dao* tombera malade et écourtera sa vie. »

Sur ce, notre jeune beauté allongée sur la table se releva, ce qui fit entrer sa poitrine dans le cercle de lumière diffusée par la lanterne de bronze qui pendait du plafond. Droit Devant voyait se dessiner dans le noir la fière courbure de ses seins immaculés relevée par leurs pointes d'un rose pour ainsi dire phosphorescent, ce qui les rendait presque luisantes comme des brandons au milieu des ténèbres de la pièce.

— Sais-tu que tu es jolie ?... murmura le médecin en allongeant une main baladeuse.

Fine Fleur, dont le visage s'était empourpré, recula et dit :

— Je suis venue pour prendre un cours de médecine, et rien d'autre...

Tel un vieux fauve maté par son dompteur, le médecin battit en retraite. Son index vint se reposer sur le ventre de la statuette et remonta lentement vers l'emplacement du cœur.

— Regarde un peu mon doigt et répète après moi ! L'Enfant Rouge installé dans le Champ de Cinabre

Supérieur préside au faste et au néfaste, à la sérénité et à la hâte…

Sous les regards de Douce, de plus en plus fascinée, et de Droit Devant, plus gêné que ne l'était sa compagne, le doigt noueux du médecin descendait à présent vers le minuscule nombril d'ivoire.

Tripode dit :

— La passe qui rejoint l'étang central…

La jeune fille répéta la formule en plaçant sa main sur l'adorable fossette creusée en plein milieu de son ventre.

Tripode continuait à désigner sur la statuette la case du quadrillage qui correspondait à la place de l'organe dont il donnait le nom.

C'est ainsi que nos deux intrus découvrirent que la « hutte du nez » était également la « Chambre des Dieux » ; la salive, l'« Eau pure de l'Étang de Jade » ; les reins les « Tours du pavillon du Mandarin Merveilleux » ; la trachée, le « Grand Canal Impérial du Souffle » ; le foie, le cœur et les poumons, le « Triple Réchauffeur » ; le cerveau, le « Palais des Esprits où l'on cultive le cinabre *Yin* »…

L'alchimiste appela un assistant.

C'est alors qu'apparut, portant un petit brasero de bronze, une sorte d'anomalie de la nature âgée de quatorze ans mais qui en paraissait dix de plus tant en raison de sa taille – presque six pieds – que par la densité des poils noirs qui recouvraient le bas de son visage osseux et difforme.

Tripode, qui s'était tourné vers une crédence pour y prendre une poignée de morceaux de charbon, découvrit nos deux intrus. Dès qu'il vit Douce, le thérapeute, qui ne résistait pas au charme des jolies femmes, se détendit avant de faire un pas en direction de la fille de Sud tout en resserrant sa ceinture d'un cran.

— Vous étiez là depuis longtemps, jeunes gens ?

Douce étant la moins intimidée des deux, ce fut elle qui répondit :

— Le concierge nous a laissés entrer. C'était juste avant la fermeture des portes… C'est lui qui nous a suggéré de monter vous voir.

À l'instar des personnes qui veulent à tout prix faire plus jeune qu'elles ne sont, le célèbre fabricant de fortifiants déployait des trésors d'ingéniosité pour cacher les marques infligées par le temps à son corps. Faisant feu de tout bois, il bouchait ses rides à coups d'onguents divers, rehaussait sa silhouette grâce aux semelles compensées, comprimait son ventre au moyen d'une large ceinture à baleines qui l'obligeait à se tenir droit comme une lance, tout en améliorant sa carrure grâce au rembourrage de sa robe à l'endroit des épaules.

— Que puis-je pour vous ?

Douce, prenant son courage à deux mains, débita d'un trait :

— Je souhaite vous acheter quelques fioles… Je suis venue de loin pour ça et suis prête à en payer le prix !

Fine Fleur, après s'être emparée d'une torchère, s'approcha à son tour. Baigné par la lueur de la flamme, le corps de la fille adoptive d'Exhaustivité du Savoir resplendissait comme ces gemmes serties dans une bague précieuse dont l'éclat saute aux yeux.

S'il y a peu d'hommes parfaits des pieds à la tête, c'est encore plus vrai des femmes pour lesquelles une pointe de nez légèrement empâtée, des bras un peu trop maigres ou des jambes galbées à l'excès suffisent à gâcher la perfection du reste. Ce n'était pas le cas de la jeune fille, dont les proportions et les formes, idéales des cheveux aux orteils, faisaient un modèle absolu de beauté et d'harmonie.

Mais ce qui était à proprement parler stupéfiant pour Droit Devant, c'était l'extrême ressemblance entre Fine Fleur et Senteur Douce, de qui on aurait pu dire qu'elles étaient jumelles. Tripode, dont les yeux ébahis allait de l'une à l'autre, n'était pas moins étonné par cette étrange gémellité.

Lorsqu'on tombe sur une paire, ce ne peut être que le fruit d'un hasard céleste. D'ailleurs, les poètes et les peintres célèbrent volontiers les oiseaux ou les fleurs en les dédoublant : une rose qui éclot dans un vase précieux, c'est déjà bien beau… mais une paire de roses qui n'ont pas encore été cueillies ni senties, c'est deux fois plus beau encore !

Fine Fleur, qui n'aimait pas être reluquée de la sorte, alla chercher un manteau de soie rouge doublé de zibeline posé sur le dos d'une chaise et l'enfila prestement.

Le personnel d'exécution ayant ordre de ne jamais sortir du four une quelconque substance médicinale sans l'aval exprès du patron, un deuxième assistant, une créature haute comme trois pommes, surgie de la pénombre comme un diable de sa boîte, annonça :

— Maître Tripode, la cuisson est terminée !

Le docteur se précipita, suivi de l'assistant, laissant les trois jeunes gens face à face.

La fille adoptive d'Exhaustivité du Savoir parla la première :

— Maître Tripode fait passer ses remèdes avant tout le reste ! Il a toujours des choses à faire qui ne peuvent pas attendre…

La banalité du propos n'avait pas d'autre but que de rompre la glace.

Alors que Droit Devant était si occupé à lorgner l'échancrure du peignoir de Fine Fleur qu'il s'imaginait déjà en train de palper ses petits seins, Douce saisit la balle au bond.

— J'imagine que les drogues élaborées par le docteur Tripode ne sont pas des plus faciles à fabriquer…

Fine, en tisonnant le feu à l'aide d'une longue tenaille, se présenta, demanda à Douce comment elle s'appelait puis rapporta deux chaises devant l'âtre et s'écria :

— Joli xiaoming ! Et que viens-tu faire ici, Senteur Douce ?

Sans jeter le moindre regard à Droit Devant, elle désigna à celle-ci l'un des sièges, puis s'assit sur l'autre.

Exclu du jeu, resté dans le froid et la pénombre, Droit Devant se fût bien vu au milieu des deux jeunes filles, confortablement installé entre leurs corps bientôt envahis par une douce chaleur…

Douce, qui n'avait aucune espèce de raison de ne pas dire la vérité à Fine, lui expliqua qu'elle était là pour se procurer une ou deux fioles de Liqueur du Dragon Volant.

Dès que la fille de Sud eut achevé son propos, Fine se rua vers une étagère et fouilla dans la dizaine de tablettes cramoisies qui y étaient serrées les unes contre les autres. Le nez plongé dans l'une d'entre elles, elle revint vers sa nouvelle amie en désignant du doigt les caractères cursifs qui y avaient été dessinés à l'encre rouge, celle qu'emploient les sorciers pour écrire leurs formules magiques.

— Voici la recette de la Liqueur du Dragon : corne de daim, patte d'ours, feuilles de ginkgo pilées, cartilage d'oreille de tigre, aileron de requin, poils de loutre, griffe de loutre, bouillie de fourmi… et poudre de cobalt pour colorer le tout…

Douce, qui se souvenait de son équipée chez le vieux pharmacien de son quartier, eut alors ce cri du cœur :

— J'étais persuadée que la Liqueur du Dragon Volant contenait de la poudre d'écaille de tortue…

Non sans une pointe d'ironie, Fine lança à son interlocutrice :

— L'écaille de tortue ne figure pas dans la recette écrite de la main même du docteur.

Tripode interdisant à quiconque de consulter ses recettes, la fille adoptive d'Exhaustivité n'était qu'à moitié rassurée. Scrutant avec inquiétude l'obscurité vers laquelle Tripode et son acolyte s'étaient évanouis, elle tendit la tablette à la fille de Sud comme on se débarrasse d'un objet brûlant avant de lui suggérer :

— Tu n'as plus qu'à l'apprendre par cœur très vite…

Désireux de rendre service à sa mie, Droit Devant lui proposa de recopier la formule de la drogue miracle. Mais, pour ce faire, il lui fallait au moins un crayon et un morceau de papier. Tandis qu'il essayait d'en trouver, Fine Fleur confia à Douce que c'était son oncle qui avait besoin de cette drogue dont Tripode avait cessé la fabrication et dont elle lorgnait la formule sans oser, jusque-là, s'en emparer.

Senteur Douce lui précisa qu'elle n'en avait plus vraiment besoin mais qu'elle eût toutefois aimé l'essayer.

Droit Devant, qui ne perdait pas une miette de la conversation, eut une bouffée d'orgueil qui lui fit gonfler le torse. Car si Senteur Douce n'avait plus besoin du remède en question, n'était-ce pas grâce à lui ?

Ne doutant plus de rien, il lança aux deux filles :

— Et si nous partions avec la formule ?

Un éclat de voix de Tripode, qui abreuvait d'injures son acolyte, ne leur laissa pas le temps de tergiverser davantage.

Après avoir descendu les marches quatre à quatre et bousculé quelque peu le concierge, ils se mirent à courir dans la nuit glaciale.

21

Les Cavaliers Rouges

Grue Cendrée affichait un sourire d'autant plus éclatant qu'il avait convaincu Trois Marches de l'accompagner au comité de direction des Cavaliers Rouges de l'Esplanade de l'Ouest réuni, comme à l'accoutumée, à l'étage du *Bol à riz en Fer*.

À son entrée, celui dont Grue Cendrée voulait faire la conquête et à qui il ne cessait d'adresser de langoureuses œillades avait fait sensation avec son allure efféminée et sa face angélique. Un gibier d'exception pour tous ces castrats plus ou moins enclins aux fantasmes.

D'un geste maniéré, le secrétaire général de la société secrète fit taire le brouhaha avant d'annoncer à la petite assemblée aussi bariolée que remuante :

— Mes amis, j'ai une bonne nouvelle à vous annoncer : le Fils du Ciel semble avoir trouvé chaussure à son pied !

Herbe Folle, une sorte de boule juchée sur des jambes maigrichonnes dont la spécialité était de faire des bons mots qui déclenchaient l'hilarité générale, fut le premier à s'écrier :

— À la bonnc heure !

La vingtaine d'eunuques présents applaudit bruyamment à cette annonce selon laquelle la Tige de l'Empereur avait recouvré une certaine dose de vigueur.

Il était temps !

À peine Cheng Hua toussotait-il que toute la Cité Pourpre s'enrhumait, et, depuis que la Tige de Sa Majesté connaissait des faiblesses, l'atmosphère d'ordinaire assez lourde qui régnait à la Cour était devenue à proprement parler irrespirable.

Ceux qui avaient le malheur de côtoyer le Roi des rois risquaient de prendre en pleine face des coups de chasse-mouche ou d'être expédiés au cachot voire, pour les plus malchanceux, d'être confiés au bourreau.

Une voix encore plus aigrelette que celle d'Herbe Folle s'enquit :

— Et comment s'appelle la cause de cet heureux événement ?

À tous ces castrats qui brûlaient de connaître le nom de celle dont les talents avaient réussi à réveiller les sens du Fils du Ciel, Grue Cendrée annonça d'une voix forte :

— Yadil !

— La Fille de l'Ouest ? La Mauresque ?

— Elle-même.

Il faut dire qu'à la Cité Pourpre, Yadil était déjà connue comme le Tigre Blanc.

Car un Roi des rois n'a pas de vie privée. Son proche entourage n'ignore rien de ses moindres faits et gestes : les gens qu'il reçoit, les femmes avec lesquelles il couche, les plats qu'il se fait apporter, les cadeaux qu'il reçoit, les réprimandes qu'il inflige et les récompenses qu'il octroie. Il en va ainsi depuis le Premier Empereur.

Cheng Hua ne rappelant que très rarement une femme avec qui il avait couché, la nouvelle qu'il avait fait venir la Mauresque une deuxième fois dans la même nuit n'avait pas tardé à se répandre comme une traînée de poudre.

Grue Cendrée se hissa sur ses cothurnes et leva les yeux au ciel.

— Cette femme d'une beauté à couper le souffle nous rend un grand service. Quand le lion est repu, il est moins enclin à donner des coups de griffes !

Puis, tandis que des rires fusaient, Grue Cendrée pointa le doigt vers le plafond noirci par la fumée et, le plus sérieusement du monde, ajouta :

— Si elle continue sur sa lancée, cette Mauresque deviendra Impératrice du Pays du Centre !

Cheng n'avait pas encore choisi celle qui allait devenir son épouse officielle parmi les vingt-sept concubines de troisième rang, les neuf concubines de deuxième rang et les trois concubines de premier rang qui composaient l'élite de son Gynécée.

Même si l'Impératrice n'est que la femme de son mari, même si elle n'est en rien dépositaire de la moindre portion, fût-elle la plus infime, du mandat du Ciel, le fait que son ventre soit appelé à porter le futur héritier impérial lui confère un rang particulier.

— Une étrangère pour épouse officielle ? Mais quelle horreur ! s'écria Herbe Folle.

Grue Cendrée l'interrompit :

— Comme d'habitude, tu parles trop vite, ô Herbe Folle. Si cette femme apaise les tourments du Roi des rois, peu importe qu'elle soit ou non de race Han !

D'ailleurs, que je sache, des Mongoles devinrent Impératrices…

— Crois-tu qu'elle pourrait nous aider à nous débarrasser de la peste de la Surveillance ?

L'eunuque qui venait de poser la question que chacun avait en tête s'appelait Équerre Parfaite. Équerre avait été laissé pour mort après être tombé dans un traquenard que la police secrète à la solde de Cheng Hua lui avait tendu, alors qu'il avait été chargé par Grue Cendrée d'espionner leurs conciliabules. Le déguisement sous lequel l'intéressé se cachait n'ayant trompé personne, il avait été promptement démasqué. Malgré ce peu glorieux fait d'armes, il était considéré comme un héros par la confrérie des Cavaliers, au sein de laquelle on maniait davantage la calomnie que les poings.

L'arrivée d'un pion nouveau dans un jeu à l'issue incertaine donnant lieu à quantité de spéculations et d'espoirs, un lourd silence s'installa.

Après avoir procédé à la lecture de la liste des nouveaux opérés de la semaine et rappelé à chacun qu'il devait faire en sorte d'offrir aide et assistance aux intéressés quelles que soient les circonstances, Grue Cendrée leva la séance.

22

L'auberge du *Cygne Noir*

Lorsque Droit Devant, flanqué de ses deux beautés aussi gémellaires que frigorifiées, entra dans la salle enfumée où de vieux messieurs emmitouflés jouaient aux échecs, les pieds posés sur des chaufferettes, tous les regards se tournèrent vers leur trio.

Après qu'ils eurent commandé du thé vert fermenté, Senteur Douce, qui avait obtenu ce qu'elle était venue chercher chez Tripode, glissa à Droit Devant :

— Tout ce que j'aimerais, c'est prendre un bain chaud et me glisser dans un lit douillet…

Mais Fine Fleur, qui n'avait aucune envie de laisser Douce repartir vers d'autres cieux, lui déclara :

— Il faut qu'on se parle…

— Et de quoi veux-tu parler ? fit la jeune fille, dont l'extrême lassitude se lisait sur le visage.

Tout en allant chercher le regard de Droit Devant pour s'en faire un allié, Fine, qui n'avait pas eu besoin d'observer très longtemps le fils de Rocher Impérissable pour sentir qu'elle ne lui était pas indifférente, répondit d'une voix suppliante :

— Je n'ai pas d'amie à qui me confier. Je voudrais que tu sois cette amie. Crois bien que je n'abuserai pas de ta bonté…

Droit Devant, prêt à tout pour garder auprès de lui deux jeunes filles si séduisantes, saisit la balle au bond :

— Senteur Douce a besoin de se reposer. Pourquoi ne viendrais-tu pas dormir avec nous à l'auberge ?

Mais Senteur Douce, épuisée, se gardait bien d'acquiescer.

C'est alors que Fine Fleur, n'écoutant que son intuition, décida de jouer son va-tout.

Faisant fi des convenances, elle posa une main sur la cuisse de Senteur Douce en passant au-dessus de celles de Droit Devant, assis entre elles. Le contact de sa paume avec la jambe de cette belle jeune femme qui lui ressemblait comme une sœur était excitant.

Droit Devant, que ces approches ravissaient, passa alors son bras autour de la taille de Senteur Douce puis commença à lui mordiller le cou puis les oreilles. La fille de Sud se mit à rire. Le traitement, visiblement, lui convenait. Fine Fleur, qui eût volontiers subi le même sort, leur annonça :

— Aucune Tige de Jade ne s'est encore aventurée dans ma Vallée des Roses…

Le propos ne manqua pas d'étonner Douce. Comment une jeune femme si belle et aussi attirante que Fine Fleur pouvait-elle être encore vierge ?

Fine Fleur, à qui le soupçon d'incrédulité qui avait traversé le regard de son interlocutrice n'avait pas échappé, crut bon d'ajouter :

— C'est la plus exacte vérité… je suis vierge !

Sans que Senteur Douce ait eu le temps de bredouiller des excuses, la jeune fille lui déclara, avec une lueur de défi dans le regard :

— On peut être vierge et avoir un grand savoir sur Nuage et Pluie. Il y a peu, mon père m'a donné à lire le Manuel de la Fille Sombre.

Senteur Douce ouvrait de grands yeux. Elle n'avait jamais eu l'occasion de feuilleter le célèbre traité de l'Art de la Chambre à Coucher.

En entendant la référence que Fine Fleur venait d'évoquer, Droit Devant cessa brusquement de boire son thé. Il se disait que Fine Fleur avait beau être vierge, elle cachait sûrement son jeu… et qu'il se pouvait fort bien que derrière l'ange on eût la diablesse !

Il lui lança :

— C'est un livre très instructif !

Pas gênée le moins du monde, Fine Fleur lui répondit en riant :

— J'ai la théorie. Il ne me manque plus que la pratique.

À ces mots, le fils de Rocher Impérissable sentit une tension dans le bas de sa Tige. Cela tombait fort mal. Il se raidit pour éviter de jouir dans cet estaminet, au beau milieu de tous ces vieux joueurs qui les regardaient toujours comme des bêtes curieuses.

Décidé à mettre en pratique l'idée qui venait de germer dans sa tête, Droit Devant se leva et lança à Senteur Douce, tout en lui caressant la nuque :

— Tu es fatiguée, n'est-ce pas ?

Au lieu de lui répondre, Douce, croyant que Droit Devant avait donné le signal du départ, posa en toute innocence sa bouche sur la main de Fine Fleur et y déposa un petit baiser. Ce simple geste fit monter d'un cran le désir du fils de Rocher Impérissable.

Si Droit Devant, dont l'émoi était à son comble, avait osé, il eût crié : « Vite, un lit ! vite ! » Mais après un gros effort, car il ne voulait pas donner de lui l'image d'un obsédé du sexe incapable de se contrôler, il se borna à poser la question suivante :

— Sais-tu où il y a une auberge correcte ? Je crois qu'il est temps d'aller dormir…

Fine Fleur répondit aussitôt :

— Mon père a ses habitudes à l'auberge du *Cygne Noir*. Ce n'est pas loin d'ici. D'après lui, les chambres y sont très propres.

L'information était bonne. La chambre que l'aubergiste proposa à Droit Devant était spacieuse. Son lit de vastes dimensions était visiblement fait, comme il se doit dans ce genre d'établissement, non seulement pour le repos mais également pour la jouissance.

Fine ne savait trop que faire, partagée entre l'envie de rester et son souhait de récupérer la recette du remède nécessaire à Exhaustivité du Savoir. Mais pendant qu'elle tergiversait, Douce, comme si de rien n'était et toutes affaires cessantes, commença à ouvrir le lit. Quelque peu déconfite par le peu d'intérêt que lui prêtait la fille de Sud, Fine Fleur annonça à Droit Devant qu'elle reviendrait le lendemain pour récupérer sa tablette.

Elle filait vers la sortie quand Droit Devant la rattrapa par le bras avant de lui décocher une œillade des plus explicites.

C'est alors qu'elle lui lança, avec une lueur de défi dans le regard :

— Ton amie ne m'aime pas !

Droit Devant éclata de rire.

— Si tu viens demain, tu seras heureusement surprise…

Incapable de répondre par oui ou par non à une telle invite, elle se contenta de lui adresser un petit signe de la main avant de songer qu'il devenait urgent pour elle d'aller demander conseil à mère Clarté Existentielle.

23

Rocher Impérissable au bord du gouffre

Les regrets ne servent à rien, si ce n'est à ajouter du mal au mal et à rendre encore plus insupportable une situation qui l'est déjà…

Et celle de Rocher Impérissable, qui gémissait comme les gonds d'une vieille porte, recroquevillé sur une couverture malodorante jetée à même le sol, n'était guère brillante.

Couvert de bleus et de plaies, le père de Droit Devant croupissait dans un cachot plongé dans le noir, incapable de faire le moindre geste tellement il souffrait. Il regrettait amèrement d'avoir embrassé la carrière de Pinceau Rouge et d'avoir franchi tant d'obstacles, pris tellement sur lui, fini par s'habituer à l'angoisse de la disgrâce, bref d'avoir tant lutté et souffert pour en arriver là !

La voix du garde-chiourme l'extirpa du demi-sommeil où il passait les journées pour oublier le carcan douloureux dans lequel son corps était emprisonné.

Vu que le geôlier ne venait qu'une fois par jour, que signifiait cette visite inopinée ?

Faisant fuir les cafards qui rôdaient autour de lui dans un bruissement de pattes minuscules, il s'attendait au pire lorsqu'il se redressa en s'appuyant sur le coude. Un homme revêtu d'une armure luisante était penché sur lui. De son visage dissimulé sous la visière d'un casque, il ne voyait que le regard d'acier.

— Je suis le général Rouge-Gorge. On me dit que tu persistes à nier savoir où se trouve la Clochette birmane de l'Empereur du Centre. Ton entêtement risque de te coûter très cher.

Rocher Impérissable, qui, avant ses ennuis, avait souvent croisé le chef de la police secrète de Cheng Hua, baissa la tête. La venue du tortionnaire était une très mauvaise nouvelle pour le Pinceau Rouge qui avait déjà subi trois fois la question depuis qu'on l'avait jeté en prison. Prenant son courage à deux mains, il tenta d'argumenter :

— Ce n'est pas de l'entêtement, mais la pure et simple vérité, général ! Si j'avais su où se trouvait la Clochette birmane, je l'aurais dit depuis longtemps,

— Menteur ! Sache qu'il existe des éléments qui permettent de te désigner comme l'auteur de ce larcin.

D'une voix lasse, Rocher Impérissable répliqua :

— Des éléments ? Peux-tu préciser ?

— Ce sont des éléments à charge qui n'appartiennent qu'à moi ! Tant que tu continueras à mentir, tu resteras ici..., hurla le haut gradé avant de tourner les talons.

En réalité, le chef du Cercle de la Surveillance Interne était dans des draps aussi sales que ceux de Rocher Impérissable. Il avait des comptes à rendre au Fils du Ciel, qui l'avait chargé de l'enquête sur le vol de la Clochette birmane. Que donnerait-il comme explications au Roi des rois lorsque ce dernier, une fois qu'il aurait cessé de batifoler avec la Mauresque, lui demanderait un rapport circonstancié sur l'état de ses recherches ? Il serait bien obligé d'expliquer que le mystère de ce vol dans ses appartements privés n'avait toujours pas été élucidé, ce qui ne manquerait pas de ternir l'image du Cercle.

Aussi, lorsqu'il aperçut le visage défait de son ordonnance en train de faire les cent pas devant la porte de son bureau, il savait déjà quelle en était la cause.

24

L'heureuse fin d'Exhaustivité du Savoir

Comme d'habitude lorsqu'elle était en face d'un bon client, la mère maquerelle commença par minauder avant de désigner d'un geste emphatique la jeune créature qui déboulait sur l'estrade.

Puis elle s'écria, à l'attention de son client, qui n'était autre que maître Exhaustivité :

— Celle-là est pour toi… Crois-moi, elle est très bonne !

À la vue de la jeune fille au faciès horriblement vulgaire et dont les manches vaporeuses de la robe battaient l'air de façon ridicule, l'auteur de romans lestes eut un haut-le-cœur.

Si sa gaucherie était explicable en raison de sa jeunesse, sa démarche précipitée l'était moins. Que lui avait-on raconté, à ce petit bout de femme à peine formé, sur ce qu'il allait découvrir ? Comme à toutes les jeunes filles qui sont projetées dans l'univers de la débauche alors même qu'elles n'ont jamais vu un corps d'homme, certainement pas la vérité…

Mais ne se voyant pas, en tout état de cause, faire face à une jeune personne dont l'inexpérience lui ôterait toute chance de recouvrer un peu de sa vigueur, Exhaustivité du Savoir répondit :

— J'avais prévu d'aller derrière la glace !

Avec un sourire de circonstance, la tenancière se plia en deux et lui glissa :

— Tes désirs sont des ordres... La chambre est occupée, ça tombe bien.

— Par qui ?

— Deux garçons et une fille...

Le propos ravit notre écrivain. Il n'avait jamais eu l'occasion de tâter du Triangle. En être le spectateur caché était une perspective des plus alléchantes.

— Pas mal...

Plissant les yeux, la mère maquerelle acquiesça et dit d'un air gourmand :

— Oui, d'habitude, c'est l'inverse...

— Quel âge ?

— Très jeunes.

Sachant que, pour bien accomplir Nuage et Pluie, un minimum d'expérience était nécessaire, la réponse déçut Exhaustivité du Savoir qui ne se faisait pas trop d'illusions lorsqu'il s'installa derrière le miroir dans la minuscule alcôve d'où l'on pouvait observer les ébats des occupants de la chambre.

Ils étaient trois, en effet. La fille lui faisait face. Elle était ravissante. Quant aux deux garçons, de dos, l'un était beaucoup plus fluet que l'autre. Continuant à fixer les yeux sur la fille, il constata qu'elle ressemblait étrangement à Fine Fleur. Du coup, la scène lui parut presque irréelle, comme une pièce de théâtre fantomatique venue d'un autre monde et qui eût été jouée sur une scène imaginaire. Était-ce ce curieux élancement dans l'épaule qui le faisait à présent grimacer de douleur ? Il avait l'impression bizarre d'être dans un ailleurs qu'il découvrait pour la première fois. Il connaissait pourtant comme sa poche cette chambre qui se voulait un hymne au plaisir, baignée dans son atmosphère entêtante de patchouli, dont il avait expérimenté le lit en forme de cœur, sous la grosse lanterne de tournure phallique suspendue au plafond entièrement laqué de noir qui permettait à ses occupants d'assister à leurs propres ébats.

Son attention fut attirée par la façon dont la bouche de la fille agenouillée devant le garçon mince opérait sur le bas-ventre de ce dernier. Malgré sa jeunesse, la diablesse en connaissait visiblement un rayon en matière de pratiques amoureuses.

Mais, après qu'un élancement plus fort que les autres l'eut fait vaciller de son tabouret et lui eut fait détourner le regard pendant quelques instants, lorsqu'il recommença à observer le trio, quelle ne fut pas sa stupéfaction de découvrir que le garçon à la carrure fluette n'était autre que sa propre fille adoptive qui s'était rasé le crâne !

Il voulut donner un coup de poing dans la vitre pour la faire voler en éclats et aller tirer Fine de ce mauvais pas, mais la douleur était telle qu'elle l'empêchait de bouger d'un pouce.

Scrutant le visage de celle qui l'appelait la veille encore « papounet » et sur lequel le plafonnier jetait à cet instant une lueur mordorée et palpitante, il ne percevait nulle gêne. Rouge comme un coq et au bord de l'apoplexie, Exhaustivité du Savoir sentit soudain une camisole enserrer sa poitrine. Il fixait avec difficulté son regard sur la glace qui devenait de plus en plus opaque.

Le voile gris qui nimbait désormais les filles l'empêchait de les voir correctement s'embrasser sur la bouche. C'était rageant. Il se frotta les yeux, battit des bras, voulut se lever pour toucher les deux formes brumeuses, presque symétriques, qui se rejoignaient alors par les lèvres. Son cœur, transpercé par un sabre, explosait de douleur.

Une dernière fois, l'écrivain tenta de scruter l'horizon opaque et noir de l'alcôve dont les murs avaient disparu dans l'infini du vide.

Autour de lui, tout était silence. Tout était vide. Les rires du trio ne lui parvenaient plus de la chambre, pas plus qu'il ne pouvait voir les deux tourterelles faire assaut de caresses et de baisers mutuels goulûment déposés sur leurs Terrasses du Joyau respectives, ni le regard, béat et satisfait, de Droit Devant, à la place de qui il eût tant aimé être…

Forcément, il n'était plus de ce monde !

De l'autre côté du miroir, Fine Fleur commençait à ressentir les conséquences des délicieux coups de langue que lui prodiguait Senteur Douce.

La jeune fille n'en revenait pas. C'était sans la moindre réticence qu'elle succombait aux charmes de Douce, et ce en dépit des conseils de mère Clarté Existentielle.

Horrifiée par le récit de Fine Fleur, et par la fascination qu'elle avait avoué éprouver envers Senteur Douce, la supérieure de l'Oie Sauvage lui avait fait jurer d'oublier à jamais ce jeune couple diabolique. Puis, pour faire bonne mesure et couper court à toute tentation ultérieure, elle l'avait convaincue de se raser la tête.

Mais à peine cette besogne accomplie, Fine Fleur avait songé au tort qu'elle causerait à son oncle en laissant passer l'occasion de lui procurer la recette de la Liqueur du Dragon. Persuadée qu'en l'absence de chevelure elle n'avait plus rien à craindre, c'était à mille lieues de se douter de la façon dont les choses tourneraient qu'elle était allée retrouver Droit Devant et Senteur Douce.

Douce, qui s'était un peu plus enhardie, aventura un doigt à l'entrée de la Vallée des Roses de Fine.

Fine, sentant monter en elle une certaine ivresse, murmura, entre deux frissons :

— Jusqu'à présent, aucune autre main que la tienne n'a accompli ce geste…

Cantonné au rôle de simple spectateur, Droit Devant, à qui le délicieux aveu de Fine rappelait les célèbres vers du poète : « Les nuages se rassemblent, prêts à s'entrechoquer. L'orage va bientôt éclater sur les quatre pentes de la montagne Wu », se dit que le moment était venu de faire entendre sa petite musique. Après avoir posé ses mains sur leurs épaules, il se mit à les masser le plus doucement possible. Désireux de ne pas effaroucher les filles, il ne voulait pas que son intrusion troublât leur jeu d'une quelconque façon.

Comme il est indiqué dans le *Manuel de la Fille sans Complexes :* « La tierce personne ne doit jamais s'introduire de force dans le duo. »

Canaliser, contrôler, maîtriser ses pulsions. Aller jusqu'à la fin du chemin sans quitter la route à la première embardée du char lancé à pleine vitesse… La tâche s'annonçait rude, mais le défi était passionnant.

Car l'orage grondait fort.

Ses éclairs aveuglants et le terrible fracas de ses coups de tonnerre risquaient à tout moment de transformer les nuages en une pluie qui tomberait si dru qu'elle inonderait tout sur son passage. Or, il se devait de faire en sorte que soient correctement irriguées les deux Vallées *Yin* de ses partenaires, et ce sans faire de jalouse, c'est-à-dire que les eaux du réservoir de sa Terrasse *Yang* s'y déversassent à parts égales. Et pour cela il lui fallait à tout prix empêcher le fleuve de jaillir trop vite, ce qui supposait de convaincre le Guerrier Sombre né de la Tortue Fécondée par le Serpent, l'Oiseau Rouge né du Phénix fécondé par l'Aigle, le Dragon Vert issu du Tigre Blanc et du Dragon Jaune, de bénir son union avec les deux femmes, pour faire en sorte que la cérémonie du Triangle s'achevât dans la fusion triomphale du *Yin* et du *Yang* par l'accès à l'ultime étage de la Pagode de la Jouissance.

Il se prépara mentalement à édifier en toute hâte l'immense barrage nécessaire pour canaliser la crue dévastatrice.

La voie était royale, mais cela ne l'empêchait pas d'être semée d'embûches...

En attendant, c'était lui qui guidait le char dont il devait faire en sorte qu'il ne versât pas dans le fossé...

À dire vrai, le voyage, jusque-là, se déroulait sans trop d'encombre.

Plus le char avançait et plus les deux femmes se montraient coopératives. Surtout Douce, forcément plus familière de ce genre de situation et dont l'allant contribuait à entraîner Fine dans son sillage.

Tandis que Douce, parfaitement à son affaire, s'était emparée de sa Tige de Jade, Fine avait choisi de lui masser doucement le dos.

Lorsque Douce, après avoir balayé sa chevelure pour dégager sa bouche, plaça sa langue sur sa Tige puis la guida vers la Ravine où l'Esprit du Vallon Déploie ses Ailes, le *Qi* de Droit Devant, telles les vapeurs d'encens d'un brûle-parfum montant vers le haut, se hissa de son bas-ventre vers sa tête, troublant ses pensées.

Alors, le char de celui-ci fut tout près de verser, mais, au prix de mille efforts, le fils de Rocher Impérissable parvint à maintenir sa trajectoire.

Le répit fut de courte durée, d'autant que Fine, désormais complètement désinhibée, avait embouché à son tour la Flûte de Jade du garçon.

Pour ce dernier, c'en était trop.

Au-delà d'un certain stade, le désir emporte tout sur son passage comme le raz-de-marée après le tremblement de terre qui s'est produit dans les abysses.

Désormais, le fils de Rocher Impérissable voyageait dans le corps de Douce et de Fine comme s'il en connaissait les moindres recoins. Son char parcourait comme l'éclair leurs montagnes verdoyantes, volait au-dessus de leurs lacs de Jade nourris par l'eau des cascades argentées, planait au-dessus de leurs plaines fertiles gorgées du limon, plongeait vers leurs vallées ombreuses où se blottissait la brume nocturne avant d'atterrir sur leurs sentes qui serpentaient vers le ciel le long de pentes bosselées et ourlées par les rayons du soleil…

Elles étaient le Ciel et il était la Terre. Il était le Feu et elles l'Eau. Il était les Nuages et elles la Pluie. Elles étaient la Lune et lui le Soleil. Jamais la fusion des contraires ne s'était annoncée sous de meilleurs auspices.

Elles étaient le *Yin* et il était le *Yang*.

C'est alors que Droit Devant jugea le moment venu de passer aux choses sérieuses.

Mais avant cela, il lui fallait rassurer la fille de l'écrivain :

— Étant donné que tu es vierge, je vais appliquer les principes édictés en pareil cas par le *Classique des Méthodes Secrètes* de la *Fille sans Complexes* : « Se glisser dans la Porte de Jade en évitant de faire grincer ses gonds. »

— Que dois-je faire ? s'enquit, en toute innocence, l'intéressée.

Senteur Douce, qui avait entendu la question, baisa la bouche de celle-ci.

Le fils de Rocher Impérissable, après avoir demandé à Fine de s'allonger sur le dos, lui écarta les jambes afin de mettre à sa portée l'entrée de sa Vallée des Roses. Puis il dit à Douce :

— Veux-tu m'aider à ouvrir la Voie de Fine Fleur ?

Les doigts de Douce et de Droit Devant se mirent en mouvement, progressant de concert dans les chairs chaudes et humidifiées de Fine, qui ronronnait à ce moment comme un chat, jusqu'à se faufiler entre les parois de sa Ravine. Lorsqu'ils arrivèrent au tréfonds de la Vallée, à l'orée de la passe infranchissable, le chat se mua en tourterelle et les roucoulements de la femelle tourterelle à la saison des amours lorsqu'elle veut appeler le mâle succédèrent aux feulements.

Le Doux Éboulis n'allait pas tarder à se produire.

On appelle Doux Éboulis cet état ultime qui précède la fusion du *Yin* et du *Yang*, où la femme s'abandonne et oublie tout le reste, cet état où elle n'est plus vraiment une femme mais un être que sa sauvagerie transforme en tigresse alors qu'au même stade l'homme est au mieux comparable à un gros chat dont les griffes ont été limées.

Tout cela devenait si excitant pour Droit Devant qu'il dut se faire violence pour contenir le frémissement annonciateur de l'éjaculation. C'eût été absurde, après avoir réussi à garder sa semence avec Senteur Douce, d'en perdre fût-ce une goutte avec Fine !

C'est alors que Douce, sans que Droit Devant ait eu besoin de lui en faire la demande et qui s'était entre-temps collée à son dos, plaça son pouce sur la Divine Vallée des Roses de sa camarade. Pour faire bonne mesure, Droit Devant ajouta un index à l'orée de sa Porte Étroite.

Le nez dans l'édredon, la fille d'Exhaustivité du Savoir ne mit pas longtemps à prendre goût à la manœuvre. Elle s'abandonna aux quatre mains complices qui avaient entrepris de s'occuper de son cas d'une façon si complète.

Lorsque deux partenaires du même sexe s'adonnent à Nuage et Pluie, le délicieux sentiment de franchir une barrière interdite renforce le plaisir qu'ils partagent.

Droit Devant enlaça Douce par la taille tout en continuant son manège avec Fine, et la guida pour que sa Vallée des Roses se présente devant la bouche de la fille d'Exhaustivité. Lorsque la langue de Fine se posa sur la Divine Fente de Douce, la Tige du fils de Rocher Impérissable se raidit un peu plus.

Après de tels préliminaires, les deux tourterelles n'eurent aucun mal à passer au stade suivant de leur cérémonial, celui où les langues et les doigts sont si entreprenants qu'ils deviennent aussi efficaces qu'une Tige de Jade.

Frustré d'assister sans y participer au spectacle de ces deux femmes qui frottaient l'une contre l'autre leurs parties intimes après se les être copieusement léchées, Droit Devant éprouvait désormais une furieuse envie de s'immiscer dans leur ineffable joute.

Quel serait l'effet de son *Yang* dans ce sulfureux mélange *Yin* ? Par où, ou plutôt par qui, devait-il commencer ? Par la Vallée de Douce, dont il était sûr qu'elle était inondée comme les berges du fleuve Bleu lorsqu'il est en crue, ou bien par celle de Fine, qui n'avait pas encore été déflorée ?

Il fallait évidemment commencer par Fine, pour qu'elle puisse faire jeu égal avec Douce, ce qui supposait que la fille de Sud fût non seulement mise à contribution mais qu'elle participât activement.

Il plaça son Oiseau, au préalable bien humecté de salive par Douce, à l'orée de la Vallée de Fine, puis se mit à caresser sa Fleur de Jade, de haut en bas et de long en large. Le doigt de la fille de Sud l'y ayant relayée, sa Tige n'aurait aucun mal à se frayer un chemin jusqu'au paravent qui obture l'entrée de la Ravine des filles encore vierges.

Il ne lui restait alors plus qu'à opérer avec délicatesse, de telle sorte que Fine gardât le meilleur souvenir de ce petit déchirement somme toute fort peu douloureux dès lors qu'il est effectué avec le doigté nécessaire.

Il souleva doucement les genoux de Fine et sa Divine Fente s'entrouvrit, laissant apparaître les deux coussinets roses reliés par ce subtil pont de chair qu'il s'agissait de rompre le plus délicatement possible. Lorsque, le labour d'un champ étant plus facile après la pluie que lorsque la terre est sèche, le fils de Rocher Impérissable entreprit de masser très doucement cet endroit avec un doigt légèrement enduit de salive, Fine s'enfonça un peu plus dans l'oreiller. Il continua son investigation. La Fleur de Jade de la jeune fille était prête à s'ouvrir, à s'épanouir, à embaumer l'air.

Il ne lui restait plus qu'à se montrer à la hauteur de sa tâche.

En matière de paravents, il y a, comme en toutes choses, plusieurs sortes de modèles. Cela dépend des maisons et de la façon dont elles sont meublées. Certains sont fins et fragiles comme la feuille de papier ; d'autres sont solides comme les murs de bambou ; les uns sont dépourvus de tout ornement à l'inverse des autres, laqués et dorés à l'or fin ou décorés de fleurs et d'oiseaux à l'instar des peintures de l'empereur Huizong[1]. Ni trop mince ni trop épais, celui de Fine était loin de constituer un obstacle irrémédiable pour le doux assaut auquel notre héros allait se livrer.

Lorsque ledit obstacle céda sous la pression de sa Tige de Jade et que celle-ci put enfin s'engouffrer dans la Passe Noble qui conduit à la Ravine de Cinabre, Fine Fleur, dont Douce caressait de son côté le cou et les épaules, poussa un long râle de joie avant de s'écrier :

1. Empereur peintre et poète de la dynastie des Song (1082-1135).

— C'est fait ! C'est fait ! Grâce à Droit Devant, je suis devenue une femme…

La voie était désormais libre pour le char de notre sémillant héros auquel il ne restait plus qu'à apporter sa pierre à l'édifice, ou plutôt sa Branche Fleurie à l'arbre de deux jeunes femmes. Veillant à traiter équitablement chacune d'elles afin de ne pas faire de jalouse, tandis que sa main droite se consacrait à Senteur Douce, la gauche explorait Fine Fleur et *vice versa*. Afin de mieux comparer les mérites respectifs des Ravines des jeunes femmes, il ferma les yeux en introduisant un deuxième doigt puis un troisième dans celle de Fine. Quoique légèrement plus étroite que celle de Senteur Douce, elle était également inondée de Rosée Matinale. Désireux de confronter leurs goûts respectifs, il porta son doigt à la bouche. L'Ineffable Rosée de Fine était plus musquée que celle de Douce, dont la légère acidité, proche de la confiture de mandarine, lui était déjà familière.

Désireuse de voir la Tige de Droit Devant aller plus loin, Fine, qui avait pris goût à la chose, tortillait du postérieur. D'une œillade appuyée et d'un geste des plus précis, Douce fit comprendre à Droit Devant qu'elle ne voulait pas être exclue du jeu et entendait être aux premières loges au moment fatidique où la terre *Yin* de la Ravine de son amie serait pour la première fois labourée par le soc *Yang* de la charrue.

Droit Devant, d'une voix légèrement tremblante, murmura à l'adresse de l'impétrante :

— Tu vas me laisser frotter ma Tige de Jade sur ta Terrasse du Joyau… Quand je m'aventurerai un peu plus loin, si tu devais ressentir le moindre inconfort, je t'en supplie, n'hésite pas à me le faire savoir.

Le labour, enfin, pouvait commencer. Lentement, certes, mais avec la vigueur nécessaire, surtout en raison de la richesse et de la lourdeur du limon qu'il fallait ouvrir. Lorsque la charrue ouvre un sillon sur de la terre lourde, celle-ci jaillit des deux côtés du soc comme l'eau du fleuve lorsqu'elle est déchirée par l'étrave du navire.

Quand la Tige pénétra lentement la Ravine, celle-ci était mûre comme un fruit gorgé de sucre et la couche de Rosée Primordiale qui tapissait ses parois avait la texture requise.

— C'est bon ! Je me sens bien..., souffla Fine.

Voyant qu'elle prenait goût à l'alternance des petits allers et retours d'avant en arrière avec des ruades plus profondes, Droit Devant donna un coup d'accélérateur au char.

Fine Fleur gémissait, ondulant du ventre et frétillant de la croupe. Il opta alors pour le mouvement tournant et pivota de droite à gauche, puis de gauche à droite, comme on le fait avec un pieu pour creuser le sol.

Le plaisir étant un don partagé, le duo devint trio.

— Là ! Là ! Je l'ai enfin ! hurla Fine, lorsque le Doux Éboulis, un orgasme si violent qu'il la fit onduler des pieds à la tête, se produisit.

Pas peu fier de son travail, Droit Devant lui mordilla le lobe des oreilles :

— Quand la femme atteint le faîte du plaisir, elle a toujours envie de recommencer...

C'est alors que Douce, tout aussi excitée et qui ne voulait pas être en reste, vint se glisser entre eux.

Il posa ses lèvres sur le sein de la fille de Sud.

— Tu n'en as pas eu assez ?

— À ton avis…, glissa la douce amie de Droit Devant, dont l'appétit pouvait se juger à l'écartement des jambes et au bombement du torse.

Mais Fine, qui n'entendait pas lâcher un si bon morceau, en voulait davantage…

Grâce à l'écartement des roues de son char et à sa faculté de dédoublement, Droit Devant, atteint par une sorte de grâce, fit en sorte de s'occuper du mieux possible des deux donzelles qui le lui rendirent au centuple.

Le *Yin* et le *Yang* étaient entrés dans la même danse.

25

Le jardin de Yadil

— Les eunuques ont identifié un individu qui cherche à vous nuire et m'ont chargé de vous prévenir, ô dame Yadil !

À ces mots prononcés avec emphase et d'une voix de tête, Yadil, qui était en train de humer les roses du magnifique bouquet que Cheng Hua lui avait fait porter, tourna brusquement la tête, en même temps que le rythme de son cœur s'accéléra.

Sachant que son idylle avec le Fils du Ciel pouvait s'arrêter à tout moment, elle demeurait toujours sur ses gardes.

Elle avait gros à perdre, car l'idylle en question s'était transformée en véritable conte de fées.

Quand une favorite est dans les petits papiers du Roi des rois, elle ne manque de rien et ses moindres désirs sont satisfaits sur un simple battement de paupières. Mais le piédestal sur lequel il l'a juchée peut se dérober à tout moment. Il suffit pour cela que le Prince jette son dévolu sur une autre femme. Or, le détenteur du pouvoir suprême a le plus grand mal à ne pas être volage, étant donné qu'il a à ses pieds les femmes les plus belles. C'est pourquoi l'histoire de nos dynasties pourrait se confondre avec celle des foucades de nos Empereurs.

Il n'avait donc fallu que quelques jours à la Mauresque pour devenir l'une des personnes les plus importantes de la Cité Pourpre. D'autant plus épris de ses charmes qu'ils continuaient à lui redonner de la vigueur, l'Empereur du Centre l'avait fait installer dans une somptueuse chambre qui donnait sur le jardin de ses appartements privés, de sorte qu'elle n'avait que quelques pas à faire pour le rejoindre. Rien n'était trop beau pour Yadil qui s'était vu confier une garde-robe à faire pâlir d'envie les femmes les plus coquettes et les plus avides. L'un des bijoutiers attitrés du Fils du Ciel, un artiste d'origine persane ramené de force à Pékin en tant que prise de guerre, avait été requis pour confectionner les parures les plus extraordinaires. Elle n'avait qu'à dire, et, en à peine une nuit, le Persan exécutait. Il lui avait même forgé une série d'anneaux de nombril en forme d'animaux et dont les pierres étaient parfaitement assorties à la couleur de ses yeux. Selon le désir de Cheng Hua, l'orfèvre lui confectionnait un nouveau bijou intime pour chaque soir. Le dernier, une minuscule libellule posée sur une feuille de nénuphar, avait fait sensation auprès du Roi des rois lorsque, la veille au soir, il l'avait fébrilement découvert avant d'y poser goulûment sa langue.

Elle fut soulagée de constater que l'individu qui l'avait interpellée n'était autre que Grue Cendrée. L'eunuque la regardait d'un air obséquieux, en se dandinant comme un gros oiseau sur ses chaussures à semelle compensée.

Persuadé que plus il parlait haut et plus il était convaincant, Grue Cendrée avait perché son timbre au sommet de ses possibilités pour entamer sa délicate manœuvre auprès de la nouvelle favorite à qui le Roi des rois ne refusait plus rien.

Elle écarta le voilage brodé et laissa filtrer les rayons d'un soleil déjà haut qui inondait le jardin d'une lumière dorée et, le regard tourné vers l'harmonie apaisante de ces plantes savamment disposées dont chaque tronc, chaque branche, chaque feuille même avait une place strictement assignée par un chef jardinier, s'enquit d'une voix calme :

— Quelle est donc cette personne qui me veut du mal ?

L'eunuque leva les yeux au ciel et prit des airs de conspirateur.

— Un certain général Rouge-Gorge…

— Un militaire ?

Grue Cendrée s'avança vers Yadil, de sorte qu'elle pouvait sentir les effluves de l'eau de rose dont il s'aspergeait des pieds à la tête pour éviter de prendre des bains en raison de sa répulsion pour l'eau.

— Le général Rouge-Gorge dirige la police secrète de Sa Majesté. Il ne supporte pas l'idée que le Souverain vous aime. Songez que Cheng Hua n'avait jusqu'à présent jamais reçu deux soirs de suite la même femme dans son lit !

Cela faisait plus de deux semaines que Yadil passait la nuit avec le Fils du Ciel et au moins dix jours que le Tout-Pékin bruissait de cette idylle.

La Mauresque se retourna. Grue Cendrée était si près d'elle que l'odeur de rose fut promptement recouverte par la puanteur qu'exhalait sa bouche dont il ne lavait jamais la dentition.

— Que dois-je faire, vis-à-vis de ce général, Grue Cendrée ? En parler au Roi des rois ?

Grue Cendrée fléchit un genou et joignit les deux mains.

— Certainement pas tout de suite, dame Yadil. Vous inquiéteriez inutilement Sa Majesté qui risquerait de prendre des mesures… comment dirais-je… c'est cela !… des mesures hors de proportion avec le problème. Il arrive que certains malades meurent parce qu'on leur a administré une trop forte dose de remède. Laissez-moi faire et, le moment venu, lorsqu'il faudra parler au Fils du Ciel, je vous le dirai…

Méfiante, la Mauresque s'abstint de mordre à l'hameçon et, tandis que Grue Cendrée battait en retraite, appela une gouvernante.

— Où est Lune Rousse ?

— Dans le jardin, dame Yadil…

— Fais-la venir, s'il te plaît.

Lorsque Lune Rousse entra dans la chambre, Yadil vint à sa rencontre et l'embrassa chaudement.

Lune Rousse prit les mains de la Mauresque.

— Raconte-moi…

Comme chaque matin depuis que les deux femmes s'étaient retrouvées, Lune Rousse, sachant que son amie jouait gros, l'interrogeait sur la façon dont s'était déroulée sa nuit avec le Roi des rois.

— Une fois de plus fort bien… jusqu'à ce qu'il me jette quand il se lassera de moi.

— Ce jour-là n'est pas pour demain ! Tu as de quoi le satisfaire mille et une fois ! s'écria gentiment Lune Rousse.

Yadil tendit à son amie une grosse pivoine qu'elle était allée cueillir un peu plus tôt.

— On verra bien. À chaque nuit suffit sa peine…

Lune Rousse huma l'odeur subtile de la belle fleur aux pétales dentelés et dit :

— Je suis sûre que tu n'auras jamais besoin de lui raconter les Mille et Une Histoires…

— Peu importe ! murmura Yadil.

Songeuse, elle regardait ce jardin sublime qui croulait sous les roses et les pivoines, dont la moindre plante était soignée par les jardiniers avec la précaution d'une mère vis-à-vis de son unique enfant et dont elle savait fort bien qu'il suffisait d'un clignement d'œil de Cheng Hua pour qu'elle ne le vît jamais plus.

— En tout état de cause, si je peux faire quelque chose, ce sera d'autant plus volontiers que je te dois la vie…, ajouta, d'une voix émue, la rescapée.

« Rescapée » est bien le terme exact, car c'est peu dire que cette pauvre Lune Rousse revenait de loin.

Sans l'intervention de Yadil, elle eût croupi dans sa geôle le temps nécessaire pour y attraper une de ces maladies qui vous achèvent en quelques jours. À la suite de quoi, pour éviter toute contagion, les autorités eussent ordonné que son cadavre fût jeté dans le lac de l'Ouest pour y finir dans le ventre de ses poissons voraces qui ne font qu'une bouchée de la viande qu'on leur jette et sur laquelle ils se ruent avec de furieux battements de queue et de nageoires.

Lorsque cette imprudente jeune fille, après avoir été laissée à moitié morte dans son cachot, avait repris connaissance, elle avait commencé par sentir une odeur de rose. Le Paradis était donc un jardin de roses… Ouvrant un œil, puis l'autre, elle avait constaté que l'odeur de rose provenait de l'onguent qu'une femme lui passait sur le visage. Juste derrière cette femme, elle avait aperçu Grue Cendrée, une vision qui lui rappelait, on s'en doute, d'horribles souvenirs. La face fardée de l'eunuque s'était penchée vers elle et, preuve supplémentaire qu'elle n'était pas morte, son haleine exécrable mêlée à l'odeur de patchouli l'avait fait suffoquer.

— Heureusement qu'ils ne l'ont pas trop amochée..., avait déclaré Grue Cendrée de sa voix de fausset en se redressant.

La femme avait sorti un minuscule pot de grès d'une boîte de laque rouge.

— Cet onguent contient une poudre utilisée par les médecins militaires pour accélérer la cicatrisation des blessures.

Après avoir, de ses doigts précis, appliqué plusieurs couches du produit sur la face de Lune Rousse, l'infirmière avait annoncé d'une voix satisfaite et sans même lui jeter un regard :

— Dès demain, plus aucun bleu ne sera perceptible et l'arcade sourcilière se sera refermée.

La cicatrisation s'était produite si vite que la jeune imprudente avait presque recouvré son apparence originelle lorsque, l'aube venue, elle avait été extraite de son cachot.

Pendant qu'on la conduisait, un bandeau sur les yeux et les poignets entravés, à travers d'interminables corridors, la prisonnière se demandait à quelle sauce elle allait être mangée et dans quels bras elle allait atterrir. Son cœur battait à rompre et elle eût alors préféré mille fois ne s'être jamais réveillée lorsqu'elle découvrit, une fois son bandeau ôté, ce merveilleux jardin où l'attendait la Mauresque.

Éperdue de joie et stupéfaite, elle était tombée aux pieds de la jeune femme qui avait obtenu du Fils du Ciel sa libération.

Tout sourire, Yadil avait relevé Lune Rousse puis l'avait serrée dans ses bras.

— N'aie pas peur, ma petite Lune Rousse, tu n'as plus rien à craindre…

La rescapée, qui avait fondu en larmes, n'oublierait jamais ce moment de joie et de douceur qui succédait au malheur et, déjà, le faisait un peu oublier.

26

Duo raté

Bien que Lune Rousse déployât des trésors d'adresse et d'imagination, Trois Marches ne ressentait rien dans cette chambre impersonnelle d'une auberge pour voyageurs de commerce où ils s'étaient retrouvés.

On ne remplace pas impunément l'objet de ses obsessions.

Quand on a le fantasme de déguster un canard laqué à la peau croustillante, une simple soupe, fût-elle assortie d'un fort joli nid d'hirondelle, déçoit obligatoirement le palais.

Et pourtant ce n'était pas faute, pour notre rescapée follement amoureuse de l'éphèbe, d'user de tous les moyens pour arriver à ses fins.

De son côté, Trois Marches, qui n'acceptait pas l'idée de décevoir sa mie, essayait de faire de son mieux, mais c'était en vain : son corps ne répondait pas aux avances de Lune Rousse.

Quand la tête ne veut pas, le corps ne suit pas, même si on le force.

Entre le bel éphèbe et la petite voleuse qui avaient pourtant pris tant de risques l'un pour l'autre, le moins qu'on puisse dire est que ça ne collait pas.

Pour comprendre à quel point cette situation était paradoxale, il suffit de revenir légèrement en arrière et de laisser imaginer au lecteur la joie de nos deux tourtereaux lorsqu'ils étaient tombés dans les bras l'un de l'autre devant Yadil à qui ils devaient leurs retrouvailles.

Comme convenu, la Mauresque s'était rendue devant le Pavillon des Papillons Multicolores et avait annoncé à Trois Marches la bonne nouvelle : le Fils du Ciel avait accepté de libérer Lune Rousse !

À Trois Marches, aux yeux de qui cet événement paraissait presque trop beau pour être vrai et qui s'était confondu en remerciements, Yadil avait sobrement répondu :

— Je n'ai fait que mon devoir !

— Vous disposez d'immenses pouvoirs ! s'était exclamé, aux anges, l'éphèbe.

Elle avait souri. La favorite d'un tyran peut profiter de son pouvoir à condition d'agir de façon intelligente et surtout de ne pas en abuser.

Trois Marches repassa la main sur le bas du dos de Lune Rousse, massant doucement le creux de ses reins.

27

Où l'on comprend d'où viennent les ennuis de Rocher Impérissable

Dans la pièce vide où le seul meuble était un immense lit carré, Courant Vital, tel un collectionneur scrutant l'objet qu'il s'apprête à marchander chez un antiquaire, jaugeait la petite paysanne qu'on lui avait amenée le matin même du village où il avait l'habitude de s'approvisionner en chair fraîche. En expert, il examinait ce joli visage défiguré par la terreur, ces dents nacrées et régulières qui claquaient comme une crécelle entre des lèvres charnues.

Recroquevillée sur le lit, tel un petit agneau rétif que rien, pas même les crocs du loup, ne fera changer d'avis, elle finit par lui lancer :

— Je n'ai pas envie de coucher avec vous…

Il faut préciser que cette pauvre petite n'avait rien compris à ce qui lui arrivait lorsqu'elle avait été extraite le matin même de l'unique bordel du village où elle avait été placée par ses parents qui étaient trop pauvres pour nourrir leurs neuf enfants.

Face à un tel rejet, Courant Vital commença par écarter les bras comme un bonze qui s'apprête à psalmodier un sutra, puis il laissa exploser sa colère.

— J'ai payé mon dû. Tu n'as pas le droit de te refuser à moi. C'est contraire aux usages !

Sachant qu'en ce genre de circonstances, seuls les actes comptent, le taoïste tatoué avança vers le corps, tout menu, de la fille prostrée sur la courtepointe. Il était nu, si bien qu'on pouvait lire l'intégralité des maximes du *Tao* gravées. Mais les célèbres phrases étaient inaccessibles à la petite qui était, comme on s'en doute, parfaitement illettrée.

Après lui avoir délicatement soulevé une jambe et avoir fait glisser son pied miniature hors de sa pantoufle en feutre brodé d'une guirlande de fleurs, il en déroula lentement le bandage. Un moignon rougeâtre apparut, où l'on reconnaissait de pauvres petits orteils recroquevillés sur eux-mêmes, greffés sur une voûte plantaire cassée en plein milieu.

Après avoir baisé tout cela à deux reprises et de long en large, il porta les orteils à sa bouche et se mit à copieusement lécher leur conglomérat d'osselets.

Jusque-là terrifiée, la petite commença à ressentir d'agréables picotements qui lui remontaient le long de la jambe dont le pied avait été entrepris par le moine de façon si directe, pour ne pas dire audacieuse.

Ce n'était pas la première fois qu'un homme posait ainsi ses lèvres sur ses pieds cassés. Faute de pouvoir se servir utilement de leur membre, la plupart de ses clients âgés se contentaient de lécher la pointe de ses pantoufles avec délectation. Mais elle gardait un très mauvais souvenir de ces contacts qui la remplissaient de dégoût et dont elle effaçait soigneusement les traces en s'empressant d'aller nettoyer ses chaussons à grande eau.

Avec ce moine imposant, dont l'énorme organe n'était pas déficient, ce n'était pas la même chose : il s'en prenait à son pied en guise de préliminaire. Et la chose était assurément tout sauf banale.

Lorsque Courant Vital lui effleura la pointe des seins, elle finit par se dire que si ses doigts étaient aussi habiles que sa propre main lorsqu'elle se caressait, les exercices pratiques avaient toutes les chances de se révéler agréables…

Tout en achevant de la lécher cette fois de la tête aux pieds, Courant Vital se lança dans un vibrant plaidoyer sur les vertus bénéfiques de la pratique taoïste du sexe en insistant sur sa capacité à allonger indéfiniment la durée de vie du corps humain.

La petite paysanne n'eut pas de mal à être convaincue, d'autant que, fort habilement et sachant que l'argent aide à dégripper tous les types de rouages, Courant Vital venait de glisser sous l'oreiller le double de la somme convenue.

À ce moment, la jeune fille se dandinait juste devant lui si bien que son nez était à la hauteur de son entrecuisse.

Elle sentait la femme… Il percevait très distinctement cette odeur aigrelette de la brume en cours de formation dans sa Caverne de Cinabre.

— J'ai très envie de finir transpercée par votre Lance, monseigneur…, murmura l'adolescente, qui avait, comme il se doit, appris les mots qu'une prostituée doit prononcer pour flatter son client.

Le visage du taoïste afficha la jubilation du tireur à l'arc qui a touché sa cible.

Tous les hommes sont vaniteux, y compris les taoïstes les plus maîtres d'eux-mêmes, lorsqu'ils sont confrontés à ce genre de situation. L'âge étant le seul élément contre lequel aucun individu, quel que soit son sexe, ne peut rien, le mâle ne résiste pas à un compliment quand il vient d'une femelle plus jeune que lui.

Le reste fut à l'avenant : elle, en bonne petite garce, jouant parfaitement la comédie ; lui, fier comme le paon qui fait la roue, déployant la palette de ses couleurs pour peindre un tableau devant lequel elle s'extasiait…

Une fois la pluie tombée et la fille partie, Courant Vital se sentait à nouveau plein d'énergie et de courage lorsqu'il revêtit une fastueuse robe de cérémonie de soie rouge brodée de dragons bénéfiques par-dessus une tunique de lin vert pomme aux manches très courtes.

Il faut dire qu'il avait besoin d'être bien dans sa tête et parfaitement maître de lui, car les entretiens avec le général Rouge-Gorge étaient toujours de redoutables épreuves.

Quelques instants plus tard, face au chef de la police secrète, Courant Vital n'était déjà plus le même homme. Malgré ses beaux atours, il avait singulièrement perdu de sa superbe. Fixés sur lui, les yeux du commandant de la Surveillance Interne, tels ceux du loup lorsqu'il s'apprête à déchiqueter l'agneau, avaient viré au rouge.

Le général Rouge-Gorge posa son cure-ongles.

— Ton fameux Droit Devant, le fils de Rocher Impérissable, il s'est évaporé… Plus de trace ! Pfuit ! J'ai pourtant fait poster des hommes devant chaque maison close de Pékin. Tu m'avais laissé entendre qu'il commençait à goûter aux filles.

La nouvelle eut pour effet d'accroître l'affliction de Courant Vital, qui se mordait les doigts d'avoir raconté au général comment Droit Devant était venu lui montrer la fameuse Clochette birmane appartenant à l'Empereur.

— C'est pourtant la pure vérité !

— Même les patrouilles qui inspectent les marchés reviennent bredouilles !

Pour la petite histoire, il faut préciser ici que derrière chaque commerçant ambulant de n'importe quel marché de la capitale, on trouvait un indicateur.

Les pouvoirs dictatoriaux reposent sur un système où la protection s'échange contre de l'argent ou du renseignement. Si tu ne collabores pas, si tu ne sers pas d'espion, tu cours le risque d'être en butte à l'arbitraire.

C'est ainsi que maître Courant, lassé des incursions policières dans son école plusieurs fois menacée de fermeture, n'avait pas eu d'autre choix que de faire partie du système en question.

Mais la Surveillance Interne exerçait sur ses informateurs une pression d'autant plus forte qu'à la suite du vol de la Clochette birmane la tension entre cette police et la caste des eunuques était montée d'un cran. Avec leur habileté coutumière, les castrats avaient profité de ce fait divers pour mettre en porte-à-faux la police secrète en instillant leur venin dans l'esprit du Fils du Ciel. De deux choses l'une, clamaient-ils, soit la Surveillance, dont la tâche était précisément d'éviter ce genre d'incident, était défaillante, soit, et pour le coup ils insistaient lourdement, elle en était la complice, voire, c'était même une évidence, l'inspiratrice… En bon adepte de la méthode consistant à diviser pour régner, Cheng Hua, quoique très agacé par la mystérieuse disparition de l'ustensile, se gardait bien, face à de tels ragots, de prendre parti dans cette foire d'empoigne.

De plus en plus liquéfié, Courant Vital trouva la force de répondre :

— La disparition de ce garçon est un mystère. S'il revient me voir, tu en seras le premier informé.

— Tu as intérêt !

Le ton de Rouge-Gorge était encore plus menaçant que d'habitude.

Lorsque le taoïste revint chez lui, après s'être longuement lavé comme si cette eau pouvait également lui purifier l'esprit, il s'abîma dans la méditation pour oublier ces menaçants nuages noirs.

Mais quand une sombre réalité vous assaille, il ne suffit pas de la gommer de votre esprit pour qu'elle s'efface.

Malgré tous ses efforts et l'acharnement qu'il mettait à faire le vide dans sa tête, Courant Vital ne réussissait pas à faire décoller d'un pouce sa conscience ni à chasser l'image de la face ô combien méchante du chef de la Surveillance Interne. N'arrivant pas à calmer son angoisse, il ouvrit une porte du meuble où il rangeait sa pharmacie et sortit d'une petite boîte dont l'étiquette portait le joli nom de « Pilule Nuageuse » une minuscule boule marron qu'il plaça sous sa langue. Mais malgré l'opium il constata que son mal-être, loin de s'atténuer, continuait de plus belle.

À cette époque-là, il n'y avait pas encore de fumeries ouvertes comme c'est le cas de nos jours dans toutes les grandes villes de Chine. N'avaient accès aux

Pilules Nuageuses que quelques initiés qui les achetaient à prix d'or à des trafiquants venus du pays de Begram, tout au bout de la Route de la Soie.

Courant Vital alla s'allonger sur sa couche.

La position horizontale amplifie l'effet de l'opium. Le regard se perd dans le plafond et pour peu qu'on l'oublie, on a vite l'impression d'être transporté dans les nuages, d'où le nom donné à la drogue.

Il ferma les yeux. Les nuages vinrent à lui. Ils étaient denses et ils sentaient la rose. En fait, il les traversait, il volait au-dessus des nuages. Abaissant les yeux, il aperçut les arêtes du toit de la Pergola Céleste et la cime des arbres du parc au milieu duquel elle était bâtie. En proie à la peur de tomber, il voyait ses bras exécuter de grands moulinets.

C'est alors que, relevant la tête, il vit, penchée au-dessus de lui, une silhouette cagoulée dont la longue cape de soie noire flottait autour de lui comme les ailes d'une chauve-souris venant se suspendre, après son équipée nocturne, à la poutre qui lui sert de dortoir.

La silhouette ôta sa cagoule.

La jeune paysanne qu'il avait honorée le matin même apparut, très souriante.

— J'ai vu dans un livre illustré des femmes et des hommes nus dans une chambre… Ils s'adonnaient à certains gestes et adoptaient certaines postures, expliqua la fille, d'une façon très naturelle et sans la moindre gêne.

Il avait mal à la tête et étouffait. Après avoir aspiré une goulée d'air, il rassembla ses forces et dit :

— Tu lis des livres licencieux ? Et moi qui pensais que tu ne savais pas lire !

Elle poursuivit avec le plus grand calme :

— J'ignore ce qu'est un livre licencieux. L'album dont je vous parle appartient à mon père. Je suis tombée dessus par hasard en cherchant du fil à coudre dans une armoire. Tout ce que je peux vous dire, c'est que ces images m'ont paru très belles.

Il avait soif et une boule de feu lui dévorait le ventre. Il n'aspirait plus qu'à une chose, dormir en paix et ne plus penser à rien et surtout pas à cette fille qui, manifestement, se payait sa personne.

D'un geste comminatoire, il lui fit signe de sortir.

Mais l'intéressée lui déclara d'une voix ferme :

— Je ne quitterai pas cette pièce tant que ma Ravine n'aura pas connu le « Doux Éboulis ».

Curieux de savoir d'où elle tenait cette expression fort crue et somme toute plutôt étonnante dans la bouche d'une jeune paysanne de son âge, il lui demanda :

— Mais qui donc t'a parlé du « Doux Éboulis » ?

— C'était écrit dans le livre, sous un dessin qui représentait une fille jambes écartées.

Désireux d'en avoir le cœur net, il lui glissa :

— Que cherches-tu, au juste ? N'as-tu pas déjà eu ton compte ce matin ?

Après un instant d'hésitation sous la forme d'un long soupir, elle lui répondit, avec l'air d'un petit enfant pris en faute :

— Non. Je n'ai pas eu le « Doux Éboulis ». À vrai dire, il ne m'a jamais rendu visite.

Persuadé jusqu'à cet instant qu'il l'avait pleinement satisfaite, maître Courant Vital tombait de haut.

Avec les femmes, il faut toujours se méfier. Leurs râles et leurs contorsions extatiques relèvent souvent de la comédie pure.

Il essaya de bouger mais son corps pesait des tonnes et demeurait de marbre.

— Laisse-moi me reposer. Reviens demain. Promis, je ferai tout pour provoquer le « Doux Éboulis » de ta Ravine.

Il n'avait pas achevé sa phrase qu'elle vint se pelotonner contre lui puis se mit à lui caresser le visage.

Épuisé, il avait du mal à maintenir ses paupières ouvertes qui finirent par tomber. C'est alors qu'il entendit un grésillement en tous points identiques à celui qu'avait produit la Clochette birmane du Fils du Ciel lorsque le jeune Droit Devant était venu la lui montrer.

D'où la diablesse tenait-elle cette Clochette birmane ? Mais peut-être s'agissait-il de celle qui appartenait au Roi des rois, auquel cas il était dans de beaux draps !

Il rouvrit les yeux et constata que la fille, qui avait ôté sa robe, était en train de nettoyer l'ustensile afin d'en ôter le moindre grain de poussière. L'envie redonnant des forces à un mort, il s'ébroua. La fille lui tendit la Clochette avant d'écarter les jambes et d'exposer son Petit Bourgeon en pleine lumière. Puis ce fut lui qui plaça délicatement celle-là sur celui-ci. Comme à l'accoutumée dans ce genre de situation, les deux oiseaux s'entrechoquèrent et leurs ressorts se mirent à vibrer à l'unisson. Immédiatement, la jeune fille se mit à soupirer avant de manifester, au bout de quelques instants, déjà haletante et en sueur, l'extrême plaisir procuré par ce simple contact.

La Clochette et le Bouton s'entendaient à merveille et Courant Vital continua à administrer à la belle ce doux massage, lequel s'acheva, comme c'était prévisible, dans un « Doux Éboulis » en bonne et due forme.

Le feu aux joues comme si elle venait de gravir quatre à quatre les trois mille marches de l'escalier du mont Taishan, la jeune paysanne lui reprit le grelot des mains.

— Je n'ai jamais rien éprouvé de meilleur !

Un sentiment de fierté l'envahit.

Au lecteur qui aurait tendance à penser que le taoïste, en l'occurrence, n'était pas pour grand-chose dans le « Doux Éboulis » de sa partenaire, on répondra que les hommes sont d'incorrigibles grands enfants sensibles à tous les compliments, surtout lorsqu'ils viennent d'une jolie femme qu'ils ont réussi, fût-ce de très loin et au moyen d'adjuvants divers, à satisfaire.

Soudain, le plafond de la chambre réapparut.

La lumière aveuglante l'avait réveillé. Il avait la bouche pâteuse et affreusement mal à la tête. La drogue l'avait fait dormir pendant une nuit entière et, à en juger par le soleil qui inondait la pièce de ses rayons aveuglants, une bonne partie de la matinée.

Les élèves ne tarderaient pas à arriver et il lui fallait faire bonne figure, car un prêtre ne devait jamais montrer ses doutes et ses faiblesses à ses ouailles. Il se rua vers la bassine où il recueillait les eaux de pluie et s'aspergea le visage à plusieurs reprises avant d'enfiler une longue robe noire et d'ajuster la coiffe rouge à deux bandes des maîtres du *Tao*.

28

Où le Triangle tant espéré finit par arriver

Caché derrière une haie, Trois Marches tentait d'observer la scène qui se déroulait dans la salle où Yadil procédait quotidiennement à ses ablutions.

Ce n'était pas une salle de bains ordinaire mais un véritable petit complexe thermal tapissé de carreaux de Perse, disposant de quatre baignoires où l'eau allait du froid au brûlant, de deux tables de marbre pour se faire masser et d'un salon meublé de fauteuils en rotin sur lesquels on pouvait papoter entre deux soins.

L'éphèbe était un peu déçu. La pièce étant plongée dans la pénombre, il ne voyait qu'une ombre qui allait et venait.

Soudain, la lumière se fit et il put contempler la Mauresque entièrement nue. Elle venait d'allumer une torchère. Nichée au creux de son ventre splendide, la pierre de son anneau de nombril jetait mille feux. Entre ses cuisses, il pouvait entrevoir l'éclat intermittent de son bijou le plus intime.

Puis ce fut Lune Rousse qui surgit de l'ombre, tout aussi nue que Yadil, en esquissant un pas de danse en direction de celle-ci.

C'était la scène qu'il attendait. Les deux jeunes femmes n'ayant pas cessé, la veille encore, de faire des gorges chaudes au sujet des ablutions qu'elles prenaient en commun, il s'était promis d'observer en cachette un si délectable spectacle.

Il écarquilla les yeux. Les choses se présentaient sous les meilleurs auspices et il flottait un je-ne-sais-quoi de complicité amoureuse dans l'atmosphère de la salle de bains : après s'être pris les mains, les deux femmes se contemplaient mutuellement comme ces amateurs qui découvrent chez un antiquaire la pièce extraordinaire qu'ils recherchaient depuis des lustres.

À tout seigneur tout honneur, Yadil, comme on pouvait s'y attendre, parla la première :

— Ce que tu es belle, ma chérie !

Lune Rousse, après avoir effleuré la cuisse de son amie, répondit :

— Ta peau est douce comme la soie…

La Mauresque fit un pas vers l'immense vasque de marbre encastrée dans le sol.

— Les bains au lait de chamelle, il n'y a rien de tel. Chez les Yacoub, on en parlait comme d'un plaisir réservé à la seule reine de Saba. Ici, je n'ai qu'à le demander et on me le prépare en un instant…

Lune Rousse, que la Mauresque venait d'asperger après avoir plongé sa main dans le couvercle brillant de la surface laiteuse, éclata de rire.

— Ta situation n'a pas que des inconvénients !

— Il faut simplement se dire le matin en se levant que tout peut s'arrêter le soir !

Tout en parlant, Yadil enfila un peignoir puis alla tirer sur la sonnette de la gouvernante. Aussitôt une femme apparut, dont la robe en forme de tonneau accentuait l'embonpoint.

— Apporte-nous les huiles odorantes et une assiette de cornes de gazelle !

Telle une enfant joyeuse et insouciante, pendant que la gouvernante allait chercher les friandises, la Mauresque s'était lancée à la poursuite de Lune Rousse. C'était à qui, grâce à une opportune feinte, ferait tomber l'autre la première dans la baignoire de lait. Le plateau de friandises arriva, ce qui eut pour effet de calmer l'ardeur de nos deux joueuses, qui ne voulaient pas donner à la gouvernante le spectacle de telles facéties.

Yadil tendit l'assiette à son amie et lui demanda :

— N'est-ce pas ce matin que ton joli Trois Marches doit nous rendre visite ?

— Il ne devrait pas tarder à arriver…

Par précaution, elle ajouta à l'intention de la gouvernante :

— Demande à un Chambellan d'aller au Bureau de l'Identification, de sorte que, quand un certain Trois Marches se présentera, il ne soit pas interrogé pendant des heures !

Tous ceux, puissants ou simples fournisseurs, hauts mandarins ou petits fonctionnaires, généraux d'armée ou soldats du rang, qui se rendaient dans l'aile des appartements privés du Roi des rois passaient obligatoirement par ledit Bureau où on leur faisait subir un interrogatoire en règle.

Aussitôt, après s'être courbée en deux, la grosse femme s'éclipsa.

Yadil s'approcha de Lune Rousse et déposa un baiser furtif sur sa bouche. Lune Rousse parut surprise, puis, au bout d'un instant, au lieu de la rejeter, enlaça Yadil. Les deux filles échangèrent un long baiser, sous le regard de Trois Marches qui retenait son souffle et imaginait bien que leurs langues se mêlaient.

La grosse gouvernante passa une tête.

— Ma dame, Trois Marches ne s'est pas encore présenté aux Entrées mais ils ont la consigne.

Yadil fit comprendre d'un geste au tonneau qu'elle voulait demeurer seule avec Lune Rousse tandis que Trois Marches, que les formes féminines avaient jusque-là toujours laissé de marbre, à la vue de ces deux corps déjà complices, chavirait comme le puceau découvrant pour la première fois une Vallée des Roses.

Il suffit d'observer la façon dont deux filles se tiennent côte à côte pour déterminer leur degré de connivence amoureuse.

Celle de Lune Rousse et Yadil sautait aux yeux de Trois Marches, que cette considération ne faisait qu'émoustiller un peu plus. La touchante complicité dont elles faisaient preuve et surtout cette façon singulière et ardente qu'elles avaient de se regarder les yeux dans les yeux l'encourageaient à larguer les amarres.

Yadil, d'une virevolte, déroula sa toge. Aussitôt, Lune Rousse vint se coller à elle. Entre les deux femmes, les caresses devenaient désormais plus précises, insistantes et, on peut le dire, sans la moindre équivoque.

Comme la pulpe étincelante de l'orange gorgée de jus au fur et à mesure qu'on la pèle, les splendeurs de son corps apparurent au regard de Trois Marches, toujours caché derrière la haie, et dont la Tige, instantanément, se mit à gonfler.

On l'a dit, Yadil suivait la coutume en vigueur chez les femmes de la tribu des Yacoub qui s'épilaient complètement le pubis et les aisselles. Il est vrai qu'un marbre soigneusement poli est bien plus doux au toucher qu'une rugueuse pelouse à moitié parsemée d'herbes folles.

Quant à Lune Rousse, comme la plupart des filles de race Han, dont la peau est naturellement glabre, elle n'avait pas besoin de s'épiler.

C'est alors que l'éphèbe prit conscience qu'il ne manquait plus que lui pour que le duo qui venait de se former sous ses yeux se transformât en Triangle !

La combinaison ternaire à laquelle il avait toujours rêvé était, ô miracle, enfin à portée de main !

Résolu, Trois Marches enjamba facilement la petite haie de buis qui le séparait de la grande baie par laquelle la salle de bains de la favorite de Cheng Hua s'ouvrait sur le jardin puis se glissa d'un pas allègre derrière l'une des colonnes de bois de cèdre avant de se retrouver, d'un bond, devant les deux femmes qui s'écrièrent d'une même voix :

— Trois Marches !

Poussé par un désir irrépressible, il plaqua d'autorité ses mains sur les fesses des deux femmes puis leur déclara sur un ton pratiquement comminatoire :

— Je vous propose que nous allions tous les trois sur le lit…

Très souvent, l'audace et la surprise paient davantage que les circonvolutions et les sous-entendus. Tel un tigre – chez les tigres, le mâle prend la femelle sans même avoir besoin de lui faire comprendre que la saison des amours est venue –, Trois Marches leur attrapa la main d'autorité et les guida vers le grand lit.

Encouragé par le regard de braise et les œillades que les deux femmes échangeaient entre elles et qui témoignaient de leur furieuse envie de passer à l'acte en sa compagnie, il avait, à cet instant, de quoi se sentir plus puissant que le Roi des rois en personne !

Les médecins taoïstes qui comparent volontiers le corps humain à un paysage avec ses chaînes montagneuses couronnées de glaciers ou de pics acérés où prennent naissance de longs fleuves bouillonnants, ses lacs tranquilles remplis de carpes, ses plaines vaporeuses ainsi que ses mers intérieures et extérieures balayées par les vents de la vie, bref, un corps qui réagit en ami ou en ennemi, selon la façon dont on le traite, selon qu'on est ou non capable d'entendre la musique intime de son âme, ont entièrement raison : qu'est-ce qu'un être, *Yin* ou *Yang*, si ce n'est un ensemble de chairs et de souffles, une construction capable d'apporter le meilleur ou le pire selon la façon dont on l'habite ?

Lorsque les doigts des deux femmes commencèrent à s'intéresser de concert à ses braies, son cœur se mit à cogner si fort dans sa poitrine que ses battements résonnaient jusque dans ses oreilles. De crainte que sa Tige déjà toute gonflée sous l'effet d'un brusque afflux de *Qi* n'échappât à son contrôle, il se précipita vers la vasque et s'aspergea le bas-ventre de lait de chamelle.

Devant cette espèce de tablier blanchâtre qui recouvrait son ventre d'un voile, Lune Rousse et Yadil éclatèrent de rire. Mais il était trop euphorique pour prendre cela pour des sarcasmes, d'autant qu'il se sentait de nouveau en pleine possession de ses moyens.

Quant à Lune Rousse, fidèle à sa promesse, elle ne chômait pas, n'ayant pas tardé à emboucher la Corne d'Abondance de Trois Marches. Son geste poussa la Mauresque à s'enhardir, qui posa une main entre les cuisses de Trois Marches tout en lui lançant un regard appuyé qui en disait long sur ce qu'elle attendait à cet instant. Pour répondre à l'évidente envie de la favorite de Cheng, l'éphèbe, *illico* et sans se faire prier, mit sa langue sur son Bouton de Rose.

Vu l'état d'excitation des deux filles, qui étaient désormais, il pouvait en juger, transformées en fontaines abondantes, il jugea bon de leur déclarer :

— À condition que vous ne pensiez plus à rien, nous pourrons sceller le Pacte de la Triple Équation.

À l'idée que le grand moment allait bientôt venir, Lune Rousse frissonna tandis que la Mauresque lui prenait la main.

Tout en se repaissant des formes inoubliables des deux belles, de leurs épaules immaculées, de leurs petits seins dont la pointe se dressait vers le ciel, de leur ventre plat au milieu duquel fleurissait leur adorable nombril, de leurs cuisses fuselées et surtout de la fente lisse, aux rebords légèrement rebondis, qui marquait l'entrée de leur Vallée des Roses, Trois Marches ajouta d'un air satisfait :

— La première condition de succès pour le Pacte repose sur la nudité totale de ses trois signataires.

— Cette condition est remplie..., glissa Lune Rousse.

Rien ne vaut le contact de la peau. La peau parle bien mieux qu'une bouche et entend bien mieux que des oreilles...

C'est alors que, sans chausser le moindre gant, il leur indiqua ce qu'il attendait d'elles : Lune Rousse couchée sur le dos et Yadil allongée sur elle.

Docilement, comme l'élève qui a à cœur de suivre à la lettre les consignes du professeur, elles s'empressèrent d'accéder à ses désirs.

Leurs langues s'étant mêlées, une première ébauche de Triangle fut rapidement formée, puis ce fut au tour de leurs instruments respectifs de se rejoindre, la Tige de Trois Marches, qui s'était couché sur le dos de Yadil tout en prenant garde de ne pas écraser les deux femmes, frôlant à présent les deux Vallées des Roses déjà réunies à touche-touche.

Notre éphèbe était au comble de l'excitation. Maître absolu d'une musique harmonieuse, il commença à pianoter de sa main droite sur le ventre de ces deux femmes gémissantes avant d'avaler goulûment les souffles qu'elles émettaient par petits paquets, tandis que de la gauche il pinçait le bout de leurs jolis tétons avec la délicatesse du harpiste. Comme si une main divine les tournait, les pages calligraphiées du *Pacte de la Triple Équation* de Wei Boyang se succédaient devant ses yeux. Derrière le livre initiatique, il distinguait parfaitement le visage buriné de l'ermite aux cheveux filasse de la montagne Hu.

La présence de ce moine qu'un heureux destin avait placé sur sa route l'encouragea à passer à l'acte.

Après avoir mis en confiance les deux filles grâce à son infinie douceur, il suffit à notre éphèbe de les placer sur de bons rails pour que leur trio superbe se formât de la façon la plus naturelle du monde, ses trois protagonistes ayant très vite décidé qu'il convenait qu'ils n'eussent, en l'espèce, que leur seul instinct pour guide.

Les ruisseaux de sueur qui dévalaient sur leur visage, palpitant et empourpré par la lueur jetée de la lanterne plafonnier, en disaient long sur le plaisir qu'éprouvaient ses membres à composer ainsi la figure ternaire.

Bien que ce fût sa première expérience, Trois Marches se sentait aussi à l'aise que s'il eût pratiqué plus d'une centaine de fois ce genre d'exercice.

Quant aux deux belles, à cet instant soumises et mugissantes, elles étaient des esclaves complices qui lui obéissaient au doigt et à l'œil, tout en rivalisant à qui mieux mieux pour s'attirer ses bonnes grâces.

Du coin de l'œil, l'éphèbe observait Lune Rousse pour essayer de déterminer la part de motivation et d'appétence qui étaient les siennes dans l'exercice où il l'avait entraînée. Il y avait fort à parier que Lune Rousse et Yadil fussent bisexuelles, c'est-à-dire capables de s'unir de façon indifférenciée soit avec le *Yin* soit avec le *Yang*.

À croire que le sexe lui-même ignore la notion de sexe, les êtres de cet acabit, bien plus nombreux qu'on ne le croit, ont besoin d'alterner les plaisirs. Ils puisent dans ces alternances une excitation particulière qui rend la chose en question particulièrement délectable.

Trois Marches, désormais, en était sûr : Lune Rousse aimait aussi les filles sans pour autant délaisser les garçons. Il suffisait de voir la façon dont elle léchait le Bouton de Rose de Yadil pendant que sa main experte flattait l'encolure de son Dragon…

Mais l'homme est ainsi fait que plus il en a et plus il en veut…

C'est ainsi que Trois Marches, même s'il avait déjà été comblé par les deux femmes au-delà de ses espérances, était désireux d'en avoir plus. Plus précisément, ce qu'il désirait à ce moment, c'était que Yadil – et pas

Lune Rousse, laquelle, grâce à son allure de garçon manqué, se fût probablement prêtée de bonne grâce à ce dernier caprice, complètement toquée qu'elle était de lui – qui avait joué le rôle de la pointe *Yin* dans la figure ternaire, acceptât d'être traitée comme les gitons qu'il avait séduits avant de les jeter dans son lit… ou comme lui-même lorsque ses clients venaient lui acheter ses charmes.

Notre bel éphèbe à la face d'ange et aux manières de démon, dont l'insatiable Tige de Jade s'était à nouveau dressée, n'avait qu'une idée en tête : poursuivre en duo, mais cette fois par une voie détournée et beaucoup moins courante, la brûlante conversation qui s'était jusque-là déroulée à trois…

Ne doutant de rien, mais les audacieux qui réussissent sont précisément ceux-là mêmes qui ne doutent de rien, il lui glissa, tout en tendant fébrilement les mains vers elle pour l'attirer de dos vers lui :

— Accepterais-tu de me laisser te rendre visite en passant par la sublime Porte de ton Arrière-Cour ?

Sous le charme et tout émoustillée par tant d'audace, Yadil, qui n'avait jamais goûté qu'à des visites faites par la voie normale, celle de la Grotte du Lac d'Émeraude où perle la Rosée Désirable, acquiesça d'un air gourmand et entendu.

Trois Marches était aux anges. Son orgueil n'avait jamais été flatté à un tel point.

Quand on pouvait, grâce à sa seule force de persuasion et sans usage d'une quelconque menace, obtenir ce qu'on voulait d'une femme aussi belle que Yadil, n'était-on pas, en quelque sorte, un véritable petit maître du monde ?

Son pieu, dont Lune Rousse avait pris soin d'enduire l'embout d'un peu de salive, eut certes un peu de mal à enfoncer la porte, l'huis de Yadil étant, comme il se doit, particulièrement serré vu qu'il n'avait jamais été utilisé de la sorte.

Lorsque, face à un tel florilège de combinaisons splendides, Trois Marches sentit qu'il ne pouvait plus retenir l'essence *Yang* contenue dans sa Tige gonflée par le désir, l'extrême soin avec lequel il veillait à ne pas faire de jalouse lui valut, à l'issue de ces courses plus échevelées les unes que les autres, des compliments fort appuyés de la part des deux filles.

Nos trois héros avaient compris que le Triangle n'était pas une figure imposée mais au contraire une figure libre, et même la plus libre de toutes les figures, et qu'ils étaient en quelque sorte un petit orchestre fait pour jouer une improvisation inspirée où chacun donne le meilleur de lui-même en courant vers l'accomplissement parfait de son bonheur et non pas un de ces morceaux de musique convenue joué sans grande conviction par des interprètes qui n'y entrent pas.

29

Droit Devant revient à la niche

Droit Devant fendait la foule.

Derrière lui, Douce et Fine peinaient à le suivre tellement les gens étaient agglutinés au pied de la muraille haute comme un immeuble d'au moins cinq étages.

Il ignorait qu'il était arrivé devant la Porte Nord de la Cité Pourpre, là où avaient lieu les exécutions capitales.

Prêt à voir l'insoutenable, le fils de Rocher Impérissable haussa le cou.

Le peuple, c'est bien connu, se repaît non seulement de la vue du sang, mais aussi de son propre malheur.

Pour calmer les ardeurs du peuple, les Fils du Ciel ont toujours procédé ainsi : punir, pour l'exemple, et sans trop se préoccuper de savoir pourquoi ni qui on châtie ; puis, donner en pâture au peuple le sang de cette punition. Lorsqu'un peuple a faim, il mange ce qu'on lui donne. Il faut donc faire en sorte que le peuple ait faim, mais sans pour autant que cela le conduise à la révolte. Toute la stabilité de l'édifice du pouvoir tient dans ce subtil dosage.

La punition la plus terrible, celle dont le peuple se repaît le plus mais qu'il craint aussi le plus, a pour nom « découpage lent ». Cette technique mise au point sous la dynastie des Yuan consiste à faire mourir d'hémorragie le condamné après avoir taillé lentement son corps en pièces. Si le bourreau va trop vite en besogne, le supplicié meurt trop vite. Il doit procéder minutieusement, en gardant pour la fin les grosses veines qui nourrissent les organes vitaux.

Depuis les Yuan, les découpages lents avaient lieu à onze heures tapantes. Beaucoup de Pékinois s'y pressaient. Prévoyantes, les autorités affichaient sur le mur d'enceinte la liste des malheureux qui mourraient exsangues.

Ce jour-là, c'était au tour d'un Tibétain, à en juger par son chapeau pointu et sa robe rouge, de se faire découper en fines lanières par le couteau du bourreau sous le regard d'une foule compacte qui vociférait.

À Senteur Douce et à Fine Fleur qui tentaient à leur tour de voir ce qui se passait, Droit Devant glissa, avant de presser le pas :

— Ce n'est pas un spectacle pour vous… Désolé, mais quand on traverse Pékin, on est toujours obligé de contourner la Cité Interdite.

La capitale du Nord est une ville qui a été construite pour le Fils du Ciel. Ses habitants s'en accommodent, qui marchent trois fois plus qu'ailleurs pour se rendre d'un point à l'autre de la cité, puisque son centre, occupé par la Cité Pourpre, leur est, comme son nom l'indique, interdit. Tout est fait pour rappeler aux gens qu'ils sont à la merci du pouvoir. En élargissant le périmètre de la Cité Pourpre par vagues successives sans pour autant faire reculer celui des murailles de la ville, les Fils du Ciel n'ont fait qu'empiéter chaque fois un peu plus sur l'espace concédé à leurs sujets.

La conséquence est qu'à Pékin, l'espace vital rétrécissant comme peau de chagrin, nombre des habitants étaient contraints d'aller habiter loin de la capitale en s'exposant à tous les dangers, tandis que les autres, qui s'entassaient entre les murs de la Cité Pourpre et ceux de la ville, vivaient dans des conditions de plus en plus exécrables. De jour comme de nuit, dans les cris et la sueur, les terrassiers, les charpentiers et les maçons s'y affairaient, abattant les masures et construisant à leur place des immeubles pimpants, au milieu des cohortes de femmes en haillons et au visage hâve qui portaient des sacs de terre et de cailloux sur leur tête. La plupart de ces bougresses hirsutes avaient encore des enfants en bas âge qu'elles nourrissaient tant bien que mal au sein entre deux va-et-vient.

Dans cette ville austère, entièrement vouée au pouvoir, essentiellement peuplée de mandarins et de fonctionnaires, les seuls îlots de frivolité étaient les maisons closes et les marchés.

Parmi ceux-ci, l'un des plus étonnants était le grand marché aux antiques devant lequel, précisément, arrivèrent nos trois jeunes aventuriers.

Au vu des gardes en armes qui déambulaient dans ses allées, au milieu d'un invraisemblable bric-à-brac de bronzes du Luristan, de vaisselle iranienne, d'ivoire indien et de verrerie romaine que les caravaniers avaient disposé sur leurs étals, un personnage important y était attendu.

Quelques instants plus tard, Droit Devant aperçut le toit brillant d'un palanquin qui tanguait au-dessus de la foule, tel un navire sur une mer formée. De la hauteur d'une maison, il était précédé par des tambours portant des bannières jaunes, la couleur réservée à l'Empereur, sur le passage desquels la foule des badauds s'écartait avec crainte.

Craignant que ce ne fût Cheng Hua en personne en promenade dans sa capitale, le fils du Pinceau Rouge, qui tenait fermement Fine et Douce par la main, s'écarta de l'allée et alla se fondre dans la foule. Mais Douce, se retournant, découvrit que Yadil en personne descendait du palanquin dans une robe éclatante, les cheveux ceints d'un diadème en or orné de rubis ainsi que d'émeraudes. Ils étaient déjà loin, et il était fort dangereux de se signaler à tous ces soldats à l'allure terrifiante qui veillaient, sabre au clair, sur l'intégrité de la favorite de Cheng Hua. Senteur Douce décida donc qu'il valait mieux garder pour elle sa joie de revoir son amie disparue.

Arrivé devant chez lui après trois bons quarts d'heure de marche, Droit Devant, qui avait pressé le pas, ce qui contraignait les deux filles à courir à une allure d'athlète, ce dont elles étaient, au demeurant, parfaitement capables, tambourina à la porte.

Dès qu'elle vit le fils de Rocher Impérissable, Écume des Jours s'écria :

— Mon petit Droit Devant ! Mais où étais-tu ?

Sans même prendre le temps de présenter les deux filles qui l'accompagnaient à l'amah, Droit Devant alla à l'essentiel :

— Père est-il là ?

À ces mots, le visage ridé de sa vieille gouvernante se décomposa jusqu'à devenir un fourmillement de ridules et de craquelures qui convergeaient vers deux yeux larmoyants d'une infinie tristesse. D'une voix cassée, elle répondit :

— Des policiers de la Cité Pourpre sont venus le chercher. Ils voulaient la Clochette. Ils étaient persuadés que ton père l'avait volée au Fils du Ciel. Mais ton pauvre père n'avait pas la moindre idée de l'endroit où elle se trouvait…

Comme s'il avait reçu un coup de poing dans le ventre, Droit Devant faillit tomber à la renverse.

S'il avait su que le sacrifice du grelot ne servirait à rien !

— Père n'est donc pas à la maison…

La petite chose tassée sur elle-même qu'était l'amah acquiesça d'un air éploré.

— Quand ils ont emmené maître Rocher Impérissable, des ruisseaux de sang coulaient sur son visage.

Droit Devant fut soudain envahi par un sentiment de culpabilité extrême. À cause de lui, son père avait été torturé comme le pire des criminels.

— Est-il vivant ?

— Oui !

— Comment le sais-tu ?

— Son nom n'a pas été affiché dans la liste des condamnés à mort. Chaque semaine, je m'en assure…

— Ils l'ont peut-être tué sans que ça se sache !

— Maître Rocher Impérissable est vivant. Pour le faire sortir, il faut payer une caution très élevée !

Droit Devant, qui connaissait fort bien le système de rachat des peines, se précipita dans le bureau de son père, suivi d'Écume des Jours légère et fragile comme un fétu de paille.

À son entrée dans la pièce où Rocher Impérissable avait passé tant d'heures à lire et à calligraphier, Droit Devant sentit que son cœur se serrait. L'armoire forte était toujours à sa place, majestueuse, avec ses masques terrifiants, aussi inquiétants que les faces grimaçantes des Gardiens des Quatre Directions qui dissuadent les pécheurs de pénétrer dans les temples de la Sainte Voie. Sans hésiter, les chiffres de la combinaison, comme par miracle, lui étant revenus de façon naturelle, il fit tourner les barillets du cadenas. Puis il suffit de deux tours de clé pour que, les deux épaisses portes ayant pivoté sur leurs gonds sans faire le moindre bruit, le monstre eût le ventre ouvert.

Le brûle-parfum était à sa place, tel l'enfant dans le ventre de sa mère avant qu'elle n'accouche. Il toucha le dragon de bronze avec les précautions et le respect du dévot lorsqu'il s'empare d'une relique. Son nez effleurait les naseaux de la précieuse antiquité qui remontait à l'époque des empereurs mythiques dont le seul but, trois ou quatre milliers d'années plus tôt, était de faire le bien du peuple. Bien qu'aucune fumée ne s'échappât de la chimère, il pouvait sentir l'odeur enivrante qui l'avait fait presque s'évanouir le jour de sa prise de bonnet viril.

— Avec ça, j'aurai de quoi payer la caution..., grommela-t-il.

Fine et Douce n'osant pas s'en approcher, il prit les mains des deux filles et les attira doucement vers le vase mythique :

— Vous pouvez le toucher, il ne vous mordra pas !

D'abord Senteur Douce, puis Fine Fleur posèrent leurs paumes sur la surface de ce métal patiné par les ans et touché des milliers de fois par les mains magiques des devins et des sorciers, ce qui lui conférait des teintes qui allaient du noir à l'émeraude en passant par le rouge et l'orange.

C'est alors qu'Écume des Jours, après avoir ouvert l'un des tiroirs du coffre-fort, tendit à Droit Devant la Clochette birmane.

Lorsque les doigts fébriles du Fils de Rocher Impérissable s'en emparèrent, les pattes des minuscules oiseaux se mirent à vibrer sur leurs ressorts, déclenchant le grésillement de la petite cage en argent. Il ne put s'empêcher de penser au nombre de Ravines Enchantées dans lesquelles s'étaient nichés ces volatiles. Combien d'orgasmes y avaient-ils provoqués ? À combien de mâles – y compris les plus célèbres et les plus puissants d'entre eux – affectés par des baisses de régime avaient-ils sauvé la face ?

— Tu l'as gardée ? hurla-t-il, sous le regard apeuré des deux jeunes femmes qui ne l'avaient jamais vu dans cet état.

Penaude, Écume des Jours répondit :

— Elle était sur la table des ancêtres. Quelqu'un l'y avait posée pendant l'interrogatoire de ton père. Elle n'y était pas le matin – je le jure sur la tête de Guanyin la Miséricordieuse ! D'ailleurs, cet autel, j'y passe le chiffon tous les jours. Et le soir, quand je suis allée fermer les volets, elle y était, quelqu'un, une bonne âme, sans doute, l'avait rapportée !

— Ce quelqu'un, ô ma petite Écume des Jours, c'était moi !

À ces mots, l'amah faillit s'étrangler.

— Toi ?

Il acquiesça.

— Quand je suis revenu, la police était là. J'étais caché tandis que les policiers torturaient père. J'ai posé la Clochette birmane bien en vue, avant de m'échapper, persuadé que les policiers tomberaient dessus et que, du coup, ils relâcheraient père !

Écume des Jours hocha tristement la tête.

— Tu aurais pu m'avertir…

Droit Devant serrait les poings. L'émotion était trop forte. Il s'affala sur une chaise.

— Mais pourquoi donc ne l'as-tu pas rapportée à la Cité Pourpre ?

L'amah, qu'une tristesse infinie avait envahie, émit un long soupir. Le plissement de ses paupières et l'affaissement de ses bajoues achevaient de conférer à son visage les traits d'un masque mortuaire.

— Je me suis dit, mais peut-être ai-je eu tort, que là-haut, ils prendraient cela comme un élément supplémentaire à charge contre ton père ! Sans cadavre, un meurtre est plus difficile à prouver…

Le fils de Rocher Impérissable réprima un sanglot. Son acte n'avait donc servi à rien.

— Cette pièce doit valoir beaucoup d'argent… glissa Senteur Douce, qui souhaitait voir sourire à nouveau son cher Droit Devant.

Le rire étant le meilleur médicament contre le mal, quand une femme aime un homme, elle n'aime rien tant que l'autre rie et réciproquement.

L'amah joignit les mains. Elle était encore plus accablée lorsqu'elle dit à Droit Devant :

— Si tu mets cette pièce en vente, les inspecteurs de la Cité Pourpre vont le savoir très vite. Le Fils du Ciel fait confisquer toutes les pièces d'origine royale et poursuivre leurs propriétaires au motif qu'ils n'ont pu que les voler… C'est bien pourquoi ton père ne sortait jamais son vase de l'armoire…

Inquiète, Douce se tourna vers Droit Devant. S'il ne pouvait pas mettre en vente le brûle-parfum, il ne pourrait jamais réunir l'argent de la caution.

Elle constata avec soulagement que nulle trace de contrariété n'était perceptible sur le visage du fils de Rocher Impérissable, qui lui décocha un beau sourire.

Il faut dire que Droit Devant venait d'avoir une idée géniale, une de ces trouvailles qui font basculer le destin.

Bref, un très joli cadeau du Ciel…

30

Rouge-Gorge marque un point décisif

Lorsque, sanglé dans son grand uniforme, le général Rouge-Gorge fit son entrée dans le bureau du Fils du Ciel, il n'était pas peu fier. Pour une fois qu'il avait une bonne nouvelle à annoncer au Prince ! Une nouvelle qui, il en était convaincu, redorerait le blason du Cercle de la Surveillance Interne et lui permettrait par voie de conséquence de marquer un point décisif dans cette lutte implacable qu'il menait contre la caste des castrats.

À la vue du plus gradé de ses gendarmes, Cheng Hua, pour signifier à son visiteur qu'il était autorisé à lui parler, et non sans avoir bu une gorgée de thé, car un chef ne doit jamais faire preuve du plus petit signe de fébrilité vis-à-vis de ses collaborateurs, leva négligemment son sceptre de Jade orné d'un dragon et d'un phénix.

En s'efforçant de maîtriser du mieux qu'il pouvait son euphorie, car devant l'Empereur on ne doit pas faire étalage de ses sentiments, qu'ils soient bons ou mauvais, le général Rouge-Gorge, après avoir claqué les talons, déclara avec emphase :

— Votre Immense Majesté, je suis en mesure de vous procurer autant de flacons que vous souhaitez de Liqueur du Dragon Volant !

Cheng leva un sourcil. Telle celle d'un reptile guettant sa proie, une imperceptible lueur d'excitation fit briller sa pupille. Si Rouge-Gorge se permettait de lui annoncer une telle nouvelle, c'était qu'il était sûr de lui.

Recouvrant ses réflexes de souverain habitué à mettre ses affidés sur le gril, il glissa :

— Sornettes ! Le docteur Tripode ne fabrique plus son remède ! Les apothicaires qui s'y sont cassé les dents se comptent par dizaines !

— Je connais quelqu'un qui possède la recette... Il la tient de son inventeur en personne... Au grand marché, devant son étal, la queue était impressionnante... La rumeur publique va vite !

Le souverain du Centre, qui enrageait déjà à l'idée que cet idiot de Rouge-Gorge eût laissé filer l'oiseau, était prêt à châtier impitoyablement l'auteur d'une si énorme négligence. Cette hypothèse le fit grimacer. Ses mains s'agrippèrent aux accoudoirs de sa cathèdre. Mais il se ressaisit aussitôt et laissa tomber, l'air de rien :

— Un marchand ambulant, ça a tôt fait de disparaître dans la nature !

Rouge-Gorge bomba le torse.

— J'ai fait arrêter l'intéressé ainsi que les deux femmes qui l'accompagnaient !

Cheng, qui ne voulait pas que Rouge-Gorge perçût dans son regard le moindre signe de satisfaction et encore moins de soulagement, tourna la tête. Puis, après un silence suffisamment long pour refroidir tout espoir de revanche chez le gradé, il finit par lâcher ;

— Fais-le venir demain !

Le général, qui était le frêle esquif, ou la marionnette, tandis que l'Empereur du Centre était l'océan déchaîné, soit le marionnettiste, après avoir reçu une grande gifle, recevait là un bonbon.

Tout en se cassant en deux devant le Roi des rois et en priant le Ciel pour que son Inestimable Fils ne changeât pas une nouvelle fois d'avis, il murmura, d'une voix mourante :

— Majesté, vos désirs sont des ordres !

31

Septuor

Les couloirs immenses aux murs ornés de peintures à la gloire des Fils du Ciel successifs et dont les plafonds sculptés dorés à la feuille d'or projetaient une lueur solaire avaient beau succéder à des cours de marbre vastes comme des prairies, traversées par des rivières artificielles où on élevait des carpes géantes rouges tachetées de blanc qu'enjambaient les anses élégantes de ponts arachnéens, Droit Devant, qui était pourtant vêtu en prince, ne cessait d'enrager. Tout était sa faute. C'était à cause de lui – et de lui seul ! – si Douce et Fine, tout aussi élégantes mais attachées, comme lui, à cette maudite chaîne avec laquelle la Surveillance Interne emmenait ses proies de la prison à la Question, étaient tombées dans ce pétrin !

Il n'avait pas fallu longtemps pour que des gendarmes viennent les arrêter sur le marché où il avait écoulé en moins de deux heures la totalité des fioles de Liqueur du Dragon qu'il avait mises en vente.

Il est vrai que Douce et Fine y avaient mis du leur, en vantant les mérites du célèbre remède dans une tenue dont le décolleté et les fentes au niveau des cuisses permettaient d'en constater les effets. À peine les deux belles s'étaient-elles installées devant l'étal que la rumeur s'était répandue comme une traînée de poudre : un marchand bienfaiteur de la gent masculine avait daigné apporter quelques flacons de Liqueur sur le grand marché et il valait mieux s'y précipiter pour faire partie des heureux élus qui pourraient en acheter. Mais la satisfaction de notre pauvre Droit Devant, qui exultait à l'idée qu'en deux jours il disposerait de l'argent nécessaire pour faire libérer son père, avait été de courte durée.

Compte tenu de l'importance de la prise, c'était le général Rouge-Gorge en personne qui s'y était collé. Ses sbires leur avaient sauté dessus avant qu'il ait pu émettre la moindre protestation.

À la vue de l'étal totalement vide, c'est la mine défaite que Rouge-Gorge s'était enquis :

— Tu n'as plus de fioles ?

Le fils de Rocher Impérissable ne s'était pas démonté. Il avait soutenu le regard du général et lui avait dit, tout en se gardant bien de mettre la main à la poche et d'en sortir la précieuse tablette :

— Si tu m'aides à trouver les ingrédients nécessaires, je possède la recette de la Liqueur du Dragon.

À ces mots, le général Rouge-Gorge avait souri. Sur un geste de sa part, le trio avait été amené sous bonne escorte jusqu'à la Cité Pourpre Interdite où il avait été installé dans un petit appartement aux fenêtres hermétiquement closes et au mobilier d'un luxe inouï. Notre trio avait passé la nuit à se poser des tas de questions. Le traitement qui leur était réservé dans l'enceinte du Palais Impérial ne collait pas avec la façon avec laquelle ils avaient été arrêtés comme de vulgaires délinquants. Pour autant, cette incohérence, loin d'être rassurante, n'avait fait qu'accroître une perplexité qui, au fil des heures, s'était transformée en angoisse.

Après une nuit pendant laquelle Droit Devant et ses deux compagnes n'avaient pas fermé l'œil, la matinée était à peine entamée que le même général au nom d'oiseau était venu les chercher, non sans leur avoir, au préalable, intimé l'ordre de se laver et de passer des vêtements qu'un serviteur avait sortis d'un grand panier d'osier.

— Pourquoi devons-nous être accoutrés comme des ambassadeurs ? s'était enquis Droit Devant, dans l'espoir d'en apprendre un peu plus.

Hilare, le général Rouge-Gorge avait laissé tomber :

— Tu verras bien !

Droit Devant ne mit pas longtemps à comprendre vers quelle destination on les emmenait : le silence des lieux, leur raffinement, leur luxe plus vrai et moins ostentatoire qui tranchait avec la pompe des espaces qu'ils avaient jusque-là traversés, mais surtout la présence dans le moindre recoin de militaires au crâne rasé, si semblables qu'on eût dit une extravagante myriade de jumeaux célestes dont le bras droit était ceint du brassard jaune, indiquaient qu'ils étaient bel et bien entrés dans les appartements impériaux.

Soudain, tout s'accéléra.

Au milieu des soldats, désormais figés comme des statues de sel, il y avait des gens beaucoup plus âgés, ce qui ne les empêchait pas de porter beau dans leurs tenues encore plus précieuses que celles revêtues par notre trio, probablement des ministres, à en juger par l'épaisseur des dossiers charriés par la nuée de serviteurs qui leur collaient au train comme des mouches, et surtout il y avait de plus en plus d'eunuques, perchés sur leurs cothurnes et maquillés comme de vieilles maquerelles, qui les observaient comme des bêtes curieuses.

Plus on approche du centre du pouvoir et plus on ressent un calme étrange, une sorte d'harmonie. Mais on aurait tort de se fier aux apparences : ce cocon dans lequel le pouvoir est installé est également ceint d'un mur hérissé de piques.

Droit Devant n'eut pas le temps de demander s'ils allaient être introduits auprès du Fils du Ciel en personne que surgit le Grand Chambellan. Ce personnage impavide, auquel on ne pouvait pas donner d'âge, reconnaissable à sa longue robe rouge ornée d'une farandole de dragons, leur plaça d'autorité, et non sans cette dextérité propre à ceux qui ont une longue pratique des antichambres du pouvoir, un bouquet d'orchidées dans les mains.

— Le Roi des rois aime bien les fleurs. N'oubliez pas de faire la génuflexion avant de les poser à ses pieds…

Dans la foulée, ils furent propulsés dans la pénombre du cabinet de travail de Cheng Hua comme des fétus de paille emportés par le souffle d'un vent puissant.

Vêtu de sa robe jaune, le Fils du Ciel vint aussitôt à leur rencontre.

Droit Devant était étrangement calme et maître de lui.

Pour ce qui le concernait, tout était allé si vite que le processus de liquéfaction qui, d'ordinaire, fait perdre tous leurs moyens à ceux qui sont présentés pour la première fois au Fils du Ciel, n'avait pas eu le temps d'aller jusqu'à son terme.

Comme on pouvait s'y attendre, le Roi des rois attaqua le premier et de façon fort rude.

— Où est ma Clochette birmane ?

Droit Devant, qui s'attendait à tout sauf à ça, s'étrangla et faillit défaillir.

— Majesté, je l'ignore !

Cheng foudroya Rouge-Gorge du regard.

— On m'a dit que tu l'avais en main !

Bien qu'en position de force, du moins en théorie, le chef de la Surveillance Interne n'en menait pas large.

Il savait mieux que personne que, lorsqu'on avait affaire à Cheng Hua, il fallait toujours être sur ses gardes et ne jamais se mettre en situation d'infériorité, ce qui eût donné prise à la domination et au chantage. Du coup, il en venait à regretter de lui avoir amené si facilement le gibier.

Quand le chef suprême croit tenir la clé de la porte, il faut qu'il y ait une autre porte derrière la première et ainsi de suite. C'est ainsi que l'impératrice Wu[1] a réussi à monter sur la plus haute marche, en forgeant plus de clés qu'il n'y avait de portes. Qui affronte le roi aux échecs doit disposer d'au moins dix coups d'avance…

Au grand soulagement du général, Droit Devant reprit la balle au bond, ce qui le replaça en première ligne.

1. Sous les Tang, Wu Zetian (624-705) fut la seule femme à devenir impératrice de Chine.

— Il est exact, Votre Très Haute Majesté, que quelqu'un me l'a donnée sans me dire de quoi il s'agissait. J'ignorais tout, par conséquent, de sa provenance.

— Qu'en as-tu fait ?

Désireux de recouvrer son calme au plus vite, le fils de Rocher Impérissable, après avoir avalé sa salive, inspira et expira profondément à deux reprises.

— On me l'a volée, ô Fils du Ciel le Très Haut !

— Il faut dire que c'est le genre d'ustensile qui fait des envieux, grommela Cheng Hua.

Face à de tels propos en forme d'acquiescement, Droit Devant s'enhardit.

— Je profite de l'occasion que vous me donnez là pour vous certifier que mon père n'a jamais détenu la Clochette birmane et qu'il n'a jamais su que j'avais eu cet objet en main !

Le Fils du Ciel se mit à tapoter sa paume avec son chasse-mouche, tout en toisant Douce et Fine des pieds à la tête, avec des yeux de connaisseur, puis il dit, en regardant alternativement le fils de Rocher Impérissable et le général Rouge-Gorge, statufié dans son garde-à-vous :

— Nous verrons ça plus tard ! Si tu es là, c'est pour autre chose !

Droit Devant s'empressa de servir à Cheng Hua la réponse qu'il attendait.

— La Liqueur du Dragon ?

— On me dit que tu en possèdes la recette…

— C'est exact, Votre Munificente Seigneurie. Il me suffira de disposer des ingrédients nécessaires et le tour sera joué. Mais, auparavant, j'aurais une requête à présenter à Votre Très Haute Majesté…

Le Fils du Ciel haussa un sourcil puis l'autre, regarda à la ronde avant de faire signe au général Rouge-Gorge dont les jambes se débloquèrent instantanément, comme d'un automate auquel son maître aurait donné un tour de clé :

— Tu feras libérer le Pinceau Rouge !

Tandis que Senteur Douce et Fine Fleur émettaient un petit gloussement de joie – en d'autres circonstances, elles eussent battu des mains ! –, le fils de Rocher Impérissable, d'un geste théâtral, posa la tablette carmin sur le bureau du Roi des rois.

C'est alors qu'avec le pas sûr et l'air détaché de ceux qui connaissent désormais comme leur poche le terrain où ils s'aventurent, Yadil fit une entrée triomphale dans le cabinet de travail du Roi des rois, captant immédiatement l'attention de l'intéressé qui se précipita à sa rencontre pour lui prendre la main. Juste derrière la concubine favorite se tenait Lune Rousse, qui lui servait de dame de compagnie.

Tandis que Droit Devant faisait un clin d'œil à Lune Rousse, Senteur Douce et la Mauresque échangèrent un sourire complice avant de se saluer fort chaleureusement.

— Vous vous connaissez ? s'enquit le Prince, quelque peu étonné par ces civilités.

En quelques mots, Yadil expliqua au Fils du Ciel comment Senteur Douce et elle-même s'étaient côtoyées dans une autre vie. Le regard du Roi des rois allait de l'une à l'autre, comme si, ayant découvert l'extrême beauté de Douce, il tenait à comparer leurs atouts respectifs.

Conscient qu'il risquait de donner le spectacle d'un homme important et toujours maître de lui mais que la vue de jolies femmes commence à affoler, Cheng brandit son chasse-mouche dans la direction du Grand Chambellan.

— Fais venir Grue Cendrée !

Sans manquer d'écraser au passage, et copieusement, les pieds du chef de la Surveillance Interne, celui des eunuques déboula. Le regard chargé de haine échangé par les deux hommes contribua à rassurer le Prince.

Le Roi des rois, à qui décidément rien n'échappait, ordonna à l'eunuque :

— Qu'on appelle le Grand Apothicaire !

Le visage de Grue Cendrée se décomposa.

— Il est mort le mois dernier, Votre Immense Puissance ! Le Grand Pharmacien avait plus de cent ans…

Le chasse-mouche s'abattit sur l'épaule du castrat, qui poussa un miaulement de chat attrapé par la queue.

— Pourquoi ne l'ai-je pas su ?

À cet instant, Grue Cendrée mais Rouge-Gorge aussi eussent donné cher pour rapetisser jusqu'à devenir de minuscules grains de poussière et disparaître de la vue du Prince.

C'est alors que, toujours aussi majestueuse, Yadil intervint. Sa voix était justement posée, ni trop forte ni trop obséquieuse, c'était la voix de quelqu'un qui s'adresse d'égal à égal à son interlocuteur, ce qui, en présence d'un Fils du Ciel, est, comme on s'en doute, extrêmement rare.

— Majesté, je connais un garçon qui possède un talent d'apothicaire à nul autre pareil… Il a pour nom Trois Marches.

Cheng se tourna vers sa favorite et lui glissa, avec un clin d'œil appuyé et d'une voix de velours :

— Tu as toujours de bonnes recettes…

L'amour n'épargnant personne, pas même les plus grands hommes, il avait recouvré son air d'homme amoureux. Puis, sans aucune transition, car les puissants – c'est une de leurs caractéristiques – ont l'habitude de changer promptement de masque, le même individu redevint un tyran implacable pour s'adresser à Grue Cendrée d'un ton sec :

— Qu'on fasse comparaître immédiatement ce Trois Marches !

Trois Marches ne fut pas long à trouver. Pour l'avoir sous la main, Yadil avait fait embaucher le jeune éphèbe aux cuisines.

À peine l'éphèbe introduit, le Roi des rois, fasciné par son ambiguïté sexuelle et incapable de dire si l'amoureux de Lune Rousse était un joli garçon déguisé en fille ou l'inverse, lui demanda :

— Il paraît que tu as des dons d'apothicaire ?

La Mauresque fit discrètement signe d'acquiescer à celui dont la face d'ange ne laissait en aucun cas présager qu'il était un obsédé du Triangle.

Dans un silence religieux, le Fils du Ciel commença à égrener la liste impressionnante des ingrédients qui entraient dans la composition de la potion aux vertus magiques :

— Cinabre, écaille de tortue marine, poudre de bois de cerf, rate de buffle confite dans le vinaigre de pivoine, jus de serpent du bananier, copeaux d'étui de sabre d'étalon, poussière de Pierre de Lune, extrait de radis anthropomorphe (plus communément appelé « ginseng »), branchie pilée de carpe géante à peine sortie de l'eau, eau de pluie recueillie sous la pleine lune…

On trouve tout à la Cité Pourpre.

Aussi ne fallut-il pas attendre très longtemps pour que fussent enfin réunies toutes les briques de ce temple extraordinaire et pour ainsi dire unique, qu'il ne restait plus qu'à construire et qui allait prendre la forme du Septuor.

Car, dans l'antre du Roi des rois, ils étaient sept à être reliés les uns aux autres par la vertu de la fusion du *Yin* et du *Yang* comme les pierres d'un même collier.

Et de ce majestueux sautoir, les deux cabochons, aussi brillants qu'essentiels, étaient Yadil, qui faisait le trait d'union entre Cheng, Lune Rousse et Trois Marches, et Droit Devant, qui, ayant déjà couché avec Lune Rousse, servait de pont entre Douce et Fine.

32

La Symphonie Ultime

Il nous faut à présent raconter au lecteur la fin de l'histoire pour le moins inouïe de l'érection de ce temple ineffable dont le fronton fut supporté par ces sept colonnes dont personne n'eût parié qu'il eût été possible de les réunir tant elles étaient différentes et provenaient d'horizons divers.

Mais plus on assemble des choses disparates et plus on a de chances de réaliser un objet extraordinaire, car c'est dans l'association des contraires, comme avec le *Yin* et le *Yang*, qu'on obtient ce qu'il y a de plus merveilleux.

Pour ce genre d'édifice, il faut un architecte particulièrement audacieux et un brin autoritaire, car l'eau ne va pas naturellement vers le feu, pas plus d'ailleurs que le feu ne va vers l'eau.

Comme on s'en doute, à tout seigneur tout honneur, ce fut à Cheng Hua qu'échut ce rôle indépassable.

Face à l'immense lit de l'Empereur, un lit carré auquel on accédait par de curieux escabeaux qui entouraient ses quatre pieds, personne ne bronchait. Les biches qui côtoient le tigre s'efforcent de faire le moins de bruit possible lorsqu'elles se déplacent sur le territoire du roi de la forêt.

Le spectacle valait le coup d'œil.

Le Roi des rois dormant comme un bébé et ronflant comme un sonneur… regardé par quatre femmes nues et deux hommes juste ceints d'un pagne…

Un serviteur vint tapoter l'auguste joue avec une lingette parfumée à l'eau de rose.

Cheng ouvrit un premier œil, puis le second, regarda la petite assemblée dont les membres, désormais à genoux à même le sol, touchaient du front le tapis de haute laine que les pieds impériaux s'apprêtaient à fouler, car c'était ainsi qu'on devait faire quand on avait la chance d'assister au réveil du Souverain.

Puis, après qu'un deuxième serviteur lui eut passé un gant de toilette humidifié sur le visage, le Roi des rois, d'une voix égale, demanda à Douce et à Fine de s'asperger de parfum, exigence à laquelle les deux jeunes femmes se soumirent sans discuter, même si elles n'en menaient pas large, les désirs du Roi des rois étant évidemment des ordres.

Pressentant le danger, Yadil, qui ne voulait pas retourner dans l'anonymat ni connaître la triste condition de courtisane déchue, ne voulut pas être en reste et fit voler une à une les étoffes qui recouvraient sa plastique parfaite tout en incitant fortement Lune Rousse à faire de même. Sachant pertinemment où elle devait aller, elle décida de mener le bal et de distribuer les rôles.

Droit Devant demeurait pétrifié.

Mais pour ce qui concernait Trois Marches, c'était, comme on s'en doute, une tout autre chanson.

À la vue de ces quatre filles, toutes aussi sublimes les unes que les autres, une idée avait germé dans son esprit.

Un Carré !

Personne, pas même l'ermite du mont Taishan, n'avait jamais évoqué la possibilité d'une telle figure qui signifiait aussi que le Triangle n'était qu'un début puisqu'il suffisait d'ajouter une colonne à l'édifice pour aboutir au Carré et ainsi de suite, jusqu'au temple constitué, pourquoi pas ? de Dix Mille colonnes !

À l'idée d'une telle accumulation de bonnes choses, le bout de sa Tige fut affecté d'un picotement prometteur. L'idée de ces mélanges par accumulation de partenaires le réjouissait comme l'enfant qui découvre un nouveau jouet, un jouet bien plus beau et bien plus grand que tous les autres jouets dont il a pu disposer jusque-là.

Quelques minutes plus tard, les quatre filles étaient encastrées les unes dans les autres, leurs doigts et leur langue explorant leurs Vallées des Roses respectives.

Le rêve de Trois Marches était devenu réalité puisque la figure extraordinaire du Carré, dont les pointes avaient pour nom, dans l'ordre, la Mauresque, Fine, Douce et Lune Rousse, était achevée.

Le Carré, c'est évidemment bien mieux que le Triangle, et bien plus rare encore. Un Carré ne peut être que le fruit du hasard céleste. En l'espèce, c'était le Fils du Ciel en personne qui avait fait en sorte que le Carré existât.

Devant ces quatre corps parfaits et dénudés à souhait, les yeux de Cheng Hua sortirent de leurs orbites, tels ceux du crapaud face à la crapaude ou du crocodile mâle face au crocodile femelle.

C'est alors que Yadil, décidément dans ce genre d'instant où le cerveau génère des intuitions fulgurantes, fit preuve d'un à-propos extraordinaire en faisant signe à Trois Marches de se joindre à elles.

Mais, comme c'est souvent le cas au moment de passer à un acte qu'on a pourtant échafaudé longuement dans sa tête, l'éphèbe, malgré une furieuse envie de participer à une expérience encore plus excitante qu'un Triangle, ne savait plus trop comment se comporter ni ce qu'on attendait exactement de lui, vu le contexte très particulier dans lequel l'acte – ou plutôt l'enchaînement d'actes ! – en question devait se dérouler.

Ce fut Lune Rousse, méconnaissable tellement elle semblait avoir perdu sa réserve habituelle, mais nombreux sont les êtres que certaines circonstances font passer de la timidité la plus extrême à l'audace la plus folle, qui sortit du Carré pour venir le prendre par la main.

L'éphèbe à la face angélique qui refusait de choisir entre les amours masculines et les amours féminines ne put faire autrement que d'entrer à son tour dans la danse. Il ne lui fallut pas longtemps pour s'y trouver fort bien et parfaitement à son aise, dispensant aux quatre femmes le même type de caresses et veillant à les traiter de façon strictement équivalente pour ce qui concernait les attouchements, car, lorsqu'on a la chance insigne d'honorer plusieurs femmes en même temps, il ne faut surtout pas faire de jalouses…

La tournée de Trois Marches, qui avait commencé par les seins, s'acheva par les Vallées des Roses. Le doux périple eut un effet immédiat sur les quatre donzelles qui faillirent en venir aux mains pour être la première à s'occuper de sa Tige.

C'est ainsi que le Quatuor devint Quintet.

Ne restaient plus que Droit Devant et le Fils du Ciel, le premier toujours aussi tétanisé par l'affolant spectacle et le second, fort désireux de sauter à son tour dans le délicieux gouffre au bord duquel il était.

Après avoir bu une gorgée de la Liqueur du Dragon que Droit Devant lui avait confectionnée, Cheng, qui brûlait d'envie de bénéficier d'un traitement identique à celui de l'éphèbe, que les quatre garces, qui n'étaient pas en reste, continuaient à butiner à qui mieux mieux, s'aventura à son tour dans l'histoire.

Il était aux anges, tel un enfant qui entre chez le pâtissier et à qui l'on dit qu'il peut manger autant de gâteaux qu'il veut. Pour lui qui, bizarrement, car lorsqu'on est Fils du Ciel tout est à la fois permis et possible, n'avait jamais eu l'idée de faire venir deux femmes à la fois dans son lit, quatre écrins fatidiques d'un seul coup pour son unique sceptre, c'était non seulement nouveau mais particulièrement excitant.

Oui, mais par où devait-il commencer ?

Yadil, toujours elle, ne lui laissa pas le temps de réfléchir et vint s'occuper de lui en faisant en sorte de maintenir, comme on dit vulgairement, la barre très haut, avant d'être rejointe par Lune Rousse, avec laquelle les liens de complicité étaient les plus étroits et qui avait compris que le moment était venu de prêter main-forte à son amie. Puis ce fut au tour de Douce et de Fine, plutôt excitées – on les comprend ! – à l'idée d'essayer l'instrument du Fils du Ciel, d'y mettre à leur tour leur grain de sel.

L'historiette se transforma en un sulfureux conte de fées dont les chapitres, de plus en plus torrides, s'enchaînaient voluptueusement les uns aux autres tels les anneaux d'un collier précieux.

C'est alors que Trois Marches, constatant que Quintet était devenu Sextuor, eut une idée à proprement parler géniale.

Faisant fi de toute convenance, il s'attaqua à la Tige du Prince sur laquelle ses lèvres vinrent imperturbablement se poser, comme s'il s'agissait de celle d'un de ses nombreux clients de passage qui venait le supplier de s'intéresser à son instrument comme on mendie une faveur.

Devant tant d'audace, le Fils du Ciel était méconnaissable. Ce n'était plus le tyran blasé, revenu de tout, impuissant, dont Yadil avait réussi à ressusciter les capacités sexuelles, mais bel et bien un homme comme un autre en proie au désir, c'est-à-dire dont le cerveau avait été totalement remplacé par le sexe, en raison des assauts de ces quatre femmes et de cet homme – lequel n'était pas en reste ! – qui lui faisaient voir toutes les couleurs de l'arc-en-ciel.

De plus en plus enhardi, le Roi des rois désigna le pubis immaculé de Senteur Douce sur lequel poussait un duvet si clairsemé qu'il était imperceptible à l'œil nu puis, usant de sa Tige comme du pinceau d'un calligraphe, il traça le caractère « beau » sur le bas du ventre de la jeune femme. Fine et Fleur s'écrièrent alors d'une même voix :

— Moi aussi ! Moi aussi !

Le Prince, qui n'avait, comme on s'en doute, obéi à aucune sorte d'injonction depuis qu'il était monté sur le trône, s'exécuta de bonne grâce.

Trois Marches, dont le visage balayé par la lueur d'une torche ressemblait à s'y méprendre à celui de Douce ou de Fine, éclata d'un rire doux.

— Et moi ? Ton pinceau n'aimerait-il pas ma peau ?

Quelque peu étonné par le culot de l'éphèbe et la crudité quasiment obscène de son propos, le Fils du Ciel marqua un temps d'arrêt dans son travail d'écriture. C'est alors que Yadil, fort habilement, décida de faire la courroucée pour le tirer de ce mauvais pas. Elle mit un doigt sur son bijou intime, de telle sorte que le Roi des rois ne pouvait plus le voir. Le résultat ne se fit pas attendre : l'oiseau de Cheng prit aussitôt son envol pour venir se poser sur ce nid où il avait ses habitudes.

Dans cette histoire inouïe, Droit Devant, qui mesurait à cet instant, et non sans quelque gêne, l'opiniâtreté avec laquelle la Tige de l'Auguste ramonait la Ravine de sa Douce, était bien le seul à ne pas être à son affaire.

Même si la situation était particulière, si particulière même qu'on pouvait parier sans trop se tromper qu'elle avait de grandes chances de ne jamais se reproduire, l'amant le plus tolérant ne voit jamais d'un bon œil sa maîtresse dans d'autres bras que les siens.

Tandis que Droit Devant, les bras ballants, regardait le Roi des rois honorer sa femme, le Fils du Ciel qui avait recouvré ses réflexes de chef, le força à réagir en lui ordonnant d'un air aussi jovial qu'inusité :

— Ne reste pas là comme une potiche posée sur la commode ! Viens avec nous.

Bien que contrarié à l'extrême, le fils de Rocher Impérissable ne put qu'acquiescer avant de s'exécuter. Mais, pour que le Sextuor devînt Septuor, encore fallait-il qu'il se dégelât et jouât sa partition au lieu de se contenter d'écouter la musique produite par les six autres.

Senteur Douce, qui en était déjà à son quatrième Doux Éboulis, lui prit le bras avant de lui souffler :

— Tu dois t'y mettre ! Ne me laisse pas seule.

Constatant qu'il s'était dégagé, elle ajouta :

— Tu ne vas pas me dire que tu es jaloux ?

Dents serrées, il lui murmura :

— Pourquoi n'en aurais-je pas le droit ?

— Ne me fais pas ça ici et maintenant…

Du regard, elle désignait Cheng Hua. La langue de l'Empereur du Centre, dont le nez était plongé dans la Ravine de la Mauresque, n'en finissait pas de s'intéresser à son Anneau Secret.

Conscient que ce n'était pas forcément une bonne idée de perturber cette incroyable fête, ce qui risquait de contrarier le Roi des rois et de provoquer son ire, le fils de Rocher Impérissable surmonta ses préventions et se glissa dans le temple.

L'orchestre était au complet, le Septuor formé et la partition prête à être jouée.

Ce fut un concert unique. Songez un peu : l'homme le plus puissant de la Terre se laissant malaxer par un éphèbe tout en faisant honneur à sa favorite, le tout au milieu d'une incroyable ronde formée par Douce, Fine et Lune Rousse, dont les doigts caressaient les Lunes et les Vallées respectives, et à laquelle Droit Devant s'était joint, un peu malgré lui et après que Douce, qui avait pris goût à l'histoire, l'y eut attiré en l'attrapant par la Tige.

Une fois le concert achevé, au milieu des autres membres du Septuor qui s'étaient endormis, à commencer par le Fils du Ciel qui ronflait comme un sonneur, Droit Devant dit à Douce :

— Viens ! On s'en va. Toi et moi n'avons besoin de personne pour être heureux !

Douce, tout attendrie par une si indubitable déclaration d'amour, y répondit comme il se doit par un long baiser.

33

Le bonheur parfait

Quelques mois plus tard, dans le Sud, là où il fait toujours chaud et beau, les Collines Éternelles – car tel était le nom de la belle région montagneuse des environs de l'embouchure de la Rivière des Perles – flottaient au-dessus d'un océan de brume dont les bordures filamenteuses se dissolvaient peu à peu dans les souffles sans lesquels il n'est pas de vie sur terre.

Le noir dominait autour, car la nuit n'était pas achevée. On était encore dans le chaos des formes qui n'en sont pas. Dans le milieu de l'ombre et de la lumière où le calme du ciel se confond avec le fracas de la terre.

Le hameau était désert. Ses maisonnettes semblaient assoupies, autour de la statue-colonne du Dieu du Riz, à qui ses habitants adressaient des supplications quotidiennes et laissaient des fruits le soir, dans l'espoir qu'il les ingurgitât durant la nuit, qu'ils retrouvaient le lendemain à moitié rongés par les rats, ce qui leur laissait espérer que la récolte ne serait pas trop mauvaise.

À cet instant, la lueur blafarde de la lune allongeait démesurément sur le sol l'ombre portée de l'ample pagne dont le dieu, par ailleurs fort longiligne, était vêtu, faisant étrangement ressembler la statue à une immense Tige de Jade déployée vers le ciel.

Bientôt, c'est-à-dire à la venue de l'aube, la réalité reprendrait ses droits et les lueurs bleutées du jour monteraient à l'assaut des nuages dont le voile épais serait déchiré par le soleil à bord de son grand char triomphal tiré par les Neuf Dragons Célestes. La pluie nocturne qui faisait luire les feuilles des mûriers repartirait vers d'autres cieux. Les haies de théiers dont les doux vallonnements s'étaient ourlés seraient bientôt coupées au ciseau avec le soin que met l'infirmière à couper la barbe fragile du vieillard. Le buffle serait amené à l'étang où les carpes fêteraient son arrivée en exécutant d'étourdissantes cabrioles dans l'azur. Les femmes iraient semer en chantant et labourer en dansant pendant que les hommes, bien plus paresseux que leur moitié, entreprendraient leur marche imperturbable sous le ciel pour aller jouer à l'estaminet.

Dans leurs paniers de jonc disposés en rangs d'oignons sur les étagères, les vers à soie attendaient sagement les feuilles dont ils se gaveraient pendant la nuit, ce qui les ferait doubler de poids.

Dans l'une des maisonnettes du hameau où habitaient les éleveurs de ces insectes géniaux, Droit Devant ouvrit les yeux.

Il était heureux comme le voyageur qui n'a laissé derrière lui que des cailloux blancs.

Il y avait de quoi : il convolait en justes noces avec la femme qu'il aimait, son père était libre et, perle sur le collier, il avait récupéré la Clochette birmane…

Au pied du lit, il y avait Senteur Douce.

Ils se regardèrent amoureusement et leurs doigts se touchèrent. Ce simple contact les rendait un peu plus heureux.

On frappa à la porte.

C'était la vieille paysanne qui leur avait loué le cabanon et venait les aider à se préparer pour leur mariage que le prêtre du hameau devait célébrer à midi tapant.

Tels le *Yin* et le *Yang* qui ont la même forme mais dont les couleurs diffèrent, Droit Devant était en noir et rouge tandis que Douce, aux oreilles de qui pendaient de somptueuses boucles incrustées de pierres de feu, était en bleu et rose. Les robes de cérémonie de nos deux tourtereaux, brodées des mêmes animaux bénéfiques, étaient strictement identiques.

Ils étaient la parfaite incarnation du bel adage : « Qui se ressemble s'assemble. »

Comme on peut s'en douter, vu les circonstances et surtout la qualité des deux protagonistes, la cérémonie fut courte ; forcément, à part la vieille femme, le prêtre et un petit enfant, il n'y avait personne d'autre qu'eux, ce qui leur permit, après avoir partagé une mangue que l'enfant avait cueilli pour eux sur l'arbre, d'aller tout de suite au lit.

Car c'est bel et bien au lit, et nulle part ailleurs, que les cérémonies de mariage devraient se dérouler, et non dans des salles grandioses et devant une assistance nombreuse où chacun est là pour s'empiffrer et faire bombance en se fichant comme d'une guigne des héros de la fête.

Une fois allongés dans les draps que la vieille avait parfumés à la menthe fraîche et à la citronnelle, il ne restait plus à Droit Devant et à Douce, qui connaissaient au mot près le long poème de leurs amours, qu'à se laisser guider par leurs instincts respectifs auxquels, à juste titre, ils avaient décidé de laisser totalement libre cours.

Émus et avides l'un de l'autre comme au premier jour, ils n'étaient pas affectés par cette fébrilité qui caractérise les amours juvéniles et amène bien souvent à des gestes un peu brusques ou à des glissades imprévues sur le chemin de crête qui conduit au sommet de la montagne, à l'endroit où les nuages se transforment en pluie. Ils cheminaient avec la tranquille assurance du voyageur comblé par le paysage dont il connaît par cœur le moindre rocher et la moindre touffe d'herbe. Pour avoir pratiqué l'intégralité des positions décrites par la Fille sans Complexes, ils étaient bien placés pour savoir lesquelles leur convenaient le plus. Désormais, ils étaient capables d'y introduire de minuscules variations susceptibles de les pimenter voire, quand ils l'estimaient nécessaire, d'en inventer d'autres, adaptées à leurs goûts et à leurs exigences.

Certains prétendent que le bonheur suprême ne dure jamais très longtemps.

Ils ont hélas souvent raison. Tout dépend de la solidité de l'amour que deux êtres se vouent l'un à l'autre.

Car lorsque les épreuves s'abattent sur un amour aussi indestructible que le Jade, elles le profilent et, telle la lame de la machette aiguisée par le forgeron, cet amour permet aux amoureux de se frayer un chemin dans la jungle de la vie et de l'usure du temps sans y être happés.

Parfois, les épreuves sont tellement atroces, les coups reçus font si mal, aussi mal que les blessures d'un scalpel, que le corps n'y résiste pas et vole en éclats comme la pierre précieuse mal attaquée par le bijoutier.

Mais pour celui et celle dont l'amour est aussi résistant que le Jade, ce profilage se fait naturellement. Il suffit qu'ils se touchent. Les couteaux de Jade ne peuvent s'aiguiser qu'entre eux…

Dans ce cas, l'amour est inusable. Il est éternel, pure beauté et bonheur absolu. De l'Immortel Lü, ce beau vieillard à la longue barbe tournoyante, qui paraît trente ans de moins que son âge et incarne l'amour éternel, toutes les femmes qui passent à sa portée tombent immédiatement amoureuses…

Des deux amants, c'était Douce qui était le plus insatiable.

Plus Droit Devant la comblait et plus elle en voulait. Son gigantesque appétit renforçait celui de son amant qui mettait un point d'honneur à déployer des trésors d'imagination pour mieux la satisfaire. De prouesses en caresses de plus en plus audacieuses, cette échelle à barreaux alternés semblait ne pas avoir de fin entre deux amants parfaitement complémentaires.

Ils faisaient mentir le principe selon lequel entre l'homme et la femme rien ne se perd ni ne se crée, la dose de Souffle Vital *Qi* qu'ils échangent étant déterminée à l'avance. Selon les adeptes de cette théorie, dans n'importe quelle joute amoureuse il y a obligatoirement un gagnant et un perdant puisque c'est à qui saura capter un peu de la longévité de l'autre, chacun s'efforçant de tirer au mieux son épingle du jeu.

La fusion du *Yin* et du *Yang* entre un mari et une femme qui s'aiment de toutes leurs fibres est ce qu'il y a de mieux.

Le mari est heureux dès lors que l'épouse se comporte comme une courtisane. La femme est heureuse dès lors que le mari se comporte en amant. Celui qui est comblé par sa partenaire s'abstient d'aller regarder ailleurs, c'est pourquoi les couples au sein desquels la femme a des mœurs dépravées sont également les plus fidèles et les plus solides.

Quand le grand vent libérateur se met à souffler, il emporte tout sur son passage et révèle aux êtres, dont il balaie les préventions et les blocages, leurs ressorts les plus intimes. Alors, il suffit d'un souffle pour faire de quelqu'un de timoré un grand amant.

Aidé de sa seule volonté, Droit Devant arrivait désormais à si bien dominer sa Tige qu'il faisait « retourner la semence » aussi souvent qu'il le désirait en contractant ses muscles juste ce qu'il faut, ce qui permet de doser l'arrivée du sang dans la caverne et interdit de franchir le seuil au-delà duquel l'épanchement de la liqueur *Yang* devient inéluctable.

*

* *

Le moment est à présent venu de mettre un terme à cette belle histoire.

À ceux qui voudraient faire lire ce livre en donnant l'eau à la bouche à de futurs lecteurs, voici la phrase qui me paraît le mieux résumer les pages qui précèdent :

Quand un homme et une femme ont appris à faire vibrer la Corde du Luth au cours de Nuage et Pluie, ils n'ont de cesse qu'ils n'y reviennent.

FIN

ANNEXE 1

Les neuf positions de l'acte sexuel telles qu'elles sont rapportées dans le célèbre Manuel de la Fille Sombre.

1 – Le Dragon Changeant (tandis que la femme est allongée sur le dos, l'homme à genoux sur elle introduit lentement sa Tige de Jade dans la Caverne en Forme de Grain puis il procède par petits coups successifs jusqu'à ce que la femme devienne folle de joie).

2 – Le Pas du Tigre (la femme est à genoux à quatre pattes, fesses levées et tête basse, l'homme s'agenouille par-derrière et l'enlace par la taille puis il enfonce sa Tige dans la Caverne en alternant cinq coups brefs et huit coups longs et profonds, ce qui fait suinter goutte à goutte la Ravine de Cinabre ; après cette méthode qui empêche les Cent Maux, il faut se reposer et l'homme devient de plus en plus vigoureux).

3 – L'Attaque du Singe (la femme est sur le dos, l'homme lui relève les genoux jusqu'à ses seins de telle sorte que ses fesses et son dos se décollent du lit puis il la pénètre jusqu'à l'orgasme lequel, en général, survient très vite).

4 – La Cigale Bien Attachée (la femme s'étend sur le ventre, l'homme lui écarte les jambes de telle sorte qu'apparaisse la Perle Rouge puis il la pénètre en alternant neuf coups en profondeur et six coups plus légers ; il convient d'arrêter dès que la femme atteint l'orgasme).

5 – La Tortue qui Monte (la femme est sur le dos, l'homme lui soulève les jambes de telle sorte que ses pieds touchent les pointes de ses seins puis il la pénètre en alternant les coups en profondeur et les coups légers ; s'il vise bien le Centre, la Ravine se mouillera d'un abondant liquide et la femme atteindra l'orgasme ; au passage, l'homme a multiplié sa force par cent).

6 – Le Phénix Voltigeant (la femme est sur le dos, l'homme s'assied sur la femme, le visage tourné vers les pieds de celle-ci puis il la pénètre en alternant huit coups profonds et trois coups légers).

7 – Le Lapin qui suce son Poil (l'homme est étendu sur le dos, la femme s'assied sur lui jambes écartées et visage tourné vers les pieds de l'homme puis, après avoir guidé la Tige dans sa Ravine, elle se dandine d'avant en arrière jusqu'à obtention de l'orgasme qui, en général, vient très vite).

8 – Les Écailles de Poisson Imbriquées (même position que la précédente, à ceci près que les deux partenaires se font face).

9 – Les Crânes aux Cous Rejoints (l'homme s'assied en tailleur, la femme se place au milieu jambes écartées ; la Tige doit être introduite avec douceur mais le plus profondément possible ; avec cette méthode, on guérit des Sept Douleurs).

ANNEXE 2

Les positions de la fusion du Yin et du Yang telles qu'elles sont rapportées par le maître du Traversin, l'un des scribes de Sa Majesté Yangdi, le premier empereur de la dynastie des Sui.

Aux Quatre Positions Fondamentales, celles de « l'Union Étroite », de « l'Inaltérable Attachement », des « Ouïes de Poisson Découvertes » et de « la Corne de la Licorne », fort bien connues des initiés, Yangdi ajoute les subtiles et folâtres trente variations suivantes :

Le « Dévidage de la Soie » : la femme, qui fait la planche sur le dos, enserre fortement le cou de l'homme avec ses bras et lui enlace la taille avec ses jambes ; de son côté, l'homme appuie ses mains sur la face postérieure des cuisses de la femme, l'étreint et introduit sa Tige de Jade dans la Précieuse Porte.

Le « Dragon Enroulé » : la femme, qui fait la planche sur le dos, ramène ses pieds vers ses fesses et plie les jambes ; l'homme s'agenouille entre les cuisses de la femme ; de sa main gauche, il repousse en arrière les pieds de sa partenaire jusqu'à les amener au-dessus de ses seins, puis, à l'aide de sa main droite, il introduit sa Tige de Jade dans la Précieuse Porte.

Le « Poisson Quatre-Yeux », inspiré du couple de poissons mythiques Bimuyu dont la queue est commune, ce qui leur permet de nager harmonieusement ensemble : l'homme et la femme sont couchés face contre face l'un sur l'autre ; la femme doit placer une jambe sur celle de l'homme ; puis l'homme et la femme s'embrassent et se suçotent mutuellement la langue ; enfin, après avoir soulevé la jambe de la femme pour ouvrir le chemin de sa Vallée des Roses, l'homme y engage sa Tige de Jade dont la délectable promenade peut enfin commencer.

Le « Couple d'Hirondelles » : l'homme s'assoit sur la femme qui fait la planche sur le dos jambes écartées, puis il s'incline en avant de telle sorte que leurs pointes de seins se touchent l'une l'autre ; enfin il lui serre le cou avec ses bras, comme le crabe saisit sa proie avec ses pinces, tandis que son Pic Vigoureux pénètre doucement dans la Ravine de Cinabre de sa partenaire.

L'« Union du Martin-Pêcheur » : la femme, qui fait la planche sur le dos, prend un pied dans chaque main tandis que l'homme, agenouillé les jambes écartées comme un orant devant la statue du Bouddha, l'enlace par la taille avant de passer sa Tige de Jade sur les Cordes de la Lyre.

Les « Papillons Voletant » : cette fois, c'est l'homme qui fait la planche sur le dos, sa Tige de Jade dressée vers le ciel ; la femme s'assied sur lui, visage tourné vers le sien et jambes écartées ; puis, de façon naturelle, le Pic Vigoureux s'enfonce délicieusement dans la Précieuse Porte.

Les « Canards Volants Renversés » : même position que précédemment à ceci près que la femme s'assied sur l'homme, visage tourné vers ses pieds ; elle incline la tête, puis, après avoir saisi le Pic Vigoureux de son partenaire, elle n'a plus qu'à le guider jusqu'à sa Sublime Porte.

Les « Bambous devant l'Autel » : l'homme et la femme restent debout et s'enlacent ; l'homme plie très légèrement les jambes et appuie de toutes ses forces sur la Terrasse *Yang* avec sa Tige de Jade afin de la propulser vers la Ravine de Cinabre.

La « Danse des Deux Phénix Femelles » : pour l'exécution de cette figure, il faut deux femmes, la première faisant la planche sur le dos et la seconde s'asseyant sur elle jambes écartées de façon que leurs Vallées des Roses se touchent ; l'homme n'a plus qu'à alterner les plaisirs, franchissant tour à tour la Sublime Porte du haut puis celle du bas.

Le « Vol des Mouettes » : l'homme reste debout au bord du lit et soulève les jambes de la femme en les écartant, avant d'enfoncer sa Hampe de Jade dans les profondeurs de la Précieuse Ravine.

La « Gambade des Chevaux Sauvages » : l'homme saisit les jambes de la femme qui fait la planche sur le dos et les pose sur ses épaules.

Le « Tigre Blanc qui Bondit » : la femme se met à quatre pattes et incline la tête vers le bas ; l'homme s'agenouille derrière elle, l'enlace par la taille puis la pénètre en lui mordillant la nuque. Cette figure a pour variante les Singes dans la Troisième Lune de Printemps dans laquelle l'homme se tient debout et non pas à genoux.

La « Cigale Brune collée à l'Arbre » : la femme se met sur le ventre et écarte les jambes ; l'homme lui soulève les jambes et les écarte.

La « Chèvre devant l'Arbre » : l'homme est assis en tailleur ; la femme s'assied sur lui dos tourné et, à l'aide de l'une ou de ses deux mains, favorise l'arrivée de la Tige de Jade dans sa Ravine de Cinabre. Il est conseillé à l'homme de remuer sa Tige de Jade comme le chien manifestant son contentement bouge la queue. Cette figure est similaire au Singe qui Embrasse l'Arbre en Gémissant, à ceci près qu'en l'espèce les deux amants sont face à face.

L'« Oiseau de la Jungle » : deux femmes sont nécessaires pour l'exécution de cette figure appelée aussi « partie à trois ». L'une des femmes, qui a gardé son manteau court, s'assied face contre face sur l'homme qui est lui-même assis en tailleur pendant que l'autre femme agite les pans du petit vêtement de sa complice, ce qui est censé leur garantir de voluptueux frissons.

Le « Phénix qui se Joue dans la Crevasse de Cinabre » : la femme sur le dos tient ses pieds et soulève ses jambes ; l'homme se met à genoux, puis va-et-vient sur le Seuil de la Précieuse Porte. C'est assurément l'une des positions conduisant le plus promptement au plaisir maximal, tout comme celle des Chiens Courant au Neuvième Jour d'Automne où la femme est accroupie à quatre pattes tandis que l'homme reste debout au bord du lit, sa Hampe de Jade à l'exacte hauteur de la Précieuse Porte.

Le manuel de Yangdi n'étant pas complètement exhaustif, il manquait les positions suivantes à l'énumération de l'apothicaire : les « Canards Mandarins », qui ressemblent au « Poisson Quatre-Yeux » ; le

« Phénix tenant son Poussin », qui est fortement préconisé dans le cas où la femme est obèse et l'homme très menu ; le « Coursier au Galop » qui n'est pas la plus facile, car l'homme a tendance à confondre vitesse et précipitation ; l'« Oiseau de Pierre qui s'élève au-dessus de la Mer » ; le « Pin aux Branches Basses », qui est une variante de l'« Union du Martin-Pêcheur » et pour finir le « Chien Courant au Neuvième Jour de l'Automne », qui n'est pas très éloignée du « Tigre Blanc qui Bondit ».

Composé par Nord Compo
à Villeneuve-d'Ascq (Nord)

Imprimé en Allemagne par
GGP Media GmbH, Pößneck
en janvier 2011

POCKET – 12, avenue d'Italie – 75627 Paris cedex 13

Dépôt légal : février 2011
S20447/01